曾焱 著

艺术
是一场冒险

商务印书馆
The Commercial Press
创于1897

曾焱

《三联生活周刊》副主编、艺术写作者，

著有《妖娆世纪》《现场：当代艺术访谈录》等。

目录

Contents

第一辑　画框之外

第二辑　谁的热爱

第三辑　既已如此，终将如此

第四辑　跟着艺术去旅行

第 一 辑

画框之外

"东方"的夏加尔

> 66 我们想通过这次展览探讨夏加尔作为 20 世纪的画家，其作品对 21 世纪的绘画有何意义。我们想证明，好的艺术家在身后依然可以'创造'对后世来说不可或缺的东西。99

因为观众太多，马克·夏加尔（Marc Chagall）回顾展被分成了好几个时段来售票进场。提森－波涅米萨（Thyssen-Bornemisza）博物馆选在马德里 Arco 当代艺术博览会期间开幕夏加尔展，街对面的普拉多（Prado）博物馆则在举办俄罗斯冬宫艺术品展，两个大展一起为 Arco 艺术季托住了一大半场外的热闹。在这种城市里，著名的博物馆比邻而居，观众是幸福的，总有机会遇到意外之喜。

和同时代的毕加索、马蒂斯等人相比，夏加尔名气虽也不小，却是一个不太好定位的画家，这既是指他的绘画风格，也是指艺术史对他的评价。有人不喜欢他的抒情性、浓郁的色彩以及太强的叙事性，但在喜欢的人眼里，夏加尔看似甜美的画面之下埋藏着冰冷的宿命感，充满隐喻。

"夏加尔和戈雅、塞尚一样，创造出了让人无法忘怀的独特世界，一个梦境之上的魔幻。夏加尔从来不属于立体主义、超现实主义或任何一个画派，他也不同于马蒂斯、毕加索和布拉克。在他身上，犹太文化和俄罗斯文化都影响至深。他的色彩非常迷人，但风格是'东方'的，而不是西方的，这种色彩风格在从前很长一段时期内都被西方所遗忘。"策展人让·路易·普拉（Jean Louis Prat）说。普拉是"夏加尔委员会"的主席，他用两年多的时间为提森博物馆组织了这次展览，从 MOMA、古根海姆博物馆、阿姆斯特丹国立博物馆、伦敦泰特现代美术馆、巴黎蓬皮杜国家艺术文化中心等艺术博物馆借展作品，也找来了特拉维夫和苏黎世的私人收藏。老先生跟我感慨做事不易，每获得一件自己想要的作品都很难，需要反反复复地向对方陈述并说服对方：为什么选择这幅作品？它和其他作品有何关联？想如何准确地呈现夏加尔在当时的状态……"想想看，如果你家有一幅好画，凭什么要把它借出去长达六个月呢？得让他们看到这个展览是值得参与的。"

普拉在尼斯附近的小镇圣保罗－德－旺斯（Saint Paul-de-Vence）生活了三十年，那里也是夏加尔最后的居住地。2000 年夏天，我去南法旅行，在那里停留过一天。这是一座典型的地中海法国小镇，沿缓坡而建，阳光充盈，为画家所钟爱，马蒂斯、毕加索等，或长或短，都在距离不远的地方住过一段时间。夏加尔活到九十八岁，比九十二岁的毕加索还要长寿。1985 年去世后，他就葬在这个小镇，我那次专门去拜谒过他的墓地。小镇有一个玛格（Maeght）基金会美术馆，乃是私人收藏，且偏处一隅，却在法国 20 世纪现代艺术最重要的馆藏名单里有一席之地。美术

《亚当和夏娃被逐出天堂》（局部），马克·夏加尔 © 高品图像

馆的主人名叫艾梅·玛格（Aimé Maeght），在法国现代艺术收藏领域，他创立的这个基金会的地位有点像美国的古根海姆家族所创立的。普拉当年就是由玛格聘请来的，他在这个美术馆里做了三十年的馆长。

"我和夏加尔私交还不错，在他人生的最后十五年，我们来往密切。我工作的地方离他很近，经常会去工作室拜访他，一起吃饭聊天。不过对于策展人来说，认识某个艺术家并不够，还得设法了解他的内心，因为你在某一天要做的展览将是为了呈现他的故事而不是你自己的。我尽了最大努力，确保展览后半部分（1948—1985）的作品能展现出晚年夏加尔在这个小镇所发现的新色彩、新风格。他是一个始终都在探索中的艺术家。我们想通过这次展览探讨夏加尔作为 20 世纪的画家，其作品对 21 世纪的绘画有何意义。我们想证明，好的艺术家在身后依然可以'创造'对后世来说不可或缺的东西。"普拉认为，这个展览的重点在于构建夏加尔的人生轨迹，而夏加尔其人必须通过他的诗意风格来寻找，所以，第一部分"诗意的小径：1909—1947 年"非常重要，他们想用作品来充分展现夏加尔充满诗意的世界以及他和诗歌的关系。夏加尔和几位著名诗人都有很深的交谊，比如桑德拉尔（Blaise Cendrars）、阿波利奈尔（Guilaume Apollinaire）、布勒东（André Breton）、阿拉贡（Louis Aragon）、马尔罗（André Malraux）……"但是，很难说是诗人还是夏加尔更有诗意。"普拉这样评价。夏加尔的复杂经历、宗教信仰、绘画风格，与缠杂在自傲与谦卑之间的游移的个性，都令他留给周围人一种神秘的不确定感，甚至在他三四十岁就着手撰述的自传《我的生活》里也不乏近似虚构的描述，令他的研究者认为不足采信。对于一个艺术家而言，这些也许都是"创造"的一部分。

1887年7月，夏加尔出生在白俄罗斯维捷布斯克（Vitebsk）地区的一个小镇上。在沙皇时代，这片地区商贸发达，是犹太人与东正教徒的混居之地，从服饰、习俗到宗教信仰，一直保留着深厚的犹太文化传统。夏加尔在自传《我的生活》中记述过，他的家庭所处的是一个工人阶层的聚居区，他从小熟悉的是小商贩和手工匠人，在1906年之前，他从未有机会在维捷布斯克见过什么画作，而他对绘画的兴趣则是从临摹借自公共图书馆的期刊中的插图开始的。他的家庭成员，从祖父母到父母，都信仰在维捷布斯克拥有大量信徒的哈西德教派，其教义包括反对理性主义、知识分子的学究气以及正统犹太教的精英主义，强调出于本能地、欢喜地与上帝交流。"哈西德教派尤其关爱动物，他们相信罪人死后，灵魂会进入低等野兽。"（《夏加尔》）这些源自生活的注脚，都将可以帮助我们理解未来的画家夏加尔，以及他那些画面里反复出现的图式为何既是现实主义的，又是关于奇观与寓言的。

1910年，夏加尔第一次来到巴黎时，是和一批俄国艺术家同时抵达的。他将为红遍欧洲的佳吉列夫俄罗斯芭蕾舞团工作。在现代芭蕾历史上，谢尔盖·佳吉列夫（Sergei Diaghilev）是一个很传奇的人物，他和舞团在所到之处掀起的芭蕾革命不仅成就了芭蕾艺术的新浪潮，也将欧洲很多先锋艺术家席卷进来。尤其是在巴黎和摩纳哥的蒙特卡洛，他的每一部舞剧，从音乐、服装到布景，都是和拉威尔（Ravel）、德彪西、斯特拉文斯基

（Stravinsky）、香奈儿、毕加索这样一串名字联系在一起的。夏加尔得到舞台设计师列昂·巴克斯特（Leon Bakst）的赏识，被聘请到巴黎，为舞团画布景。与许多外来者一样，他选择了文化氛围十分自由的平民街区蒙帕纳斯落脚，这里是巴黎先锋艺术的中心，有彻夜不歇的酒吧、咖啡馆、狂野派对，聚集着来自世界各地的穷艺术家、作家，日日以酒精和高谈阔论浇灌着天才。夏加尔在蒙帕纳斯遇见了很多人，但他仍旧感到自卑、孤独。深深刻于他身上的是来自底层的俄罗斯犹太文化，在巴黎，几乎无人了解甚至也无人抱有了解的愿望，因为这种来自劳工社区的普通犹太人的文化，和欧洲大资产阶级的犹太文化完全是两个世界——无论身在何处，他们都被意第绪语、家乡社团联系在一起，与祖先的世界声息相通。

初到巴黎，夏加尔就开始想念维捷布斯克，大约就是从这时候开始，与故乡小镇有关的梦境开始出现在他的画布上。不像达利，他绘画的梦与弗洛伊德的潜意识学说并无衣钵关系，所以少了那些刻意抽离于现实世界的符号。在他的画面上，意象具体、朴素又温存。"是的，夏加尔画梦境，但他不属于超现实主义，他自己也这么说。夏加尔经常和我聊到自己的过往，谈他孩童时代在父母身边的所见，回忆故乡小镇的牛羊如何，马戏团来镇上表演的时候又如何……他总是和现实保持着关系，即便梦境也如此，他在画梦中的现实。所以，阿波利奈尔说夏加尔是'超自然主义'，而不是'超现实主义'。"普拉说。

夏加尔在 1909 年的画作还带有毕加索蓝色时期的那种调子，《诗人》也看得到立体主义的影响，但这个时期短暂而迅速地就被他翻过去了。在1911年的《黄色房间》的画面上，夏加尔已经显影为"夏加尔"，不再委身于任何画派的羽翼之下；而他题献给未婚妻贝拉的那张画作，画面上第一次出现了牛头人的意象。1915年，在战争阴影的笼罩下，他画出了恬静的田园生活——《侧卧的诗人》，而此时，现实中的他已经被迫从巴黎返回圣彼得堡，因"一战"应征入伍。

他此次回乡，直到1922年才再次离开。在这段时间里，俄国已成为苏联。夏加尔一度参加了革命工作，十月革命后，他被任命为家乡小镇的美术委员，负责领导在当地建造美术馆和人民美术学校的工作。但在初期的热情褪去之后，他发现，周围的艺术环境正在大变，而且充满路线斗争，他很难再按照自己内心的意愿画画了。令他困扰的除了无产阶级艺术，还有至上主义创始人马列维奇（Kazimir Severinovich Malevich）带来的现代艺术理论。夏加尔成了夹在两种新世界之间的旧，一个不合时宜的人。他选择一去不返，在朋友们的帮助下拿到了护照和签证，取道柏林，最终又回到了巴黎。

从展览的作品里可以清楚地看到，1924—1927年，夏加尔回到巴黎后的早期创作主要是版画艺术。在巴黎画商沃拉尔（Volard，塞尚最著名的支持者和经纪人）的委托下，他为俄国作家果戈理的《死魂灵》创作了一套蚀刻插图，一共107幅。随后，新的委托是为17世纪法国作家拉封丹的寓言故事集创作一套插画。这两部文学插画都命运不济，由于沃拉尔的去世和战争的再次爆发，它们直到20世纪40年代末才被新的拥有者正式出版。但对于夏加尔身边的人来说，当年看到那些手稿，他们便意识到夏加尔已经完整地搭建起了自己的世界。夏加尔也自信地宣布："我要为《拉封丹寓言》创造一个世界。"那个世界里有漂浮在房间或街道上空的恋人、公鸡、牛头人、小羊、长翅膀的鱼，还有天使和新娘。

妻子贝拉，是他画里所有的"恋人"和"新娘"，也是"村庄里的玛多娜"。在他们近三十年的婚姻里，夏加尔将她比喻为犹太艺术的缪斯，她总是穿一身白衣白裙或黑衣黑裙，翱翔于他的画中。夏加尔在《狗和狼》中把手拿调色板的自己画在了贝拉身边。这张画倾注了他对被破坏的维捷布斯克的悲伤。"黑色也是一种颜色"，这成为主基调，但明亮的贝拉，和她脖子上一抹鲜亮的红纱巾，与黑色阴影中的黑面画家成为城市的双面。不管现实多么暗淡，爱人总是明亮的。在度过十几年相对安宁的欧洲生活之后，"二战"爆发了，身为犹太人，夏加尔夫妇面临死亡的险境和逃亡的命运，此时的夏加尔却画出了他最温暖清丽的《仲夏夜之梦》。画中，画家化身为牛头新郎拥着他的白衣新娘，天上飞翔着红色的天使。这是夏加尔在恐惧迫近时用他的画带贝拉飞离现实。和布勒东、达利等法国超现实主义艺术家一样，他们逃到了美国。在贝拉 1944 年骤然病逝前，夏加尔就像自己画中那个肢体柔软的恋人一样，无论踏行在地面还是飞升在空中，都盘绕在贝拉身边。夏加尔曾说："在我们这个道德败坏的世界里，每一事物都会改变，只有心灵、人类的爱和探索神灵的努力是例外。"对所爱的这份持久，类似不安人生中的安慰、变化世界里的恒定。

普拉评价"二战"后在艺术界地位上升（名气和金钱）的

夏加尔时说，这个时期他接受了一些新的艺术风格，但他从未忘记自己俄罗斯犹太文化的根源；从家乡到巴黎，再至"二战"期间一度流亡过的美国，他与不同文化的对话终其一生都没有停止。少年时代根植在他身上的犹太文化和俄罗斯文化，移居法国以及后来在美国接受的西方文化，印记都很鲜明。他明白，他的一生必须自由地对话。

被神话化的贾科梅蒂？

> 对他而言，距离并不是一种随意的隔开，甚至也不是退缩。它是一种被环境、礼节和对困难的认可所需要的东西。它又是吸引力和排斥力的产物——如他自己所说的那样。

以何种方式对抗时代的趣味？

"为什么总有一些艺术家，会比另外一些同样伟大的艺术家更能获得知识分子的偏爱，并通过他们的阐释被再度加冕？" 2016 年，在观看贾科梅蒂（Alberto Giacometti，1901—1966）的回顾展的过程中，读着让-保罗·萨特和让·热内关于他的那些无法不令人着迷的文字，这个问题在我脑子里来回跳动。

从前，在阅读艺术家的传记之类的书籍时，我也有过类似的感慨。比如，毕加索和马蒂斯常被八卦为艺术上的"对手"，但毕加索在生前身后都比马蒂斯拥有数量更为庞大的讲述者队伍，这点很明确。对于凡·高和高更来说也是如此，他们通过来自不

《行走的人》，贾科梅蒂

同时期的作家的文学性"对话"而成为传奇，在被文本故事化、神话化的程度上，显而易见地超过了单纯以艺术经验而言更能代表现代主义源头的马奈、塞尚。

谁在加权或忽略？如果我们不把"时代"这个词看得过于俗套，可能就会发现，当哲学家或文学家选择讲述一位艺术家——尤其是和他们自己同时代的艺术家时，绝大多数时候，其兴趣并不完全在图像、技巧等视觉形式呈现出来的特质，激发起他们的热情的往往是这样一种观察和想象，即艺术家如何以自己的方式应对他的时代，他们又能否从艺术家身上"看"到独特的概念。

被贾科梅蒂吸引的哲学家萨特和作家让·热内就是如此。这两位法国知识分子对"艺术在人类处境中的地位"都抱有强烈的探究愿望。萨特曾这样定义"天才"：有限的存在与无限的虚无之间的冲突。在他的思想里，"冲突"是重要的，将它放置在艺术家身上，就是艺术与具体的生活环境之间的对立关系——它可能存在于艺术家的经历中，也可能是作品本身所呈现的，或者仅仅只是一种充满了谜面的生活方式。总之，在于艺术家以何种方式对抗时代的趣味，而所有这些"冲突"，在贾科梅蒂的人生以及他的作品里都很完备。

逃离与疏远

贾科梅蒂 1901 年出生在瑞士意大利语区的一个小村庄博格诺沃（Borgonovo），是一位并不算太有成就的新印象派画家乔瓦尼·贾科梅蒂的长子。少年时期，他在父亲位于斯坦帕的工作室里接受绘画和雕塑训练。他能使用的模特仅限于家人：弟弟迭戈和布鲁诺，妹妹奥蒂莉亚，还有母亲安妮塔和父亲乔瓦尼。

但令人惊讶的是，他在二十来岁的时候就毫不费力地摆脱了父亲教授的点彩画法，做出了一种带有原始主义风格的扁平造型雕塑。我们在第一个展厅可以看见这部分早期作品，贾科梅蒂就像远古部落里第一次在石壁上刻画人物的人，手下任性、自由，而且无关美丑。自那以后，他的艺术再没有和新印象派或者当时比较流行的象征主义发生关联，他的母亲安妮塔为此有点遗憾："无论如何，他没有做出什么美丽的东西出来。"

1922 年，贾科梅蒂来到巴黎，入读位于蒙帕纳斯的大茅屋学院（Académie de la Grande Chaumière）。在 20 世纪 20 年代，去巴黎学艺术的中国留学生也有人选择去这所学校，比如常玉。比起正统的巴黎美专，这所学校被认为在艺术上更加自由，当然，入学也相对容易一些。在来巴黎之前，因为父亲乔瓦尼被任命为威尼斯双年展瑞士国家馆的评委，贾科梅蒂已经到意大利游历了两回。在帕多瓦，他看到了文艺复兴早期的大师乔托的作品，甚为喜爱，并将自己归为与之同类。

在巴黎的头三年，贾科梅蒂师从罗丹的弟子、古典主义大师布德尔（Antoine Bourdelle）。布氏在当时的法国艺术界地位很高，尤其是学习雕塑的年轻人，大都想要投在他门下。然而，再次令人惊异的是，这段学习经历就像他父亲的画室教学一样，在贾科梅蒂未来的作品里可以说是几乎毫无痕迹。

贾科梅蒂在弗瓦德沃街成立了他个人的第一间工作室，第一次独立展示他的作品，但引人注意的是一件明显受到立体派影响的躯干雕塑，而不是那件有着布德尔印记的古典的半身像。青年贾科梅蒂快步"路过"原始艺术、立体主义，之后，他便被诗人让·科克托（Jean Cocteau）等人带入了其时正炽的超现实主义的圈子。1931 年，贾科梅蒂被"超现实主义教皇"安德烈·布勒东接纳为正式成员，之后，他有两年的时间频繁出现在这个团体的重要活动中，也因此获得了一些包括画廊主、艺术批评家和收藏家在内的人脉网络，很快就在巴黎和纽约都举办了个展。

贾科梅蒂在巴黎有了些名气，不过，他没有像团体里的达利他们那样醉心于社交和攀升。1934 年是贾科梅蒂之所以成为"贾科梅蒂"的第一个关键时间点：他遵从自己内心的感受，逃离了超现实主义圈子里的热闹，在画室里安静下来，重新开始对具象形式的探索。他做出了新作《裸体行走》，这件雕塑被展示后，超现实主义团体里的成员们十分愤怒，认为他公开背弃了"纯象征之物"的创作主张，为此专门召开会议将他逐出了团体。

贾科梅蒂自此彻底疏远了主义和宣言，重新回到自己在 20 年代采用的方式，即参照模特进行创作。他让家人——早期主要是搬来与他同住的弟弟迭戈，后来又加入他的妻子安妮特和情人卡洛琳——以及朋友为他做模特，他们需要长时间保持一种贾科梅蒂要求的姿势，"坐在很不舒服的厨房椅子上，挺得很直，静止，僵硬"。在此期间，他不断地进行雕塑、绘画或素描。他寻求"再现所见"而非"再现所知"，但他从未觉得自己已经成功地再现了所见，所以，他的作品经常是在模特不再能够出现在他眼前时才会真正完成。

伊波利特－曼德龙街 46 号

1939 年，贾科梅蒂在蒙帕纳斯一家咖啡馆里见到了萨特，此时萨特刚出版他的成名作《恶心》不久，正在建构他即将影响整个 20 世纪哲学的存在主义学说。在哲学家看来，贾科梅蒂与他的工作室已经有足够的分量进入他这个新世界了。他们结识后不久，因为战争，贾科梅蒂回到了他中立的祖国瑞士，直到战争结束。从日内瓦返回巴黎后，贾科梅蒂重新见到了在法国知识界地位日隆的萨特，并在他的引荐下认识了经历传奇的作家让·热内。让·热内对贾科梅蒂的艺术同样抱有汹涌的热情，并成为他工作室里最可靠的几个模特之一。于是，就像我们现在所看到的，因为这两位法国知识分子的激情洋溢的文字——《贾科梅蒂的绘画》和《贾科梅蒂的画室》，贾科梅蒂成了现在被世人所认知的"贾科梅蒂"：一个严肃的、孤独的——尤其重要的是——存在主义的艺术家。

> 对他而言，距离并不是一种随意的隔开，甚至也不是退缩。它是一种被环境、礼节和对困难的认可所需要的东西。它又是吸引力和排斥力的产物——如他自己所说的那样。(《萨特论艺术》)

萨特在贾科梅蒂工作室看到了那一批小雕像：《一个基座上的四个女人》《明媚的早晨穿过广场的男人》……他被吸引了，做出了以上的描述。他确信自己看到了"虚无"：

贾科梅蒂的每一个作品都是为自身创造的一个小小的局部真空，然而那些雕塑作品的细长的缺憾，正如我们的名字和我们的影子一样，是我们自身的一部分，还不足以构成一个完整的世界。这也就是所谓的"虚无"（void），是世界万物之间的普遍距离。譬如，一条街道本是空旷无人的，沐浴在阳光之下，突然之间，一个人出现在这个寂寥的空间，虚无亦作如是观。（《萨特论艺术》）

　　萨特造访的这个工作室，位于伊波利特－曼德龙街46号。贾科梅蒂早在1926年就搬到了这里，不过，直到被超现实主义团体放逐之后，46号似乎才变成了他退守的真正的个人领地。工作室像包裹在他生活之上的一层外壳，上面写着无形的几个大字：离群索居。他让自己所有的艺术创作都发生在这23平方米的栖身之所里，直到离世的那一天。三十多年里，唯有1942到1945年，他才因为战争短暂逃离过这块"领地"，回到瑞士。在日内瓦，他失去了精神领地，寄居在旅馆里。故乡与异乡互换了位置。

　　萨特战后在巴黎所见的那些减小尺寸的细长的人物雕塑，正是贾科梅蒂于日内瓦时期在旅馆房间里创作的。贾科梅蒂说，他试着减小雕塑的尺寸，这是为了重现从远处观看人的视觉经验，"为了整体理解而不沉溺于细节，我需要从远处观察。但细节依然干扰我……所以，我后退得越来越远，直到看不见人"。他在日内瓦时期的作品只是变小了，小到可以装在火柴盒里带走，直到战后初期，雕塑形状才变得越发瘦削，不断发展成他风格化的

18　　　　　　艺术是一场冒险

细长人物。

以萨特的观点，用以评判作品的法则是我们自己构想出来的，我们在作品中认出来的正是我们自己的历史、自己的爱和欢乐。"当我们要想见到我们的作品时，我们就再一次把它创造出来，我们在脑子里重复这个作品的各个制作过程。它的每一个方面都作为一个效果显示出来。"（《萨特论艺术》）在贾科梅蒂的细长人像里，萨特以这种评判方式认出了"距离"，认出了他正在寻找基石来构建的存在主义。1943 年，萨特在战时完成并出版了他思考已久的专著《存在与虚无》。从这个时间线来看，他在1939 年和贾科梅蒂及其作品的相遇，也算是萨特存在主义哲学的"证据"之一。

而让·热内从贾科梅蒂的作品里认出的是"孤独"。在法国现代主义作家里，让·热内是经历极其特殊的一个。他从小被父母遗弃，在教养院里长大，少年时期因为偷窃多次入狱，在狱中开始写作。他的《小偷日记》等小说和诗歌被送出监狱出版，纪德、让·科克多和萨特等人看后惊为天才，于是发动几十位法国作家联名向总统请愿，要求赦免让·热内。出狱后，让·热内又涉足戏剧写作，以《阳台》等作品成为 20 世纪法国最具声望的剧作家之一。

当让·热内第一次进入贾科梅蒂的画室，目睹艺术家的手指沿着雕像移动时，他感觉"整个画室都颤动着，活了起来"。热内的描述比萨特的更具文学性：

画室是虫蛀的木头和灰色的粉末做的。雕像是石膏的，露着线绳、麻草或铁丝的一头。涂灰的画布早已失去了在画具店里曾有的安宁。一切都弄脏了，废弃了，不稳固而且即将倒塌。一切都趋于融解，都在流动。然而，所有这些都像被纳入了一种绝对的现实之中。当我离开画室，站在街道上时，我周围的一切因此而不再真实。我会有这样的感觉吗？在这间画室里，一个人慢慢地死去，耗尽，在我们眼前化为女神。(《贾科梅蒂的画室》)

我们看到的展览，也在展厅里复原了这间令热内感觉"颤动"的 23 平方米的画室。贾科梅蒂知晓工作室具有特殊魅力，他曾在不同时期多次邀请最顶尖的摄影师去拍摄他的工作场所和创作状态，比如，30 年代的曼·雷（Man Ray），50 年代的布列松，他们留下了不少现场记录，所以依据影像资料来复原室内陈设并不难。但是，想要让人体验到让·热内所描述的一个吊灯的"最本真的赤裸"，或者一个物件的"完全的孤独"，却是比较难达成的。贾科梅蒂基金会现任总监凯瑟琳·格雷尼尔也谈到了这种文学性的神话是如何缓步成形的：从 30 年代初到他去世，贾科梅蒂在伊波利特－曼德龙街 46 号工作室里主动成为当时最伟大的摄影师的模特，在每张照片中，都可以看到强烈的对比：破旧的四壁、灰尘中的雕塑与神态无懈可击、精心装扮的艺术家——镜头里的贾科梅蒂"有利于他的神话的形成"，而他的工作室则成为"神话的形成空间"。

在所有拍摄他的影像里，1965 年，法国摄影大师布列松拍到了令人难忘的场景：在雨中穿过工作室旁的阿雷西亚街的贾科梅蒂。艺术家有一次在谈到他自己的一件小雕像时曾写道："那是我，正冒着大雨奔向大街。"而这张照片里的艺术家和他的小雕像一样——细长，独自一人，弓身疾走在布列松的画面中央，距展厅里的我们十步之遥，"无论我们怎么看，他总是保持着自身那既定的距离感"。

附记：2016 年，上海余德耀美术馆与巴黎贾科梅蒂基金会在上海共同启动了"阿尔贝托·贾科梅蒂回顾展"，加入到纪念这位 20 世纪雕塑大师逝世五十周年的全球展览热潮中，本文写作参考了展览资料以及作者对贾科梅蒂基金会主席的采访。

如果令人不安，
那这就是卢西安·弗洛伊德

> 2022 年是卢西安·弗洛伊德百年诞辰，在伦敦，从英国国家美术馆到弗洛伊德博物馆，都策划了关于他的纪念展。'当代英国最伟大的艺术家''价格最昂贵的在世画家''拯救绘画的人'，这是他生前最后十年得到的加冕。还有一个家族印记始终伴随他：西格蒙德·弗洛伊德的孙子。

谈论卢西安·弗洛伊德（Lucian Freud，1922—2011）的画作时，很多评论家都会用到一个词：令人不安。对他性格的描述，是孤独、敏感和封闭。在他最后的二十五年里，他住在伦敦诺丁山街区的那幢屋子里，他将画室安置在顶层，因为这样可以让他保有与世隔绝的感觉。

弗洛伊德为人为己画像，以赤裸为多。无论名人还是普通人，他们在画面上通常全然彻底暴露在画家的注视下。这种场景很像是在复制他祖父老弗洛伊德的心理治疗室：病人躺在沙发上，老弗洛伊德隐坐在背后的椅子上，听取倾诉，确信自己正在发现人性最深层的一面。

说到老弗洛伊德，我有过一次机缘巧合的观展经历。2017

《女孩与小猫》，卢西安·弗洛伊德，林国成拍摄于泰特现代美术馆

年 5 月，我被邀请去伦敦观摩苏富比的春季拍卖会，工作结束之后，我又多留了几天，借住在一位朋友家中。她租住在一个犹太人聚居的历史街区，距离市中心有点远，但和弗洛伊德博物馆非常近。之前我刚去看过卢西安·弗洛伊德的画展，没想到这么快又可以去看看他祖父的旧宅。虽然画家看似一生都在努力逃离这种家庭氛围，但对他和老弗洛伊德之间的关系我仍感好奇。如果不是偶然住在了朋友这里，恐怕很难专程来参观这个在地图上显得很偏僻的小博物馆，所以，一切都是刚刚好。

那天上午，我依靠手机导航步行穿过三个街区，顺利找到了曼斯菲尔德花园。窄街，深宅，间隔着一个个漂亮的大花园，其中的 20 号就是老弗洛伊德流亡伦敦时最后的安身之地。老弗洛伊德去世后，这栋房子由一直陪在他身边的小女儿安娜继承，安娜去世后，1986 年开放为博物馆。房间里的陈设据称都保持了老弗洛伊德生前的样子，四处可见藏书、古董。他很痴迷于古希腊和古埃及的文物，也有少量书画和瓷器来自日本和中国。家中的挂画不算多，但楼上有一幅小画，我看了好长时间。画上只有一棵叶子已经泛黄的棕榈树，色彩和用笔都干净、细致又收敛，签名：卢西安·弗洛伊德。简直是一幅可以用纯正来形容的静物画，应该属于画家很早期的作品，一直被他姑姑安娜精心收藏着。将这幅画和他后期那些不安又恣肆的室内肖像相比照，风格差异之大，让人很难对应到同一个人身上。

弗洛伊德是从 20 世纪 50 年代开始专注于绘画室内肖像的。他在日常起居的地方，画自己感兴趣的人，模特用的都是身边人：朋友、家人、情人和孩子，或者就是他自己。他偏好看起来古怪不寻常的普通人，"听"取他们内心的敏感和脆弱，甚至是丑陋的一面。60年代以后，裸体人像在他的创作中占了比较重要的位置。《沉睡的救济金管理人》于1995年完成，十三年后，在纽约以3300多万美元的价格成交，变得众人皆知。那次拍卖后，弗洛伊德就成了"在世画家中作品最贵的那一个"。画中，肥胖的妇人名叫休·蒂利，是伦敦一家社会机构的救济金管理人，弗洛伊德称她为"大块头休"（Big Sue）。她的这幅肖像总共画了两年，因为弗洛伊德画得慢，非常慢。他往往同时开工两三件作品，每一件都画个两三年，因为模特只要离开他视线，他就不会在画布上落笔。弗洛伊德要求休·蒂利每个周末都到画室来，持续几个小时卧在沙发上，袒露满身赘肉让他画。休·蒂利对这些要求并不感到厌烦，在她眼里，"与这个古怪的人待在一起，并且看他工作十分有趣。卢西安对什么事都有自己的观点，他对我的普通生活很有兴趣。这是我最喜欢的作品，假如我有钱的话，我一定会买下它"。

弗洛伊德也画过名人，但不多，罗马教皇和戴安娜王妃的订单都曾被他拒绝。但在2002年，他主动邀请超模凯特·莫斯来画室做模特，画了一张她怀孕期间的裸体肖像。凯特是明星，但弗洛伊德欣赏她，认为她是个无视社会规则的聪明女人。

他也曾允许富豪提森男爵穿西服"出镜"，男爵是坐进弗洛伊德画室的第一个上层人士。瑞士的这个提森家族发迹于钢铁业，拥有20世纪顶级的艺术品收藏。有一种说法是，如果不把英女王伊丽莎白二世算上，提森家族就是最大的私人藏家。男爵有过五次婚姻，最后一任妻子卡门·塞韦拉是位西班牙美女，在她的影响下，男爵最终将上千件收藏以永久出借的方式从瑞士搬到了西班牙，1992 年，在马德里的埃尔莫萨宫建了一个美术馆，与普拉多博物馆、索菲亚王后国家艺术中心为邻。弗洛伊德的画作在提森的收藏中占有重要位置，这两人私交也不错。弗洛伊德喜欢豪赌，手头拮据的时候，偶尔也会以收取佣金的方式为人作画。当然，这种时候不是太多，要看他的心情。男爵向弗洛伊德订过两次肖像画，第一次时，男爵正困在第四次和第五次婚姻之间的麻烦里，来画室前刚刚宿醉一场，作画的过程中，他坐在椅子上半是清醒半是迷糊，弗洛伊德却觉得很不错，模特去掉了身上的故作姿态之后，剩下的那些疲惫与痛苦正是他想要的。在最后完成的肖像上，弗洛伊德在男爵身后画了一张图片，上面是男爵收藏的洛可可派名作、法国画家华托的《嫉妒》（*Les Jaloux*）。他有意让男爵的头部看起来像是嵌在了背后画作的人物中间。第二次画像，弗洛伊德把男爵安排在画室的扶椅上，旁边是一堆沾满颜料的画布——如果看过几张弗洛伊德的作品，会发现这堆画布经常在他的肖像画中出现，每次位置不同而已。据弗洛伊德自己说，第二幅画像完成后，第五任男爵夫人卡门·塞韦拉很不喜欢，因为看到这幅画她总感到不安，觉得隐藏了某些她看不见的东西，比如那堆脏兮兮的画布，里面肯定有一只老鼠。她不知道，如果令人不安，那么这就是卢西安·弗洛伊德了。

和男爵一样，伊丽莎白女王也是弗洛伊德画作的爱好者和收藏者。在她登基五十周年纪念日到来前，2001 年，女王邀请弗洛伊德画像。尽管是为女王工作，弗洛伊德也还是一如既往地难以合作。他并不前往皇宫服务，而是要求女王必须来他的画室，为他做模特，据报道所写，有七十二次之多。在最终完成的画像上，女王满面皱纹，看起来年迈、阴郁。但女王接纳了这件无法以高贵来形容的画像，不介意它出现在全世界媒体的报道里，因为这个人是卢西安·弗洛伊德。英国《卫报》说，接到女王的邀请后，弗洛伊德并未立即接受，而是考虑了几个月，最后答应下来，因为他想以此感谢这个国家在 20 世纪 30 年代的纳粹阴影下慷慨地接纳了他们全家。

卢西安·弗洛伊德 1922 年出生时，他的祖父老弗洛伊德正处于学术声望的顶峰，一家人都获得了巨大荣誉的荫庇。他的父亲恩斯特·路德维希是家中第三个孩子，成年后选择了建筑师这一职业。比起追随父亲成为著名儿童心理学家的小妹妹安娜，恩斯特的人生显得比较普通，他娶了德国妻子后就离开了维也纳和父母，定居柏林，所以在传记作者搜集的家庭资料中他不常被提到。因此，小卢西安并没有多少机会可以和老弗洛伊德朝夕相处，对于他成为画家后总在审视人性是受到祖父的影响这一说法其实是可以存疑的。在他们祖孙之间，所存有限并且未被完全证实的与艺术有关的细节，只是卢西安曾提到小时候祖父带他去起居室里欣赏过彼得·勃鲁盖尔的画。

1933 年，为了躲避纳粹对犹太人的迫害，恩斯特带妻儿先行从柏林移民到英国。五年后，老弗洛伊德也和其他家人一起逃离维也纳，在朋友和学生的帮助下，辗转经巴黎到了伦敦。全家团聚仅仅一年后，1939 年，老弗洛伊德就病逝于曼斯菲尔德花园 20 号。那年卢西安十七岁。之后，他得到了英国公民身份，入读英国圣公会绘画学校，又考进伦敦大学金史密斯学院，师承塞德里克·莫里斯（Cedric Morris）——一位擅长肖像、花卉与静物，具有印象派风格的英国画家。看到卢西安·弗洛伊德这段经历时，我好像有点了解为什么挂在曼斯菲尔德花园 20 号的他的早期画作会是那样一幅平静的棕榈树了。艺术家都有自己出发的地方，不管最终他走向哪里，走了多远。

不过，所有这些学院训练，也许都比不上另一件事情对卢西安·弗洛伊德产生的转折性影响："二战"结束后不久，他认识了年长他十三岁的画家弗朗西斯·培根（Francis Bacon）。之后他们两人有二十多年的亲密交往，常在画室里互为对方做模特。1969 年，培根以弗洛伊德为模特画下的《弗洛伊德肖像画习作》（三联画），在他去世后，拍卖价格超过 1.42 亿美元（2013 年），超过了之前蒙克的《尖叫》的成交记录。除了培根的名气、画作本身的杰出，画中人弗洛伊德所带来的价格影响也很难被忽略：在一件画作上可以同时"拥有"现代绘画史上最重要的两位代表人物，对收藏者来说自然是极大的诱惑。弗洛伊德和培根是艺术史上不多的几组总被放在一起来谈论的朋友，就好比凡·高与高更。弗洛伊德早期是培根的追随者，他倾慕培根作画的方式，也喜欢他生活中的孤绝、怪诞和狂放。在弗洛伊德看来，是培根让绘画形式得到了重生。"'神秘'的主体，经常是人的身体，他绘画中其他的东西（椅子、鞋子、百叶窗、灯的开关、报纸）都只是插画。""我想要做的是歪曲事物的外在，但是在曲解下却呈现事物真实的面貌。""我们总是希望一件事情能够尽可能地写实，然而同时又希望它能深具暗示性或具有神秘的感受而不同于简单插画般地平铺直叙，这不就是艺术的要义吗？"（《看》，约翰·伯格著）培根对他自己绘画观点的这些阐述，都可以被部分转移到对弗洛伊德作品的理解上面。像培根一样，弗洛伊德转向室内肖像，开始以"人的身体"为主题，不过他没有跟随培根走向超现实的肢解、扭曲，他找到了属于自己的具象，将残酷、痛苦、审视内置于学院派的沉稳之中。这是弗洛伊德的绘画世界观，就像在生活中他相信人性生来堕落。有次，我采访他的另一位老友、英国画家大卫·霍克尼，他曾说到卢西安自称"黑暗王子"。他们也互为对方画过像，弗洛伊德画像的速度非常慢，在画室里喜欢聊熟人的八卦，总能逗笑霍克尼。最后，霍克尼总共为他坐了一百二十个小时，弗洛伊德才完成了那幅头像。如果以每次去做三个小时模特估算，霍克尼至少去了四十次。这样来看，为女王画像的时候，弗洛伊德要求女王至少去画室七十二次也就不是那么耸人听闻了。

　　在绘画之外，构成弗洛伊德传奇的物料部分来自以上这类画室逸事，另外一部分则源自他被八卦与传闻充斥的个人生活。1998 年，弗洛伊德画了《大室内，诺丁山》，这幅画很像是他对私生活的自画像。画家借鉴了威尼斯画派乔尔乔内在经典作品《风暴》中的构图，房间环境简单，画面前部是居家衣着的弗洛伊德，坐在沙发上看书，在他后侧画了一个面目模糊的裸体的女人，怀抱婴儿坐在椅子上。在弗洛伊德的后半生里，不曾少过女人和孩子，但都只是作为模糊的背景存在。少有的表现出温存与爱意的，是 20 世纪 40 年代末他为第一任伴侣基蒂·加曼（Kitty Garman）画的一系列作品：《女孩与玫瑰》《女孩与小猫》《女孩与一只白色的狗》等。那时他还没有完全抛弃超现实主义，有一双莫名惊诧的淡蓝色大眼睛的女孩基蒂是早期肖像画的代表作品。从 1954 年结束极短暂的一段婚姻后，弗洛伊德没有再婚过。他拒绝亲密关系，但有无数女友，有名有姓的孩子生了十几个，传言中的私生子就更多了。弗洛伊德被披露从未承担抚养责任，他和这些孩子相处的方式就是偶尔把他们带到画室，画到画布上。伟大的艺术与幽暗的人性，重重纠缠。

不过于我而言，自从在弗洛伊德博物馆里遇见那幅早期作品以后，再看卢西安·弗洛伊德的作品，令人不安也好，审视人性也好，脑子里总有那棵棕榈树的画面叠加上来。这种感受很是奇特，像无意中分享了画家的秘密，让我在他的画里看到了言外之意。

从名画中"听见"德彪西

❝ 在作曲家里，我还未见过有谁像他一样，如此深受绘画艺术的影响。❞

德彪西（1862—1918）诞辰一百五十年的时候，巴黎奥赛博物馆（Musée d'Orsay）和橘园美术馆（Musée L'Orangerie）联手举办了画展"德彪西：艺术和音乐"。展览中有德彪西私人收藏的绘画、雕塑和古董，但并非全部。让-米歇尔·内克图（Jean-Michel Nectoux）说，大部分艺术品是他和其他两位策展人从多家博物馆挑选借展的。作为法国国家科学研究中心艺术史领域的首席研究员，内克图可以查阅到德彪西和家人朋友的大量通信原件及旧照，他对德彪西当年常去的画廊、古董行以及朋友家中的艺术收藏品做出摘录，再逐一去寻访那些曾被作曲家喜爱并反复谈论过的作品。他想做这样一个展览：每一件挑选出来的艺术品都意味着一段深刻的关系，直接或间接地印在德彪西的音乐里。

橘园的展览收入了雕塑家卡米耶·克洛岱尔（Camille Claudel）的四件作品，其中包括德彪西的私人藏品《华尔兹》，这是展品里为数不多的几件雕塑之一。1890年前后，德彪西在朋友戈代（Robert Godet）家中认识了卡米耶。"他们很谈得来，成了亲近的朋友，不过绝非情人。"内克图告诉我，德彪西非常喜欢卡米耶的雕塑，声称"从卡米耶身上发现了音乐"，于是，卡米耶送了他这样一件青铜的《华尔兹》，德彪西毕生珍藏着这件雕塑，直到去世。那时的卡米耶是个恋爱中的女人，她留在雕塑家罗丹身边做他的助手，成为他的情人，正处在一段纠缠数年并最终将她毁掉的激情之中。德彪西和他同时代的大多数人一样，对罗丹也心存敬慕。在卡米耶的引荐下，德彪西曾专程去工作室拜访过罗丹，并当场为他演奏了几首自己的作品。不过据内克图所述，罗丹并没有以欣赏和赞美来回应作曲家的尊崇："这位大师只爱古典音乐，现代主义的德彪西不太合他心意。"展览中没有罗丹的作品，因为在那次见面后，作曲家和雕塑大师未再有过什么私人交往，艺术观念上也没有产生过交集。

德彪西喜欢音乐之外的朋友。他身边的密友圈里有马拉美（Mallarmé）等象征派诗人，这段关系因为有不朽的管弦乐名作《牧神午后》而为人熟知。乐迷都知道，此曲是德彪西受到马拉美的同名诗篇的启发而作，也被认为是作曲家第一次在音乐中交织了印象主义和象征主义的艺术特征。同一时期，德彪西身边还有这么一帮画家朋友：亨利·勒罗尔（Henry Leroll）是这个小圈子的圆心，围绕在周边的有德加、雷诺阿、莫里斯等人。现在提起勒罗尔的地方已经不太多，但在当时，勒罗尔堪称巴黎那个"美好时代"的美好生活的代言人。作为画家，他是一个被巴黎官方沙龙展欢欣接纳的上流艺术阶层的代表，巴黎市政厅和索邦大学都以官方订单邀他登堂作画；他的画作也被美国大都会博物馆、巴黎奥赛博物馆等收藏。作为朋友，他有丰厚的身家、闻名

《缪斯们》，莫里斯·德尼

巴黎的艺术收藏品以及慷慨的美德，清贫的画家们可以像家人一样自由出入他的豪宅并得到他的资助。纳比派画家莫里斯·德尼（Maurice Denis）成名之前，因为勒罗尔慷慨购藏他的作品才得以维持创作、生活，才有了后来的艺术地位。勒罗尔的两个女儿，伊沃娜和克里斯蒂娜，是画家们常用的模特，他们用绘画肖像来表达对这一家人的亲密和谢意。1897 年，雷诺阿画下名作《钢琴边的伊沃娜和克里斯蒂娜》。同一年，莫里斯·德尼也画了一幅《伊沃娜·勒罗尔的三种肖像》。德彪西和莫里斯·德尼是由伊沃娜介绍认识的，两个年轻人对象征主义都充满兴趣，各自在不同的艺术领域上升。他们同时倾慕优雅的伊沃娜，也彼此心仪，常有书信往来。德彪西以英国诗人罗塞蒂（Rossetti）的诗歌为题材，创作了清唱剧《中选的小姐》，发行首版唱片的时候，他请莫里斯·德尼为唱片绘制了封套。

　　从《中选的小姐》的封套到《伊沃娜·勒罗尔的三种肖像》，内克图认为，莫里斯·德尼在两幅画作里所采用的柔美线条，对女性优雅魅力的音乐般的色彩表现，很难说没有德彪西的影响。德彪西在开始着手写这部清唱剧的时候，和莫里斯·德尼正有着频繁的书信交谈。那个时期，他们和共同喜爱的伊沃娜都不会想到，两位曾经心意相通的艺术家会在十五年后变得疏离、冷淡，重演好友翻脸绝交的故事，就像塞尚和左拉。德彪西在给另一位朋友的信中毫不留情地评价莫里斯·德尼后期的绘画，声言那种粉红色调是他所见过的"最拙劣的安格尔式画法"。而对伊沃娜，德彪西倒是和画家一样自始至终保持着情谊，也以作品来表达心意。《被遗忘的意象集》作于 1894 年，德彪西将它题献给伊沃娜，这原本是他三组《意象集》中最早完成的一组，但当时没有发表，直到他去世后才作为遗作出版。

在德彪西的作品中，内克图与我分享了他个人对歌剧《佩里亚斯与梅丽桑德》的偏爱，其次是管弦乐《大海》《版画集》、钢琴套曲《意象集》，以及艺术歌曲集《华宴集》。"在聆听德彪西的时候，我倒未必会想起某幅画，但每当我看到透纳和德加的画，或者那些来自中国、日本的古董艺术品时，他这些作品中的某一部就必定会'出现'。"对德彪西来说，东方艺术和古希腊文化是激发他创作的重要灵感，比如《前奏曲》之《德尔菲的舞女》、四手联弹《古代墓志铭》，都与他甚为沉迷的古典文化有关系。德彪西对与古希腊文化相关的意象敏感而富幻想。1894 年，他的朋友、法国诗人皮埃尔·路易（Pierre Louis）发表了拟古希腊体的《比利提斯之歌》。这位先锋派假称自己发现并翻译了古希腊女诗人比利提斯的诗作，吟颂的是女子间的同性之爱。真相后来为人所知，非但没有影响他的声誉，反而更助诗集在社交界成为热议话题。德彪西也曾为其中三首诗作谱写了钢琴作品和人声作品，后来还曾被改编成电影。多年后，德彪西完成的《古代墓志铭》仍与《比利提斯之歌》有着某种关联。

德彪西出身并不富有，却像世家子弟一般喜好雅玩，也有时尚精致的品位。18、19 世纪风靡欧洲的中国风，尤其是在 19 世纪下半叶被巴黎前卫艺术家视为时髦的日本风，他都曾热情追逐，无一落下。19 世纪末，在写给朋友雅克·迪朗（Jacque Durand）的一封信中，德彪西对巴黎一个中国古董展不吝赞语："如果你回来时还未结束，一定得去看看！……我从未见过这样的精致之美，难以用言语来做描述。"至于日本艺术，自从二十多岁时他在巴黎的乔治·珀蒂画廊看了一场日本艺术展以后，德彪西就一直抱有兴趣。他家里收藏有上千幅日本版画，当时这种版画的市价是 20—25 法郎，对于生活尚拮据的年轻的德彪西来说，买下一幅并不那么容易。1905 年，完成管弦乐《大海》后，德彪西要雅克·迪朗以葛饰北斋的《神奈川冲浪里》为摹本绘制一版唱片封套——在德彪西和斯特拉文斯基的一张合影旧照上，葛饰北斋的这幅彩色木版画被挂在身后非常醒目的位置。1908 年，德彪西首演第二组《意象集》，里面《林间钟声》《月落古刹》和《金鱼》都被认为有日本版画给予他的触发，金鱼的意象——确切地说，应是"金色鲤鱼"——尤其为他所钟爱。在橘园的展览上我们可以看到，位于圣日耳曼昂莱的德彪西旧居收藏有两件和《金鱼》意象直接关联的物件：一件是绘有金色鲤鱼的漆画画屏，可能是取自日本家具上的镶板；另一件是木制漆画烟盒，印有英国某著名烟草公司的标识，黑底绘金，图案是一条金色的鲤鱼洄游在水草中。

德彪西很幸运，在他人生最好的时期遇到了西方艺术史的世纪转折点：1884 年，二十二岁的德彪西以清唱剧《浪子》获得罗马大奖。几年后，他返回巴黎，此时艺术界已是群雄并起，印象派的地位也开始获得确立。凡·高已到了巴黎，诗人莫雷亚斯（Jean Moréas）也发表了《象征主义宣言》。一些画家试图探索绘画和音乐的结合，比如德彪西十分喜爱的美国画家詹姆斯·惠斯勒（James McNeil Whistler），旅居巴黎后，他画了一系列印象主义肖像，这些都被他加上了音乐的标题：《母亲的肖

《母亲的肖像》，詹姆斯·惠斯勒

像》又被称为《灰与黑的协奏曲》，《白衣少女》是《白色交响曲》的副题。而那幅《泰晤士河上散落的烟火：黑和金的小夜曲》想必曾是德彪西和朋友们经常谈论的作品，因为1900年德彪西首演《夜曲》时，法国《费加罗报》评论道："这是属于惠斯勒的音乐。"

从马奈、雷诺阿、塞尚、惠斯勒、莫奈、高更、埃米尔·克劳斯（Emile Claus），到纳比画派的维亚尔（Édouard Vuillard）、莫里斯·德尼，还有挪威的表现主义画家爱德华·蒙克，这些艺术家都先后或多或少对德彪西有过影响。德彪西的音乐被称为"印象派"，人们会认为，以画作《日出·印象》让印象派被赋名的莫奈应该对德彪西有较为深刻的影响，但事实上，橘园这个展览让我看到，德彪西的音乐和塞尚、蒙克的画作之间所建立的联系要远多过莫奈。策展人内克图说，蒙克的《繁星闪烁的夜晚》启动了德彪西在作品中那些隐隐的感伤和捉摸不定，从钢琴前奏曲《焰火》到著名管弦乐《夜曲》，在意识深处都和蒙克的《繁星闪烁的夜晚》有着某种对应；而在歌剧《佩里亚斯与梅丽桑德》中，那些强烈的愿望、恐惧，以及梦境一般让人看不清楚的世界，和蒙克在画作《嫉妒》中表现的情绪也是同质的。不过内克图也特别提及，在同时代的画家里，如果不谈创作上的连接度，在生活中其实只有德加和德彪西保持了最为长久的朋友关系。

另一位以精神世界而论对德彪西有着长久影响力的人是英国画家透纳。透纳死于1851年，德彪西生于1862年，他们属于不同代际，人生没有任何交集，但德彪西深爱透纳的画，迷恋透纳笔下的大海，幻变的薄雾、天空、水波和蒸汽。生前最后十三年，德彪西住在位于巴黎布洛涅森林大街的工作室里，他的一位牧师朋友记述了房间里的陈设：书很多，钢琴搁放在角落里，墙上只挂了一件日本木版画和两件油画复制品，其一就是透纳的画。

黑色浪漫主义

> 黑色浪漫往往和人的潜意识及深层欲望有关，同时也
> 包括对上帝之疑，对生死之惧。

谈论超现实主义绘画中那漂浮着怪异符号的世界——比如，达利瘫软的钟表和蚂蚁骷髅，或者马克斯·恩斯特（Max Ernst）笔下森林一般阴郁摇曳的城市——从何而来时，我们已经习惯了将弗洛伊德的精神分析学说视为源头。不过，巴黎奥赛博物馆的大展："怪异天使：从戈雅到马克斯·恩斯特的黑色浪漫主义"（2013 年）却将另一条潜伏的线索挑拣了出来——黑色浪漫主义（Romantisme Noir）。这个暗藏的世界穿行了将近两个世纪，从 18 世纪末戈雅的黑色绘画、19 世纪早期西欧的哥特风，直至 20 世纪初的象征主义和超现实主义。

展览本来在 6 月上旬就告结束，因为观众太多，奥赛博物馆宣布延期。我去参观那天已经是加时展览的尾声，位于一楼左侧的几个展厅仍很拥挤，只能跟随人流缓慢地挪步。策展人之一、法国文化遗产保护专家科姆·法布雷（Come Fabré）在接受采访时说，作为一个艺术展主题，"黑色浪漫主义"在法国还从来没有被如此完整地呈现过。最初的想法来自法兰克福的艺术史学者

费利克斯·克拉默（Félix Kramer），被此吸引的奥赛博物馆馆长居伊·科热瓦尔（Guy Cogeval）立刻行动。他发起了和法兰克福几家博物馆的合作，为展览挖掘了许多重要收藏，其中也包括奥赛博物馆馆藏中很少公开展示的部分象征主义画作。

最早提出"黑色浪漫主义"这一概念的人，被认为是文学批评家马里奥·普拉兹（Mario Praz）。1930 年，他在论著《肉体、死亡和魔鬼》（*La chair, la mort et le diable*）中第一次用这个词命名了自 18 世纪 60 年代开始的一系列艺术创作，不过他未做进一步阐述。究竟如何定义"黑色浪漫主义"？法布雷认为所涉很广："黑色浪漫往往和人的潜意识及深层欲望有关，同时也包括对上帝之疑，对生死之惧。"

作为欧洲 19 世纪上半叶最重要的文化艺术运动，浪漫主义发端于德国，之后席卷欧洲，跨越音乐、诗歌和绘画等领域，通常被认为是对人类和自然之间共生关系的一次追溯和回归。关于浪漫主义的发生时段，奥赛的展览并未局限于艺术史所界定的 1800—1830 年，而是将线头前置到了 18 世纪后期，即西班牙画家戈雅和瑞士裔英国画家菲斯利（Füssli）所生活的时代。以我的感受，展览确实带给观众一条非常特殊的路径，它在浪漫主义的照亮之下，导引观众翻开被理性埋藏的幽暗一面：巫性、神秘主义、魔鬼盟约……诸多难以言说的欲念，在两百年间的绘画、雕塑和影像中枝节蔓生。

在欧洲，列举滋生黑色浪漫主义艺术的传统土壤有以下几处：英国、西班牙、德国、法国、挪威和比利时。

首先是黑色绘画。早在巴洛克时期，它就已经成为西班牙绘画的主要传统。1780 年后，戈雅以死亡、疯狂为主题的系列铜版画和油画使这一传统达到巅峰。他和英国的菲斯利、德国的卡斯帕·大卫－弗里德里希（Caspar David-Friedrich）一起构成了 1780—1830 的黑色浪漫主义序曲。戈雅（1746—1828）和菲斯利（1741—1825）为同时代人，二人在世的时候就拥有了世俗意义上的巨大成功：戈雅入幕西班牙皇室成为宫廷画家，菲斯利后半生则为英王乔治三世效劳。但是，他们也都不约而同地在生命后期创作了大量有关死亡和魔怪的题材。这类母题在欧洲中世纪浓厚的宗教氛围中曾经盛行过，何以在经历了启蒙运动的理性洗礼后还会再度回归？其中原因，研究者归结为 1789 年法国大革命给欧洲社会生活与精神世界带来的大动荡：失却了社会秩序及宗教秩序后，人们被囚困于恐惧和不安之中，急于寻找精神出口。不过，也有人认为黑色浪漫主义在某种意义上也是启蒙运动的遗产，艺术家通过奇幻和神秘的题材享用崭新的自由空间，无须受控于理性，也无须受制于现实社会的规则。比如戈雅，他在经历了拿破仑入侵西班牙的那场战争后，对人性极度失望，他说："我无惧神巫、幽灵，也无惧上帝的任何其他创造物，但人类除外……"在版画《幻想曲》系列中，戈雅描绘的恶魔往往以人类自相残杀为场景，收藏于法兰克福施塔德尔艺术馆的《理智入睡催生恶魔》就是其中一幅重要作品。

与戈雅不同的是，菲斯利的幽灵题材都是从英国文学传统中直接汲取的，如他热爱的拜伦、弥尔顿和莎士比亚的作品。我在奥赛博物馆得见的菲斯利名画《撒旦逃离伊苏雷尔的追捕》，取材于弥尔顿的长诗《失乐园》中天使伊苏雷尔搜捕魔鬼的章节；气氛古怪的《三巫师》，构思受到莎翁名剧《麦克白》的启发。文学的意象成为黑色浪漫主义绘画的主要题材，莎士比亚、但丁、歌德、雨果等皆为画作提供了灵感之源。还有一位，是和戈雅、菲斯利几近同时期的德国浪漫派大作家霍夫曼（E.T.A. Hoffmann），他于19世初开始发表奇幻恐怖小说，成为西欧哥特小说风的代表人物。霍夫曼的小说多以神话鬼怪和魔法故事为题，对西欧文学产生了很大影响，并且后续一直延伸到19世纪末和20世纪初。霍夫曼在小说《睡魔》中塑造了一位变自偶人的美丽女子奥琳菲娅；近百年后，法国象征主义诗人魏尔伦（Verlaine）以此为蓝本写下一首十四行诗；1899年，魏尔伦的好友、象征主义画家皮埃尔·博纳尔（Pierre Bonnard）又据诗歌吟述的场景，绘画了他最具黑色浪漫主义气质的作品——《斜靠在床上的女子》。这幅奥赛的馆藏出现在展览的第二部分："1870—1910年的象征主义"。

　　在德国，黑色浪漫主义绘画以弗里德里希为代表，他的荒芜风景如同幽灵一般缥缈，大海、荒野和废弃的建筑都飘荡着中世纪的哥特气息。在英国和比利时，此时绘画也表现出近似的气质。英国画家偏爱描绘城市正在被灾难毁灭的景象，比利时画家的城市和教堂则空无一人，如同墓地一般死寂。

　　在法国，这一阶段的代表是德拉克洛瓦（Delacroix）和热里科（Géricault），这两位画家都以历史故事和海洋灾难来隐喻人类的悲剧。无论是热里科的《梅杜萨之筏》还是德拉克洛瓦的《安息日》，对自然的狂暴与神秘都有深刻表现，画面弥漫着绝望和悲壮。展览中的多幅版画和油画，让我看到在《自由引导人民》

《梅杜萨之筏》，西奥多·热里科

的英雄浪漫主义之外，一个充满悲剧特质的德拉克洛瓦。在这个时期，工业革命带来的巨变和失落是这种悲剧特质的根本来源。在表面的悲悼之下，画家更想让观者感受的其实是人类的无能为力。

象征主义，在展览中被评价为"黑色浪漫主义在欧洲开出的最后一朵花"，"病态又奇异"。法国当时是象征主义的主要发源地。拿破仑主义的幻灭、普法战争、巴黎公社……在混乱不堪的政局下，法国人对社会现实普遍感到绝望，沉湎于颓废和追逐奢华，体现在艺术浪潮中就是黑色浪漫主义进入了又一个高峰。1886年，象征主义运动正式发表宣言，主张梦幻和想象力，和作家左拉所领导的自然主义决裂。在这场运动中，诗人马拉美和魏尔伦引领着文学领域，绘画领域的主要代表则是古斯塔夫·莫罗（Gustave Moreau）。在绘画中，莎乐美的妖媚形象取代了蛇发女妖梅杜萨。莫罗反对印象派研究和表现自然、光线，他的画题大多取自宗教故事，或者来自古希腊神话、东方神话，有种怪异的、唯美的神秘主义情调。展出的两幅代表作，其一是《施洗者约翰的头在显灵》，取自《圣经》故事。莎乐美受母亲唆使，向希律王索要圣徒施洗者约翰的人头。她正身披薄纱起舞，手指向约翰被斩下的头，圣光四射的人头和莎乐美看似无邪的艳丽，构成了这幅画唯美又恐怖的氛围。

1920—1960年，超现实主义在法国和比利时取代了象征主义，将黑色浪漫引入一个全新的阶段。马格利特、马克斯·恩斯特、萨尔瓦多·达利……这些画家不再依赖从神话和《圣经》故事中取用画面来建构奇幻，他们找到了新的依赖，即弗洛伊德的

《感伤的对白》，马格利特

精神分析理论，在绘画中制造梦境，自由释放甚至编造潜意识，以此来撼动现实秩序。风暴中被毁灭的梅杜萨之筏，在恩斯特这里变得犹如脑海里的迷幻小舟；达利让《骷髅头里的芭蕾舞者》如同从死亡里开出的鲜艳的花；马格利特画出了《感伤的对白》，他直接从弗里德里希的画作中挪用了经典意象，两个鸟头人身的人披黑袍伫立在暴雨将至的天空之下，"在他们的噩梦中，尸体不再意味着恐惧，而是……一种优雅"。

至此，神话、女巫和魔怪不再是人们解决困惑与疑惧的唯一通路。

附记：本文写作参考了由奥赛博物馆向采访人提供的展览资料。

艺术家可以过一种什么样的生活？

> 艺术家可以过一种什么样的生活？皮埃尔·博纳尔的作品和生平给了另一种答案。

我们已经习惯了谈论艺术家的混乱生活，怪癖、风流、贫穷、动荡，都是谈资；甚至那些天才的悲剧性早夭，也有可能成为作品之上的光环。

浪漫主义大师德拉克洛瓦，出身贵族，少年成名，出入达官贵人和文化名士聚集之地，但看起来如此完美的人生却有身为私生子的人生疑云；并且，他终生未娶，对于传记作者这是有吸引力的素材。印象派大家莫奈和雷诺阿，儿女绕膝，生前也有幸亲见自己成为画坛泰斗，但在他们的青年和中年时期，也曾有过无人买画、靠朋友和画商接济才能糊口的阶段。这种困境长达十余年，是贫穷成就艺术的佐证。毕加索和达利都是深谙成功学的天才，毕加索有那么多情人的画像供给艺术市场和收藏家，达利曾抢走朋友之妻。这类八卦是可以直接在拍卖场上为画作的价格添加一两个零的。至于凡·高和阿尔勒、向日葵，早已成为艺术人生的代名词，是19、20世纪制造"艺术圣徒"风气的典型故事。

但是，在奥赛博物馆此次的皮埃尔·博纳尔大展上，这些话题无一得到满足。展览前言已经明示观众：这位在20世纪早期参与创立巴黎纳比画派的艺术家，出身显贵，一生富足，与妻相伴，画作大卖，安逸地度过了他审慎的、法式布尔乔亚的一生，享天年八十岁。

艺术家可以过一种什么样的生活？皮埃尔·博纳尔的作品和生平给了另一种答案。

纳比画派作为艺术社团存在不到十年，在艺术史上通常也被归入后印象主义和象征主义的阶段。但在奥赛博物馆，二楼南侧的展示空间有一半留给了纳比画派的成员，说明了他们对于20世纪绘画发展的重要性。在"二战"之前，装饰艺术、超现实主义和野兽派都不同程度地受到纳比画派的观念的影响，抽象艺术也被认为有纳比画派的元素在延续。纳比画派汲取日本版画的平面表达和东方美学，不再像印象派那样依赖外光和写生，而是把画布当作诗稿，按照自己的感情和意愿来重新安排大自然。

纳比画派的主要成员都是美术学校的青年学生，这使得它没有成为之前的枫丹白露派、印象派等艺术团体的复制品，它的成员拥有完全不同的生活方式。

先说保罗·塞吕西耶（Paul Serusier）。他在绘画上的影响力被认为不如其他同伴，但这个崇尚缜密思想的巴黎年轻人却是纳比派最初的灵感来源。1888年夏，二十多岁的塞吕西耶去了一趟布列塔尼省的阿旺桥，见到了从巴黎搬到乡村来画画的保罗·高更。那个时候，高更还没有去普罗旺斯的阿尔勒与凡·高会合，但在阿旺桥的日子已经小有收获。他让塞吕西耶看了自己刚刚完成的《雅各与天使搏斗》，塞吕西耶立刻被高更以秩序组合的狂放色彩以及象征意象的神秘性撩拨得激动不已。在高更的指点下，塞吕西耶也在烟盒上模仿了一幅具有高更的色彩魔力的小幅风景画。回到巴黎朱利安美术学院后，他向要好的同学博纳尔、瓦洛东（Vallotton）等人展示了烟盒画，并转述了高更对色彩的见解：比如花是红的，那就从颜料盒里找出最红的红；天是蓝的，就抹上最蓝的蓝。几个年轻人也像塞吕西耶在阿旺桥一样，瞬间被色彩点燃，几乎立刻成了高更主义者。1891 年前后，他们带着追逐 20 世纪绘画新方向的热忱成立了社团，和博纳尔共用画室的维亚尔也跟着加入进来。在社团里，他们彼此以"纳比"（Nabis）相称——这个词在希伯来语里是"预言者"或"先知"的意思，所以他们后来就被称为纳比画派。

带有宗教色彩的名字，在现实中也预示了这个小团体修道一般的僧侣气质。纳比画派从绘画风格到色彩都推崇无拘束地去探索，但在生活中几个成员都是人生态度一丝不苟的人，在那个狂放不羁的波希米亚艺术家盛行的时代，这可十分少见。

比如爱德华·维亚尔，他年少丧父后，跟随做织绣剪裁师的母亲搬到巴黎，之后一辈子和母亲生活在一起。对他的记述也可以十分简单：曾在巴黎的朱利安美术学院和巴黎美术学院学习画画，不爱抛头露面，几乎没有感情传闻，画的都是家人和身边那些织绣女的生活场景，仅以母亲为人物的画作据计就有五百多幅。1914 年后，维亚尔接下不少上层社会的肖像订单，风格越来越写实，很少再发表画作，过着近似隐居的生活，直到 1940 年去世之前才做了第一个回顾展。

还有莫里斯·德尼，他生于诺曼底一个海边小镇，终生为虔诚的教徒，是一个视艺术为宗教祭坛的人物。莫里斯·德尼总在为教堂创作装饰壁画，这也是为什么他的作品总能把梦幻、浪漫、肃穆、庄严这样一些看似矛盾的氛围叠加在一起。他是现代艺术史上少见的立志将自己奉献给上帝的人。

　　和这些朋友们相比，博纳尔很幸运，他一辈子都衔着出生时带来的那把"金汤匙"，经历了两次世界大战，生活却始终平静而少起落。博纳尔的老家在巴黎近旁的上塞纳省，父亲是当时国防部一个职位很高的官员，所以他从小生活优渥并接受了良好的教育。不过，像他这样的富家子弟到了选择大学时就不得不听从权威的父亲了。和银行家之子塞尚一样，博纳尔完全按照父亲的意愿去读了法律，只能在课余修习自己感兴趣的绘画。不过，正是在朱利安美术学院学画期间，他得以结识塞吕西耶，并和这些同龄人共同发起了纳比画派。毕业后，博纳尔曾短暂进入律师行业，但当他成功卖掉自己创作的第一幅广告画后，就坚定地去做画家了。

　　在奥赛博物馆展示的博纳尔的早期画作里，可以看到日本版画和东方主义对他影响至深。就像莫里斯·德尼所说，他们尝试各种平面造型和色彩组合，按照自己的意愿自由安排大自然。印象派对外光的表现，在他们的作品里已经不复存在了。他和同伴也试验以各种从未使用过的材料来做画。比如，《晨衣》采用了条屏的形式，却是画在一块绒布上面的胶画；《白猫》是画在纸板上的，对猫身的夸张拉伸，几年后也被他用在了绘画人体上面。

　　博纳尔最早是被洛特雷克（Lautrec）带入画坛的，直到

1891 年才有机会将作品送到独立画展，所以这个时期受他影响很深。约 1896 年，他的纸板油画《舞女们》和洛特雷克的磨坊舞女系列就有相似之处，但博纳尔取的是俯视角度，已经开始显现他长于截取事物一角的独特视觉感受力了。而在画作的整体气质上，博纳尔对舞女的表现更接近德加之优雅，而不是洛特雷克的法国香颂风。

博纳尔画了一辈子画，基本只有一个模特，就是同居多年、后来婚娶的梅利尼（Méligny）。这个女人身世模糊，连姓氏也是改过的。博纳尔的朋友和家人都不清楚她的来历，只知道她和博纳尔之间门第、出身差距巨大。在奥赛博物馆的展览文字里，提到她的部分也语焉不详。对于所爱之人，博纳尔或许不比其他人了解得更多，不排除这是画家对营造并沉浸于这种神秘感颇为着迷。在他以梅利尼为模特的作品里，总是弥散着一种将尘世隔绝的桃花源般的氛围。文章里提到，每当画商来求订画作或书稿的插图，博纳尔就让梅利尼走到自家花园里，在他喜欢的角落扮演裸女；有时候则是在室内，画家把她安放在浴室的镜子前、浴缸里，拍照后再画下来。博纳尔还曾应邀为诗人魏尔伦的诗集绘制插图，那些迷人的裸女形象都是梅利尼。在展览现场的这些作品上，梅利尼丰满、健康，气质百变，面目却总是云山雾罩，很多时候她只是花园深处的一个背影，或者低头坐在餐桌边。晚年的博纳尔尝试画了很多浴室场景中的女人体，"她们"也都是梅利尼。浴缸里的梅利尼通常很硕大，但我们还是"看"不到她，印在脑子里的是她被画家拉长变形的腿，还有浴缸里浸泡着她身体的色彩迷离的水。展览中提到，博纳尔和梅利尼结婚的时候，画

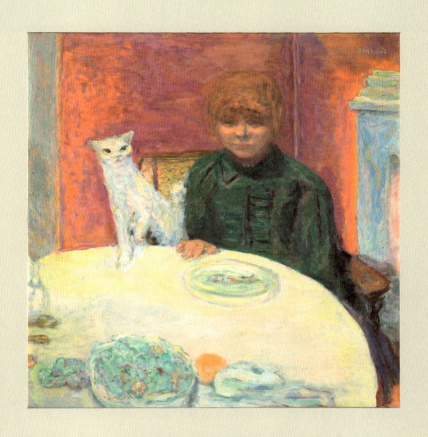

《女人和猫》，博纳尔

家曾经的一个女友兼模特自杀了，但是这个女友好像并未出现在他的作品中。梅利尼早于画家去世，之后画家也没有再娶。

纳比画派解散后，博纳尔在他喜爱的诺曼底海边买了一处住宅，经常和家人从巴黎到那里度假，因为他喜欢远离人群的外省生活。这一时期，他开始画具备个人风格的风景静物：从餐室里看到的山色、花园，大吊灯下的餐桌，水果篮和花束。如果风景中出现女人的形象，即便只是边边角角，依然还是梅利尼。展览中有数幅，其一是他在 1912—1914 年的作品《房间里的裸女》。奥赛博物馆专门从华盛顿国家画廊的梅隆（Mellon）夫妇藏品中借展过来，画面是从卧室角度看见的浴室一隅，一个女人的三分之一躯体立在门后，变形甚于前期，尤其腿部被拉长为令人惊讶却美妙的比例。艺术史家评价博纳尔是在象征主义和野兽派之间的优雅过渡，所指的就是这个阶段。在巴黎期间，他的画室在蒙马特山脚下的克利希广场附近，和洛特雷克、德加的画室都很近，但他很少像这两位好友一样去画巴黎的市民生活。他画中的巴黎基本仅限于家庭场景，少见的几张街景和咖啡馆场景都是别人的订画。展厅里有两张并列展示的同样尺幅的油画，一幅是 1912 年的作品《克利希广场》，描绘了阳光下的路人和街物，另一幅是 1928 年的《小拇指咖啡馆》，画的是克利希广场边一家咖啡馆的内景。作画时间相隔十六年，却是同一个人订购：乔治·贝松（George Besson）。他是当时巴黎有名的收藏家和艺术评论家，他订制这两张画来装饰自己的客厅。20 世纪 60 年代，他和夫人阿黛尔·贝松将这两件作品捐给了巴黎蓬皮杜国家艺术文化中心。

博纳尔最后的时光是在一个叫作勒卡内（Le Cannet）的小镇

度过的，靠近戛纳。他在一个风景优美的山坡之上过着安静的日子，以一幅幅画记录自己的生活。

马蒂斯晚年也住在蓝色海岸，是为数不多的博纳尔愿意去拜访和与之探讨绘画的人之一。博纳尔对色彩的探索和马蒂斯一样执着，在生前就得到过很高的评价。和马蒂斯一样，他想让色彩摆脱形态的束缚而独立具有意义。不过在晚年，马蒂斯的"大装饰艺术"比博纳尔走得远，进入了一个更加广阔的绘画境界。

博纳尔还活着的时候，已经受到相当多同行的尊敬，包括马蒂斯。马蒂斯曾说："博纳尔是我们这个时代最伟大的画家之一，对于后人来说，自然也将如此。"在他去世前，纽约MOMA正在筹备博纳尔个展来庆祝他的八十岁生日，可是当这个展览终于在1948年举行的时候，已经成了画家的身后纪念展。

批评博纳尔和纳比画派成员的人，认为他们的绘画题材过于狭小，封闭在家庭生活的空间里。也许，这就像博纳尔的人生一样，会让那些追求惊心动魄和跌宕起伏的人觉得平淡无奇，平淡到似乎不足以支撑一个伟大的艺术家所需获得的瞩目。但是当时间到了21世纪，艺术史重新看到了他的价值。在平静中探索真谛的一生，并不比追求宏大的名声更容易。他的"视觉品位"和"诗性"，让他的作品显得弥足珍贵——2008年，伦敦泰特现代美术馆、纽约MOMA相继举办了博纳尔的作品展，2009年则是纽约大都会博物馆为他的晚期内景绘画策划了重要的专题展览。现在，奥赛博物馆的策展人说，2015年轮到我们来回顾这位独特的法国画家了，"在20世纪所有伟大的艺术家中，博纳尔是最具有个人特质的一位"。

《向塞尚致敬》，莫里斯·德尼

是的，在深具宗教气质的纳比画派中，博纳尔也是朋友们眼中最安静的那一个。他羞涩，讷言，有轻度的社交障碍。1900年，莫里斯·德尼仿效画家方丹·拉图尔（Fantin Latour）的名作《巴迪侬画室》也画了身边的艺术家群像：《向塞尚致敬》。他描绘的是画商沃拉尔为塞尚举办展览时心怀崇敬的年轻艺术家们前来祝贺的场景。除了塞尚本人，纳比画派的主要成员悉数在场：塞吕西耶、维亚尔、莫里斯·德尼及他的年轻太太等。那个右侧正在抽烟斗的高瘦男子就是博纳尔，即便在这样热闹的场合，莫里斯·德尼还是表现了博纳尔一向沉默和内省的性情——他侧身而立，和人群稍显疏离。

博纳尔的最后一幅画是《一棵开花的杏树》，他在山坡大海之上的那间屋子里，用这棵树为自己的艺术和生命都画上了最后一笔。

杜瓦诺的巴黎

66 爱恨又何止于一吻。 99

这应该算是整个春季拍卖最轰动的新闻了：2005 年 4 月 25 日，老照片《市政大厅前的吻》在巴黎拍出 15.5 万欧元，成为 20 世纪身价最高的照片之一。初印原版，摄影师罗伯特·杜瓦诺（Robert Doisneau）的亲笔签名，照片中的女主人公五十五年后现身带来的新闻效应，这些都是成交价奇高的原因。

实际上，十几年前人们已经知道，这张经典照片并非如想象中那么浪漫，因为照片上年轻恋人的深情一吻是排演出来的场景，而不是摄影师"抓"到的甜蜜。

1950 年，法国摄影师罗伯特·杜瓦诺应美国《生活》杂志邀约，为他们拍一组巴黎恋人的照片。他每天到街头碰运气，连续几次都没有收获。这天，当他走过一家啤酒屋的时候，决定先放下工作，坐下来喝一杯歇歇脚。就在这个时候，他看到了弗朗索瓦丝·波尔纳和她的男朋友雅克·卡尔多，一对年轻漂亮的恋人，他们正在热烈地接吻。得知两人是西蒙戏剧学院的学生，杜瓦诺当即询问他们是否愿意为自己做模特拍张照片。果然成全了一张很美的作品，但在当时，摄影师和模特都不可能意识到它会成为传世之作。几天之后，杜瓦诺从洗印好的照片中挑出一张，签了名，寄给女孩作为感谢，故事就到此为止了。女孩没有因为演艺工作成名，是巴黎大把女演员中的一个；她的爱情也没有海枯石烂，甜蜜接吻的男友在第二年就与她分手了，之后再无联系。

戏剧性的转折出现在照片发表三十六年后。1986年，有人偶然从杂志图片库里翻出了这张底片，想把它印成明信片出售，结果大受欢迎，到1992年的时候，它在全世界的发行数量已经超过四十一万张，创下世界纪录。喜欢这张照片的人都以为这是抓拍大师杜瓦诺的偶得之作，把这匆匆人流中的深情一吻看作爱情永恒的象征。杜瓦诺没有主动出来说明实情，男女主人公也善解人意地保持着沉默，直到1992年5月，这种默契才被一个意外事件打破。一对法国夫妇向《快报》杂志爆料，宣称他们就是照片中"路过"的主人公，并提出要向摄影师追究自己的隐私权。到了此时，杜瓦诺不得不站出来，公开当年"摆拍"的经过。当媒体蜂拥而上、真相扑朔迷离的时候，波尔纳也主动露面接受了采访，表示自己才是照片中的女孩。从她出示的签名照片以及描述的细节，杜瓦诺确认，波尔纳就是当年那个女孩。

接下来却是更为俗套的情节，像是要彻底打破人们对于爱情、对于美好的幻想，也或许是因为生活得不太如意，这一次，波尔纳向杜瓦诺提出1.85万美元的赔偿要求，作为明信片销售所得的分成。虽然杜瓦诺本人承认波尔纳和前男友是照片中的人物，法院还是驳回了波尔纳的要求。两年后，杜瓦诺去世，不知道在他离去的时候，这张照片在心里留下的是当年啤酒屋前那对妙人的美好侧影，还是几十年后这场诉讼带来的阴影。

2005 年 4 月 13 日，在即将拍卖之前，七十多岁的波尔纳再次来到当年和男友接吻的市政大厅前，手举杜瓦诺送给她的签名原版，拍下合影交给媒体刊发。这只是宣传之举，为的是让拍卖有个更好的价钱，至于年轻时的那场爱情，她恐怕是一点留恋也没有了，否则不会连如此珍贵的照片也无心在她有生之年留存。据拍卖行透露，照片上的男主角雅克已经在 2004 年去世了，他不会出来要求和波尔纳平分拍卖所得了。如果真有那样的场面出现，人们想象中的爱情将何等令人失落。

在法国，杜瓦诺和布列松一样深受欢迎，因为有了他们的镜头，巴黎的大街小巷才被巴黎人真正了解。杜瓦诺出生在让蒂伊（Gentilly），青年时期才到巴黎求学。最初所学是石版雕刻，但他知道这不足以糊口，暗自去学了摄影。二十岁那年，他成功把自己拍的照片卖给了一家报纸。稿费虽然微薄，却让他对自己的职业前景有了初步计划。杜瓦诺得到的第一份工作，是在摄影师、雕塑家安德烈·比尼奥（André Vigneau）的工作室里担任摄影助手，由此受到了摄影方面的系统训练，并很快展现了自己的天分。他的第二份正式工作是在雷诺汽车工厂做广告摄影师，因为无法坚持准点上班而被开除。成名之后的他在回忆里将此变故称为"幸福的开除"，因为从此之后他就开始了自由摄影生涯。"二战"期间，杜瓦诺参加了抵抗组织，作为战士和战地摄影师拍摄了大量作品。战争结束后，他重拾自由摄影师的身份，并和专业图片社拉夫（Rapho）签约。最初几年，很多摄影师，包括布列松在内，都或多或少依靠为时尚杂志拍摄名人肖像来增加收入。杜瓦诺也不例外，他的作品经常被著名杂志购买，像法国的《观点》《时尚》，美国的《生活》，都和他有比较固定的合作关系。从外形上看，杜瓦诺瘦弱、和善，与他镜头下那些温暖的街头场景在气质上有一种契合，但他也有锐利和激烈的另一面。因为有过在雷诺做工的经历，他对底层生活的感受比其他摄影师更为真切，除了捕捉巴黎的浪漫情愫，他也常把镜头对准工厂、郊区和贫民区的犯罪。

和布列松一样，杜瓦诺也以抓拍"决定性的瞬间"著称。他记述了这种发现的快乐："每天，生活中奇妙的事物都令人兴奋，没有任何一个电影导演可以安排你在街道上发现的各种想不到的景象。"在他眼里，巴黎就是一个天然的大剧场，只要你愿意花时间，总能找到一个好位置，观看到鲜活迷人的表演。所以，他最喜欢做的事情是守候，在街头，在咖啡馆，捕捉擦肩而过的路人。《市政大厅前的吻》以其商业上的巨大成功，掩盖了杜瓦诺其他杰作的光芒。他镜头里的巴黎和巴黎人，实则远比一个吻要真实和细腻。观看他的作品，会让人联想到与他同时期的法国新浪潮导演特吕弗，不动声色的细节的并置，日常小人物的古怪与生动，都有着小说般的叙事感，轻描淡写，却回味无穷。杜瓦诺还善于拍摄儿童，尤其是小学生，课堂的、课间的、街角的，孩子们在他的黑白胶片上都是独立于成人世界而存在的。他们注视着镜头，目光里掩藏了慌乱和彷徨，只有在特吕弗的电影《四百击》里，我才同样地被这种童年的伤感狠狠击中过。

1973年，纪录片《罗伯特·杜瓦诺在巴黎》上映，讲述了一座城市和一个摄影家之间长达半个世纪的故事。20世纪50年代，保存在杜瓦诺镜头里的巴黎爱情其实何止市政大厅前的一吻。在他的作品里，至少还可以看到另外两张照片：在某个地铁站出口的花市附近，一对年轻夫妇购物归来，在行路中幸福地亲吻；还有一张是在清晨的巴黎，街头空旷无人，画面是一对踩着三轮车送货的年轻人，女孩蜷坐在货箱里，与回过头来的爱人沉醉地热吻。这两张照片在我看来都十二分动人，却都不如《市政大厅前的吻》那样有名——即便知道了照片背后的故事，人们还是相信，在那一刻，一对美丽的年轻人是真正相爱的，在大师的镜头前是有过真情的一吻的。

布列松和世界的距离：50mm

“” 在布列松看来，一幅肖像就是一种提问的方式，而按
下快门的那一瞬就是回答。””

布列松（Henri Cartier-Bresson，1908—2004）其实很早就"封
笔"了。在最后的三十年里，他逐渐放弃了摄影，为自己设定了
画家这样一个角色。热爱他的人拒绝关注和评论他的画作，依然
忙忙碌碌地为他举办各种摄影回顾展，但布列松对自己的选择表
现得非常固执，每天埋头作画，偶尔拿起相机拍些风景和人物，
也不过是作为素描的图片资料。

他精心选了两个住所：一处在巴黎，窗外正对着杜伊勒里
皇家花园，离卢浮宫很近，为的是每天能去博物馆临摹自己喜欢
的名画；另一处在上普罗旺斯省阿尔卑斯一个叫作塞莱斯特的小
镇。他在那里住的日子不多，但因为他于 2004 年 8 月 3 日在此
地离世，小镇的名字出现在了世界各地的媒体头条上。

第一部徕卡相机

绘画是布列松的终点，也是起点。

布列松出生在塞纳－马恩省的尚特鲁（Chanteloup），和巴黎相距不远。在当地，他家是望族，父亲经营纺织厂，指望儿子能考进巴黎的精英学校，以后继承家族产业，可是布列松参加了三次中学会考都没能毕业。他学业不好，但继承了家族的艺术天赋，痴迷于希腊神话、诗歌、绘画，还有各种奇谈怪论。升不了大学的他被叔叔路易带进画室学画，后师从安德烈·洛特，开始有机会接触巴黎超现实主义团体的圈子。年纪轻轻，他已经见识过那个时期的许多风云人物，亨利·勒巴斯克、诗人雅各布……还有像"太阳王一样令人生畏的"超现实主义运动领袖布勒东。1930 年，二十二岁的布列松就游历了英国，服完了兵役，又在朋友的鼓动下前往象牙海岸开启冒险家生涯。那年他以打猎谋生，如果不是一场要命的热病，可能就留在那儿了。返回法国后养好了病，他仍然向往外面的世界，又和朋友一起到东欧旅行。这一趟下来，一个偶然的机会让他发现了摄影的魅力。他看到匈牙利摄影师马丁·曼卡齐（Martin Munkácsi）的一幅作品：三个刚果年轻人向着坦噶尼喀湖飞奔，这个画面再次唤起他被迫中断的对自由和冒险的渴望，可谓一眼千年。这张照片后来一直挂在他的卧室里，而且是墙上唯一的一幅。回到马赛，布列松立刻买了他平生第一台徕卡相机。他后来多次跟人说起这台相机对自己走上摄影道路的决定作用，因为机器的魅力俘虏了他。"它是我目光的延伸"，那段时间，"我天天把它握在手里，从来没有放下过"。他隐身在角落里，观察整个世界，他发现自己可以通过一张照片，抓住事物的本质。

　　就在买下相机的 1932 年，布列松在马赛拍摄了《叼烟的男

布列松，摄于纽约 © 高品图像

人》，在巴黎圣拉扎尔车站拍了《奔跑的男子和他水中的投影》，在西班牙拍了《妓女》，这些照片后来都成为人们谈论的经典。瞬间抓拍，构图和光影几乎无可挑剔，谁又能想到它们竟是布列松刚刚入门的习作呢？他以镜头和快门，释放了从画室训练中获得的全部技巧和感受力，细致而好奇地去重新触摸这个世界。他继续在国外旅行，但手中多了这台徕卡。从 1932 年到 1935 年，他漫游在地中海海岸、墨西哥和美国等地，摄影集《决定性瞬间》里所收的大部分照片都是在这一时期完成的。行至纽约，布列松突然对电影发生了兴趣，并开始努力学习制作技术，这种热情一直持续到他返回巴黎，遇到了著名导演让·雷诺阿，并以第二助理的身份参与拍摄了他的几部影片。我有次到纽约出差，去看了一个纪念布列松的展览，其中有个章节专门讲到他这段短暂的电影经历。记得里面有几张剧照，是雷诺阿拍摄《游戏规则》时期的，布列松在剧组不只是助理，还出演了一个管家的角色，身板笔挺，形容瘦削。他为什么突然被电影吸引？当时电影拍摄是无法修版的，所有构图都在取景框里决定，这也许是布列松对此产生浓厚兴趣的原因。他个人在摄影技术上极其排斥后期暗房修片，这点可能也有电影艺术形式对他的影响。

1937 年 5 月，二十九岁的布列松被法国共产党创办的《今晚报》聘用，领到了他平生第一张记者证，编号 3112。《今晚报》是"二战"之前法国左派的权威媒体，由作家路易·阿拉贡担任主编，导演让·雷诺阿为它写电影专栏，国际时事评论员则是那时声名远在萨特之上的知识界的领袖人物保罗·尼赞（Paul Nizen）。布列松由此步入职业摄影生涯。

决定性瞬间

有人将布列松的创作以"二战"为界划分为两个时期。"二战"期间，布列松加入了抵抗运动，被德国人俘虏、关押，三次越狱才成功逃脱。这三年他和心爱的徕卡相机天各一方，直到巴黎解放，布列松才重返摄影界。他返场的第一组作品是名人肖像，第一个拍摄对象是艺术家马蒂斯。画面上，被法国南部阳光拥抱的画室，身穿睡袍的画家，画家手上的鸽子，与战后生活的复苏和自由两相衬托，堪称完美无缺。在这组引起轰动的作品中，布列松几乎将那个时期生活在巴黎的所有名士都收入了镜头，画家博纳尔，时装大师迪奥兄弟，哲学家萨特和西蒙娜·波伏娃……这些人都耐心地坐在他镜头前。为波伏娃拍照的时候，波伏娃问他需要多长时间，布列松开了个玩笑：比看牙医稍长一点，比看心理医生稍短一点。如果说战前他的作品更趋于新闻报道的社会写实性，那么在战后这段时间，他更想观察的是人的内心世界和精神面貌，尤其是在历经重大历史转折之后。在布列松看来，一幅肖像就是一种提问的方式，而按下快门的那一瞬就是回答。

布列松时隔十年重游美国的时候，已经是著名摄影师了。这期间发生了一个戏剧性的事件：纽约现代艺术博物馆（MOMA）正在为布列松准备"身后回顾展"，因为朋友们数年没有得到他的音讯，以为他已死于战争。布列松在美国逗留了一年，亲自为"身后展"揭了幕。展览时间长达两个月，展出了 161 幅照片，标志着他向世界级摄影大师的靠近。其后，1947 年，他和两位老友——罗伯特·卡帕（Robert Capa）、大卫·西摩（David Seymour）一起做了一件改变世界新闻摄影史的事情：成立玛格南图片社。他们树立的宗旨是坚持独立报道的立场。从1947年开始，布列松步履不停地横穿亚洲，充当了一系列重大历史事件的见证人：在印度，他记录了甘地遇刺和葬礼的场面；随后转道巴基斯坦来到中国——这是一片在他眼里"难以用镜头来表达的土地"，亲眼看到了国民党政权的末日景象。1949年，《巴黎竞赛》画报创刊，第一期就发表了布列松在上海拍摄的老百姓疯狂抢购黄金的照片，杂志一时热销。一切尽在画面，不需要多余的文字，这一风格在他访问苏联和古巴的报道中仍然延续着。

1952年，布列松的第一本摄影集《决定性瞬间》出版。这是一个令人过目难忘的命名，从此成为他的摄影方法论，并影响了几代摄影师。这也是第一次，他用文字来阐释自己对摄影的核心观点——在几分之一秒内将一个事件的内涵及其表现形式同时记录下来并带到生活中去；生活只会表达一次，除了决定性的那一瞬间，便一无所有。

布列松认为摄影有三大要素，即距离、中性和简洁。他是最安静耐心的旁观者，像猫儿一样，从不打搅被拍摄的事物。他拒绝人工光源，也反对后期处理照片，但构图常常呈现出惊人的完美和经典，因为在布列松的眼中，"运动中总存在这么一个瞬间，其时所有的因素在画面上都处于均衡"。他使用最简单的器材，基本上只用35mm平视取景小型相机，50mm f2镜头。他和世界的距离就保持在这50mm。布列松从来不认为自己的工作是一门"艺术"，摄影是他关心人类的方式。如果摄影只被看作一种技巧，他便如自己所说的，"永远是爱好者，而且是业余爱好者"。

见证玛格南

布列松的坏脾气是出了名的，拒绝采访，拒绝拍照。他晚年不多的几张照片大多是他的第二任妻子、法国摄影师玛蒂娜·弗兰克（Martine Franck）所拍。玛蒂娜曾创办巴黎 Viva 图片社，后来也加入玛格南，当时是极少数被该机构接纳的女性之一。1970年，她和布列松结婚，陪伴他走到最后。

随着布列松离去，关于玛格南传奇的最后一个原初见证人也消逝了。如果要回忆玛格南的"决定性瞬间"，或许可以定格在两个时刻：

1936 年：三个酷爱摄影的年轻人在巴黎的一家小咖啡馆里相遇，二十八岁的法国人布列松，二十三岁的匈牙利人罗伯特·卡帕，二十五岁的波兰人大卫·西摩。他们刚刚参加完巴黎新闻社的一场招聘考试，但都落榜了。三个人边喝边聊，谈起各自的摄影志向，并相约以后要办一个真正具有独立报道精神的图片社。接下来，三个年轻人背着相机各奔东西。

1947 年，三个著名摄影师在巴黎重聚：卡帕是拍出了《西班牙战士》的卡帕，因为对西班牙内战的报道，他已经成为世界上最负盛名的战地记者，1937 年赴中国报道了抗日战争，1944年跟随盟军在法国诺曼底登陆，一直在血与火中搏命。布列松是抵抗运动战士，战后以名人肖像系列轰动摄影界。西摩也参加了西班牙内战，他拍摄了大量被战火摧残的儿童的照片，受到广泛关注。十年践一约，三人共同发起成立了一家图片通讯社，分别在巴黎和纽约开设办事处，名字由酒徒卡帕信手拈来，MAGNUM——玛格南，法国一种特大桶装香槟酒。

卡帕不拘小节，布列松脾气急躁，西摩羞怯内向，如何一起工作？1980年，布列松难得接受记者采访，他是这样讲故事的："刚开始，我和Chim（西摩的别名）都很担心。怎么养得活卡帕呢？他总住在高级酒店，排场很大。但最后的结果是，卡帕养活了玛格南。他和那些杂志社老板喝着杜松子酒玩着纸牌的时候就帮我们找到活儿了。"最初，卡帕确实靠赌马来周转资金给大家发工资，但他也有做生意的天分。那时候，他们的钱不分彼此。玛格南刚一成立，布列松就去亚洲采访了，过了三年特别节俭的生活，在图片社的账户上留下好几千美元的积蓄。他向卡帕索要这笔钱，卡帕告诉他没有了，赌光了。布列松大怒，卡帕便问他："你拿这些钱有什么用呢？你对汽车没兴趣，你老婆也有毛皮大衣了，她又不会马上要买第二件。"布列松听后竟然作罢。这就是那个时期的玛格南，他们拍出了伟大的照片，卖出了好价钱，却因为管理上毫无头绪而入不敷出。但玛格南仍然吸引了很多优秀的摄影家加入，比如乔治·罗杰（George Rodger）和比肖夫（Werner Bischof），因为这里有独立的立场和勇敢的精神，摄影师可以不再被杂志的市场趣味左右。他们站在地球的各个角落，关注战争、饥荒、自然，表现普通人的苦难和尊严。

但他们没有再等到第二个十年的重聚。1954年，卡帕死于越南战场。他踩到了地雷，倒下的那一瞬间仍然最后一次按下了快门（同年，比肖夫在秘鲁遭遇车祸）。两年后，1956 年，在报道苏伊士运河事件导致的中东战争时，西摩被机关枪打中。三个创立者，只留下布列松在孤独中怀念了半个世纪。1966 年，布列松不满意玛格南的商业倾向，宣布退出，但他还是同意图片社保留和经营他的底片。

玛格南现在的档案库，作品藏量超过一百万张。在众多商业通讯社的包围下，它可能不再有王者气概，但它的 20 世纪回忆仍然是伟大的，也是孤独的。

在画框之外

“ 所有这些不得其所的空洞、无助，让隆多拍摄的博物
馆散发出特殊的魅力。 ”

就像博物馆本身，那些拍摄博物馆、美术馆的作品也早就形成了一套博物馆摄影体系。翻开任何一家著名博物馆出售的画册，看到的都是在完美背景光衬托下品相周正的藏品。但法国摄影师热拉尔·隆多（Gérard Rondeau）一头闯进了"后台"，用十五年的时间破解了这套体系。他的镜头发现了另外一种博物馆，这是观众看起来很熟悉却又好像从未见过的空间。在隆多拍摄的作品里，名画还是那些名画，里面的人物却好像突然都有了呼吸，在某个瞬间，他们挣脱了创造者达·芬奇、德·拉图尔或者毕加索，通过隆多的观看，和画框外的这个世界发生了关系。

与三年前在法国大皇宫国家美术馆的那次摄影个展相比，热拉尔·隆多在北京的这次展览规模很小，但它还是吸引了我，尽管在此之前我从未看过隆多的画册，他在摄影界也算不上知名。隆多带来了四十幅作品，包括"名人肖像"和"博物馆"两个系列，如果不以画册《画框之外》来做补充观看，观众恐怕不容易对他独特视角下的博物馆世界形成完整的感受。

隆多说，他的摄影是在一天内学会的。20世纪70年代，那时他还在斯里兰卡谋生，有一天，他翻到了布列松的摄影集，看完后，他觉得自己已经学会了摄影，因为他搞懂了一件事情：什么是摄影师的观看和选择。从那天开始，隆多决定做一个职业摄影师。他来自香槟省，半路出家，从未接受过学院训练，要在巴黎做一个以摄影谋生的职业摄影师有多难可想而知。隆多没有想过应该把自己的拍摄风格划分到哪个门类，在哪块地界立足更容易出人头地，他只是近乎虔诚地相信自己的"信仰"：通过摄影，人们可以把现实可见的东西表达成另外一个世界，不管它是一条路、一个屋顶，还是什么都没有。

1991年，和法国国家博物馆联合会的合作拍摄给了隆多一个堪称奢侈的创作空间，他可以在三十三个国立博物馆里游荡，完全以自己的方式去观看和表达。把他那本《画框之外》里的所有作品都看过后，我不得不承认，那些著名博物馆的殿堂感完全被这个巴黎人眼里的"外省人"解构了。进入博物馆参观的观众，永远只会看到装扮停当的名作，在它们被认为应该在的位置。但在隆多的镜头下，我们可以看到古埃及雕塑被塑料布包裹着躺倒在地板上，17世纪大师的绘画孤独地立在墙角，达·芬奇的《蒙娜丽莎》在空无一人的展厅里和一架木梯相对无言……所有这些不得其所的空洞、无助，让隆多拍摄的博物馆散发出特殊的魅力。那是从未遇见过的一种观看邀约，被邀约的观众却不在场。

1992年，隆多被邀请去巴黎毕加索博物馆拍摄毕加索的名画《读信》。画作本身只在照片右侧占据了不到三分之一的位置，并且只是局部，照片画面的其余三分之二留给了白墙、门框，还有过道尽头正在另一个展室里嬉戏的父子。父亲将孩子高高举起，因为距离远而看不清面目，那么此时《读信》里面两个男子的姿态和神情就代入到现实中了，这两层场景构成了一幅新的作品，它和毕加索有关，又似乎无关。这是隆多《画框之外》系列里最早的代表作。还有一次，是在法国外省的一家毕加索博物馆，他站在那张毕加索的大幅照片前面，直觉告诉他，有什么故事即将发生。他把自己蜷缩在展厅的角落里等待，坚信会等到一个漂亮的女人走过来，而毕加索将会"看"到她。结果就出现了他预感会出现的画面，他按下了快门。

比起这种"决定性瞬间"的场景，隆多说，他还是更迷恋杂乱的后台。巴黎大皇宫国家美术馆在 1994 年举办了一次印象派画展——"源头：1859—1869"，隆多参与了整个布展过程。他在现场拍摄到一幅"后台"作品：画面上，工作人员正伸手托起方丹·拉图尔的名作《巴迪侬画室》往墙上张挂，因为是背影，身穿深色衣服的工作人员好像也成了画中那些印象派画家中的一个，由此形成的透视错觉又让画中人物突破画框规定的空间，和现实世界发生了关系。另一张照片也和名为拉图尔的画家有关，不过那是 17 世纪的乔治·德·拉图尔（Georges de Latour）和他的《女算命人》。黑白照，隆多在上面只截取拍摄了名画的局部，负责搬运作品的工作人员将一只手从右侧伸向画面，正好按在"女算命人"头部一侧，和画中人诡异的目光呼应在一起，形成完美构图，营造出来的魔幻感令观者难忘。隆多的作品总在探求"关系"——画和画、画和人、画和空间、空间和空间，他用镜头找到的名作的"个性"，和人们在展厅墙上看到的大不一样，有时候让博物馆的专业人士也不由得心生疑问：什么样的观看才是真正的观看？

回到源头，可以说是布列松那本摄影画册教给了隆多观看的原则。不过，到巴黎这么多年，隆多唯一没有去拜见过的前辈就是布列松，直到2004年大师去世，他也没有试图去做过。也不是缺少机会，有一天，他正在博物馆拍照，工作人员告诉他布列松来了，就在那堵墙的后面。然而，他没有走过去，只是站在原地，把那堵墙拍了下来。当以后拿出那张照片的时候，只有他自己知道，伟大的布列松就在那堵墙的后面，这是一个没有其他人了解的"秘密"。另一次偶遇是在某个酒会上，他看见布列松在人群中，于是举起相机，把大师作为背景拍进了照片。布列松本人后来看到了这张照片，他表示很喜欢，曾经通过其他摄影师邀请隆多去家里做客。隆多犹豫了许久，最终还是没有去见他，只是给布列松寄去了一本自己的摄影作品集。他也说不清到底是为什么，如此固执地、保持距离地去尊敬一个人，这大概就像他对画面的偏执：一幅还没有发生什么或即将发生什么的画面，永远比已经发生了一切的画面更值得保留。

附记：本文写作参考了作者对热拉尔·隆多的访谈。

懒惰的视觉

> 摄影的欲望大概来自这样一种观察：从全局视角看去，这个世界十分令人失望。从细节上看，让人惊讶的是，世界总是十分完美。

在观看让·鲍德里亚（Jean Baudrillard）的摄影作品时，可以忘记这个名字本身所施予的暗示吗？对于大多数人来说，恐怕是不能的。在摄影展"消失的技法"中，思想家鲍德里亚无可避免地隐身于他的每一幅作品中，他的《物体系》，他的《消费社会》《完美的罪行》，以及他的《象征交换与死亡》。"鲍德里亚"这个名字与后现代思想体系、摄影作品一起形成了一种共生。抹去对这一关系的联想，眼前的图像也就随之失去了一部分可读性。

鲍德里亚作为学者，从法国思想界的一个游离者，转而成为大众媒介狂热膜拜的偶像，这某种程度上可以归因于 1999 年的好莱坞大片《黑客帝国》。在该片风靡全球后，技术考据迷认定，黑客帝国正是建立在法国人鲍德里亚描绘现代技术社会所用的"拟像"图景之上的——一个"谋杀本真的实在"的数码世界。鲍德里亚在他晚期的"拟像理论"（Simulacrum）中指出，主体、意义、真理、真实事物已经消失，取而代之的是符号化的商品以及"超真实"的符号逻辑。在《公元2000年已经来临》一文中，他这样写道："世界并不是辩证的：它在走向极端而非均衡；它热衷于彻底的对抗而非和谐或综合。它遵守的原则就是魔鬼撒旦的原则。这一点表现在物的狡黠的天赋中，表现在纯粹物的迷狂形式中，表现在它战胜主体的各种策略中。"

于是，鲍德里亚被视为一个伟大而激烈的预言者，但他本人生前并不接受这种膜拜，拒绝了好莱坞邀请他加入《黑客帝国》续集创作的请求。而他的夫人玛丽亚·鲍德里亚在这次中国之行中也提到，鲍德里亚认为这部电影和他的理论没有关系。

在巴黎南泰大学（即巴黎第十大学）任教二十年，至退休也没有得到教授职位，这一职业生涯的不圆满，在鲍德里亚名声大噪后，反倒成全了他的卓尔不群。人们对这位后现代文化最重要的代言人充满了探究心，但直到2007年去世，鲍德里亚也没有写过一本完整意义上的自传。他对自己的家庭背景的回忆，他谈论这些经历带给学术思想的影响，都只是以他偏爱的"片断"的形式散落在五本"冷记忆"系列中。在《冷记忆：1987—1990》里，他有一段约五百字的自述，大意是说祖父是农民，父亲是因病提前退休的公务员，自己是一工作就处于边缘境地的大学老师，"这条人生链已经持续到了懒惰的最高阶段"。在他看来，懒惰是一种适可而止和尊重的原则："这条原则会引起对宿命的某种偏爱。懒惰是一种宿命的战略，而宿命是一种懒惰的战略。正是这种偏爱，使我对世界同时抱有极端主义和懒惰的看法。不管事情如何发展，我不会改变这种看法。我讨厌同胞们的积极活动、创新动议、社会责任、雄心壮志和相互竞争。这些都是外生的、城市的、高效的和雄心勃勃的价值。这些都是工业的品质。而懒惰，它是一种自然的力量。"

在中央美院美术馆的展厅里，通过摄影镜头，我们得以直观地目击他自述的这种"懒惰的视觉"：放弃摄影者的主观投射，放弃题材和风格，把被摄体从它周围的环境中剥离干净，以此来表现"客体自己想要表达的面貌"。他说他要的是"用照片的沉默，抵制噪音、话语和谣言。／用照片的静止，抵制运动、变迁、加速。／用照片的秘密性，抵制交流和信息的放纵。／用意义的沉默，抵抗意义和信息的专制。／在所有这一切之上，是抵制图像的自动泛滥，抵制它们永不止息的繁衍……"摄影于他，"是在寂静中走遍城市，穿越世界的唯一方式"。

鲍德里亚在 1981 年才开始接触摄影，那年他五十二岁，用一台朋友赠送的傻瓜相机试着拍摄了自己的日本之行。到 90 年代初，鲍德里亚已经拍摄了大量照片，一部分是在学术旅行或个人旅行中所拍，另一部分是从日常生活的各种场所中摄取的，其中以巴黎的素材居多。最初，鲍德里亚并没有发表这些照片的想法，直到有一次，在纪念他某部著作出版的活动中，主办方替他策划的一场小型的摄影个展——也就二十来张作品——引起了人们对于作为思想家的他在著述之外的图像作品的兴趣。大约是从 1993 年开始，意大利、澳大利亚、加拿大、巴西、日本等国都有画廊或美术馆陆续对他发出了展览邀请，其中也包括著名的威尼斯双年展。这次出现在中国的巡展名为"消失的技法"，这个展第一次举办是在东京，与他的摄影理论著作《消失的技法》同名。这本书就是他从自己的拍摄行为进入研究领域，对摄影作为媒介的主题给予了鲍德里亚式的思考和叙述。在谈论自己为什么对摄影发生兴趣时，鲍德里亚说："我发现在拍摄照片的时候，对象与我（主体）实际上是处在一种双向的、相互诱惑的关系中。在这个时候，主体和客体都不存在了，主客体连为一体，我是被这种整体性所吸引而对摄影产生兴趣的。"在这个意义上，摄影对于鲍德里亚就并非单纯形式上的艺术趣味了，摄影其实成为他另一种录入思想的途径，另一种实验——在鲍德里亚关于"仿真和仿像"的观点中，仿像物体包括"原始小塑像、图像或相片"。于他，"艺术是一种形式，又越来越不再是个形式，而是价值，一种审美的价值：所以，我们从艺术转向了美学——这是非常不同的领域。因为艺术变成了美学和现实的融合，它参加到了现实的、缺乏原创性的平庸乏味之中。因为所有的现实都变得具有美学性了，艺术和现实就完全混淆在一起了，混合的结果就形成了超现实。但是在这个意义上，艺术和现实主义之间并没有极端的差别。这就是艺术的目标，即成为形式"。

　　在鲍德里亚的图像中，"客体自己想要表达的面貌"真实存在吗？看得出来，他在尽力消解自己作为拍摄者的主观赋予。比如，这五十幅作品，不管画面是什么，题目往往只是一个地名，只是标示拍摄行为发生的场所：《巴黎》《泽布吕赫》《里约热内卢》《拉斯维加斯》《纽约》《波哥大》……所有这些地名的题名，比取用《无题》更疏远了意义。一张书桌和书桌上的台灯、笔记本，是巴黎；一辆沉于水中的废旧汽车，是圣克莱芒；两段白色爬梯，是蒙彼利埃。他"从平庸的物体中制造属于例外的客体"。这些照片中，偶尔一两张会出现人，他解释说："我不拍人是因为人带有太多的意义，我通过摄影无法把这些意义去除"，"不拍摄人是因为要回应他们的反应，我这边就有必要自我确认。而摄影对我来说，完全是一种丧失自己身份的行为，这是我所需要的。如果在街头走几个小时摄影，人就会进入摄影，陷入一种催眠状态，不需要像在写东西时那样自我控制。这里有一种把自己委身于幸福的偶然性"。

但他并不疏离于色彩。相反地，他拒绝了黑白。在他看来，黑白是形而上的，担负着意义，而色彩是来自机械本身的、由摄影镜头决定的，"色彩把我们从'事物'的精神现实远远拉开去，而黑白是让我们进入到'事物'的一种秘密中去"。

他如此偏爱细节、色彩、光线，那些近于刻意的截取和等待、色彩和构图，像戏剧一般浓烈，似乎又构成了对他的"客体说"的自我反驳。"摄影的欲望大概来自这样一种观察：从全局视角看去，这个世界十分令人失望。从细节上看，让人惊讶的是，世界总是十分完美。"鲍德里亚这样说到细节。至于光线，他梦想的是"一种极光"，他认为事物在极光中如同在真空状态下一样准确，他甚至描绘说：那些风景，那些面庞，那些人物，被投射在一种并不属于他们自己的光线之中，这光从外面残酷地将他们照亮，成了一些奇异的东西，诡异事件正随着光而渐渐逼近。

作为观看图像的人，在看展过程中很难不被展墙上这些来自鲍德里亚的精准的、片断性的文字所吸引。至少，在他这里，文字和图像始终作为一个整体在同时导引着我的观看，无论空间区域上它们是被并置的还是分离的。鲍德里亚自称，摄影对他来说是一种丧失自己身份的行为，其实对摄影来说，在他这里也丧失了一部分身份。

附记：本文写作部分参考了展览提供的鲍德里亚著述的摘录。

里希特和克鲁格：
我们非常了解这个世界，
却不了解这个世界中的自己

> 里希特的照片让我们身处 2012，克鲁格的文字让我
> 们身处 1908、1946 抑或 1987。这些错乱了时空的
> '对话'既是静默的，又是激荡的。就像克鲁格评论
> 里希特和德国《世界报》的那次合作时所说：'静默
> 的照片冲向纯粹动荡的历史。'

2012 年 10 月 5 日，德国主流报纸《世界报》邀请大画家格
哈德·里希特（Gerhard Richter）担任一天的图片编辑。他将报
纸的新闻图片全部换成了自己的作品，那个著名的、模糊的照片
写实绘画系列。

将新闻中的现实世界和艺术家眼中的世界重合，之前《世
界报》为这个有趣的项目已尝试了两次：在里希特之前，他们邀
请过美国画家、雕塑家埃斯沃兹·凯利（Ellsworth Kelly）和德国
画家、雕塑家乔治·巴塞利兹（Georg Baselitz）。

而 2012 年的里希特，恰好成了世界上"最贵的在世艺术
家"——他的一幅抽象画作在伦敦苏富比拍卖出了 2130 万英镑
的价格。他和《世界报》的这次合作也就恰逢其时地成为文化

事件。德国著名导演亚历山大·克鲁格（Alexander Kluge）为这次合作发表了谈话，他为里希特定义了一个身份：画面制造者。然后，他们两个决定合作一本新书：《来自静默时刻的讯息》。

此前，2009年，他们已经合作出版过一本摄影故事集：《十二月》。那是新年前夕的12月，克鲁格和里希特在两家人相约的一次度假中有了共同创作的想法——里希特负责提供照片，是他在那个12月里每天拍摄的雪景；克鲁格则运用他的想象力和从照片中获得的灵感完成文字故事。

为什么这两个人合作一本书会如此令人瞩目？因为于世界而言，他们都是德国当代文化的代表人物，并且，在某种意义上，他们的对话是在回应东德、西德的两段历史。历史、情感、体验……加上身份与名气，这里有太多丰富而冲撞的信息。

克鲁格和里希特发生交集的一刻，相当具有德国浪漫主义时期的那种文人特质：2007年，他们在瑞士南部锡尔斯玛利亚的"林中小屋"相遇，自此成为好友。这个有着一百多年历史的旅馆曾是德国历史上多位思想家、艺术家休养与工作过的地方。他们相遇那天的场景被这样描述：克鲁格正在专心写作，里希特走过去和他打招呼并自我介绍。这是他们的第一次对话，这年他们都七十五岁了。之后的每年圣诞，两家人都相约在这里一起度过。

克鲁格和里希特是同年同月出生的人——1932年2月，生日仅相差五天，只不过克鲁格出生在西德的哈尔伯施塔特，而里希特出生在东德的德累斯顿。

克鲁格 50 年代先后在马堡大学和法兰克福大学学习历史、法律和音乐，并且在这个阶段，他接触了德国社会学家特奥多尔·阿多诺（Theodor Adorno），后者是法兰克福学派第一代代表人物。在进入电影行业以后，克鲁格是"新德国电影"运动的二十六个发起者之一。他用电影的方式探讨德国的过去与现实，强调电影在公共领域促进理性思考的作用。如果要说他的代表作，早期应是 1966 年的《昨日女孩》、1968 年获威尼斯电影节金狮奖的《马戏院帐篷顶上的艺人》，70 年代他则有回应政治事件的经典之作《女爱国者》和《德国之秋》。在"冷战"背景下的 70 年代，德国本土出现了一个极左翼激进分子的巴德尔 - 迈因霍夫组织，也被称为"德国红色旅"，他们用极端方式和恐怖暴力活动来表达对社会的不满，最后其头领被捕，死在狱中，运动才随之逐渐消声了。克鲁格拍摄的《德国之秋》，就是以他们在 1977 年实施的一起绑架事件为蓝本。到了 80 年代，克鲁格和毕生为工人阶级拍片的英国名导肯·洛奇（Ken Loach）一样，从电影艺术转向电视传媒，他大量制作独立电视节目，希望借此来回应社会现状，尤其是反思大众传媒的独立性和理性问题。

晚年的克鲁格开始写作。"我们非常了解这个世界，却不了解这个世界中的自己。"克鲁格说。2003 年，克鲁格以《情感编年史》获德国文学的最高奖项——毕希纳文学奖。这也是为什么在《十二月》和《来自静默时刻的讯息》合作期间，以影像立命的克鲁格会被里希特要求完全放弃他所熟悉的画面语言，仅作为故事的撰写者出现，而里希特自己则承担了图像制造者的角色。

如果对照他们两位的人生经历，会发现里希特和克鲁格真的很像两条匀速对称的平行线，他们甚至让我想起波兰导演基耶斯洛夫斯基（Kieslowski）的电影《维罗妮卡的双重生活》（又名《两生花》）：两个冥冥中相似的人，被分离在两个不同的世界，某一刻，命运重新接驳。

在克鲁格求学法兰克福大学时期，里希特正在德累斯顿美术学院学习壁画。2018 年，提名奥斯卡金像奖最佳外语片的《无主之作》对此段经历有艺术化的呈现，可以当作里希特的传记影片来看，虽然画家自己否认他就是原型。1959 年，还是大学生的里希特去西德短途旅行，有机会参观了第二届卡塞尔文献展——直至今天，它仍然是世界范围内最具指标意义的当代艺术展览，抽象表现主义画家波洛克和极简主义画家封塔纳（Lucio Fontana）的作品让他心神激荡，他萌生了逃离东德的思想束缚去西德做自由艺术的念头。两年后，在柏林墙始建之前，他和妻子在朋友的帮助下幸运地到达了西德的杜塞尔多夫，并进入杜塞尔多夫艺术学院重新入学，之后留校任教、创作，再也没有离开。他对当代绘画影响至深的"照片写实绘画"系列、"色卡"系列、"灰色"系列，都是到达西德之后的创作爆发。1976 年，同样是在克鲁格成名的威尼斯，里希特代表西德参加了威尼斯国际艺术双年展，以《四十八幅人像》建立起他在国际上的大艺术家的地位。

和克鲁格一样，里希特一直困惑于"这个世界中的自己"。他对德国六七十年代的复杂历史抱有持续的思考，其实这是他们那一代德国知识分子的同题考卷。对长时间搅动德国社会的巴德尔－迈因霍夫组织，及其在意识形态和恐怖主义之间的变位，里希特试图以艺术做出思考与回应。1988 年，他创作了自己最重要的照片写实绘画作品之一：《1977 年 10 月 18 日》。作为画题的日期，是该组织头领的葬礼时间；以警察局和媒体拍摄的新闻照片为蓝本，画面被死亡与恐怖带来的沉重、分裂所笼罩。

两个顶尖人物，思想和命运的平行及交叉，都在北京人文艺术中心（BCAC）的展览"来自静默时刻的讯息——亚历山大·克鲁格'对话'格哈德·里希特"中通过图文互现回应着历史和艺术史。克鲁格亲自为这个展览挑选了约六十个故事片断，配合里希特在各个时期拍摄的六十多幅照片展出。现场还有克鲁格专门为展览制作的影像、策展方对艺术家的专访以及两位艺术家之间的交谈。

　　——他要记住这一幕：植物绽放黄色的花朵，南方的红晕在灌木丛中跳跃，女儿不耐烦地晃动着双腿，儿子埋头在作业和书本里拼命用功。

　　——所谓的新闻价值，而非事实本身，构成了我们现实世界的日常图景。诗的产品与日新月异的新闻恰好相反。在手绘的图像里，在小说的叙述中，外部的时间静止不动。

　　…………

观众听懂了"交谈"吗？好像并不那么重要。但观众更需要知道，这两个对话者，他们是克鲁格和里希特。里希特的照

片让我们身处 2012，克鲁格的文字让我们身处 1908、1946 抑或
1987。这些错乱了时空的"对话"既是静默的，又是激荡的。就
像克鲁格评论里希特和德国《世界报》的那次合作时所说："静
默的照片冲向纯粹动荡的历史。"

附记：译自德文的展览资料和部分历史资料，由北京人文艺术中心（BCAC）
　　　向作者提供。

第 二 辑

谁的热爱

画家的藏画：谁是谁的热爱？

> 一位画家倾心去拥有另一位画家的作品，这是出于什
> 么样的想法？他们的收藏和博物馆、画廊的收藏有什
> 么不同？谁是谁的热爱？谁又几乎是所有画家的热
> 爱？他们自己的绘画风格在多大程度上受其藏画的
> 影响？

到达伦敦的第二天，我正好赶上英国国家美术馆的大展"画家之画：从弗洛伊德到凡·戴克"开幕。这是 2016 年早就令人期待的一个年度展览，英国国家美术馆为它策划和准备了四年。八十多件作品中，既有压箱底的馆藏，也有从其他博物馆和私人收藏家手中借来的宝贝，还有几幅据说从公众视线中消失了二十年之久的画作。

从弗洛伊德开始

放在中国绘画史里，"画家之画"这种话题其实没有多么特别。以中国文人传统来说，艺术鉴赏从来讲究私藏和私赏，递藏是习得书画和精进技艺的重要途径，"雅集"作为精英文人常见的聚会形式，则是鉴赏书画的主要场所。传北宋李公麟作、米芾

为记的《西园雅集》是驸马王诜召集的，虽说在历史上这场雅集并非真实存在，却还是因其精神性的意义令历代画家反复摹绘。雅集主人多为名门显贵或文坛、画坛领袖，将好友邀约到宅第花园，摆酒吟诗，谈书品画。手里若是没有几件值得观赏的收藏，主人怎能应付得来这样的场面？所以，大画家兼为大藏家，或藏而优则画，这在古代文人社会很寻常。中国艺术史家研究历史上的书画家风格，也都要论及他们的收藏脉络，像明代"吴门四杰"之一的文徵明，他和他的后人都是大收藏家。而巨富项元汴，家族收藏富比皇室，其后人，如项德纯、项圣谟，也都深受家中所藏滋养，成一代书家和画家。

在西方，情形不大一样。在欧洲，艺术家和教会之间很早就形成了供养人的关系，教堂在艺术传播中充当的角色类似现代的公共空间；进入 18 世纪后，欧洲又开始形成一种公共博物馆收藏的体制，这些都让艺术家和他们的私人收藏之间的关联性没有那么显而易见。虽然相关记述有时也见于艺术家传记或者个展资料中，但很少有研究会像英国国家美术馆策展"画家之画"这样，以艺术家与他人画作之间的亲密关系来开启一段艺术史研究——从 20 世纪的卢西安·弗洛伊德、马蒂斯，一路回看到 19 世纪末的德加，19 世纪中期的莱顿（Frederic Lord Leighton）、沃茨（George Frederic Watts）和劳伦斯（Sir Thomas Lawrence），18 世纪的雷诺兹（Sir Joshua Reynolds），以及 17 世纪的凡·戴克（Van Dyck）。通过回溯八位不同时代、不同风格的画家的个人鉴赏与收藏，展览将欧洲绘画在近三个世纪里的变化的线索，用另一种观看方式梳理了出来。

展览开篇是英国画家卢西安·弗洛伊德的藏画。弗洛伊德逝于 2011 年，生前即提出将自己收藏了十年的柯罗画作《意大利女人》交给英国国家美术馆保存。弗洛伊德有不少名画收藏，包括 19 世纪末法国印象派时期的德加和塞尚、英国 18—19 世纪的康斯坦布尔（Constable），也有他同时代的画家好友培根和奥尔巴赫（Frank Auerbach）。但柯罗的肖像画作《意大利女人》仍是展览中最迷人的一幅。馆长加布里埃莱·菲纳尔迪（Gabriele Finaldi）透露，"画家之画"整个展览的想法其实就源起于弗洛伊德的这一捐赠。当英国国家美术馆在 2012 年最终迎来《意大利女人》入馆的时候，目睹原作的人都惊叹它的不同凡响。柯罗通常被认为是法国 19 世纪枫丹白露画派的代表，收藏家都渴慕他的风景画作，但弗洛伊德的这件收藏却让人看到柯罗的人物画也如此简朴而完美。策展人安妮·罗宾斯（Anne Robbins）介绍，弗洛伊德是在 2001 年的一场拍卖会上买下它的，柯罗对人物体积感的表现以及令人意外的粗粝笔触都让他印象深刻而无法舍弃。《意大利女人》被带回家后，弗洛伊德将它摆放在顶楼的房间里，和奥尔巴赫的画、德加的雕塑相对，他每天躺在床上都能看到它们。

　　"对于画家而言，拥有一件画作，意味着最深层次地与之相处，并在过程中发生一种亲密的、极其强烈的创造性对话。"安妮·罗宾斯在展览前言中写道。因为弗洛伊德和《意大利女人》带来的故事，她想到要做一次库房盘点，看看在全部馆藏里有多少画作是像《意大利女人》一样在入馆前曾是属于伟大画家们的私人收藏或是由画家推荐博物馆购藏的。这份清单整理出来后是令人惊讶的，符合以上两个挑选标准的画作竟有七十多幅，其中

《意大利女人》，柯罗

多数曾为大师们所拥有。

狂热的德加

一共八个展厅的"画家之画",其中最狂热的收藏者大概要数德加。在英国国家美术馆的馆藏中,至少有十四件德加的私人藏画,这还不包括他生前一直留在手中不愿出售的他自己的七幅画作。这批馆藏几乎全部来自1918年巴黎的一场拍卖——在德加去世后仅一年,他的收藏就被人送进了拍卖行。

在展厅里,与德加藏画一起陈列的还有些老照片,拍摄的是他家中起居室的陈设原貌,这帮助我们得以窥见德加在世时的部分生活场景。德加的购藏活动主要发生在19世纪90年代,从那些挂在墙上的、每天围绕着他的画作来看,德加的品位很高,视野开阔。除了几件早期的古典大师作品,他偏爱的主要是19世纪上半叶的画作,比如安格尔和德拉克洛瓦,虽然他们在艺术观点上互为对手——一个是新古典主义,一个是浪漫主义,风格相差甚远,却都是德加所爱。

同时代人的画作,他爱马奈和塞尚。他也买了很多其他印象派画家的作品,但我们可以理解为在喜爱之外也有情谊的因素。在印象派团体中,德加并不活跃于聚会。他会参加一些在咖啡馆举办的活动,但平时和其他人交往并不多。一是阶层差距太大,他出身富裕,衣食无虞,不需要卖画为生;二是在绘画观上他不算外光派,对描绘风景和光线兴趣寥寥,所以也较少和其他画家同去巴黎郊区或法国南部写生。但对依靠卖画生活和创作的朋友们他都会尽力帮衬，尤其是对那些比自己年轻的画家，提供帮助的方式就是在他们生活最困窘的时刻购买他们的作品。后印象派画家卡米耶·毕沙罗（Camille Pissaro）曾回忆过德加在帮助那些缺钱的艺术家时的善意和细心。他帮过高更，在展览上买了他的画。还有几位纳比画派画家，像莫里斯·德尼、保罗·塞吕西耶、皮埃尔·博纳尔和爱德华·维亚尔，他也像对高更一样对待他们。画家之间有互换作品的习惯，德加的藏画有几幅也是如此得来的，像玛丽·卡萨特（Mary Cassatt）的《梳头的女孩》，就是德加在 1886 年第八届印象派画展上用自己的一张色粉画《盆中洗浴的女人》换来的。

德加和巴黎的很多艺术经纪人关系都不错，也因此便利，他曾多次用自己的画作去交换他们手里的其他名画而无须支付现金，通常是共同估算一个价格，然后他留下几幅价值相当的自己的作品。19 世纪末，德加从经纪人蒙泰尼亚克手里取走一幅德拉克洛瓦的肖像画《史温特男爵》，交换条件是他自己的三幅色粉画，估价 1.2 万法郎。他还藏有两幅马奈的重要画作——《抱猫的女人》，以及曾被禁止公开展出的《处决马西米连诺皇帝》（残片），也都是用他自己的作品换来的。名作《处决马西米连诺皇帝》有油画、石版画等三个版本，其中，油画在马奈去世后下落不明。德加想要把好友的这幅画作重新找回。他先是请托交游广阔的经纪人沃拉尔帮他找到了两段残片，是原画面的中央部分与画面左下方马西米连诺的下半截身体，之后说服对方继续打听，终于又买回了散佚的另外两小段。我们现在在英国国家美术馆看到的这幅大画是由四块拼接而成的，画面中央的几个持枪士兵的群像基本接近完整。

　　梳理以上画作的购藏时间便可以发现，德加在 19 世纪的最后十年简直就是巴黎艺术市场最疯狂的买家。他的密友、艺术家阿尔贝·巴托洛梅在给他们另一个共同朋友的信中写道："德加一直在……买，买。每天晚上他都自问该如何为白天买的那些东西付账单，可到了第二天早上，他又开始了。"圈子里的人都听闻了德加的癖好，有人心存不善，开始在拍卖中和他抬价，因为他们知道，不管德加看上了什么，他都会不惜代价得到。

多变的马蒂斯

　　不止一部回忆录提到了毕加索和马蒂斯在 1910 年后逐渐失和，但在展览的马蒂斯的藏画中却可以看到不止一幅作为私人礼物馈赠的毕加索画作。两个伟大人物之间的关系没有那么简单粗暴，他们是对手，其实也是某种复杂层面上的朋友。

　　1941 年，巴黎沦陷期间，马蒂斯移居法国南部的尼斯后，将自己的一幅素描送给了身在巴黎的毕加索，致谢老毕帮自己照护了滞留在巴黎的银行金库里的财产。一年后，作为回赠，出手大方的老毕把两幅同题的立体主义肖像作品《多拉·玛尔》送给了老马。这两幅画一直被马蒂斯挂在他租住的雷吉纳旅馆的房间里，和那段时间他拥有的塞尚、德加和库尔贝（Gustave Courbet）的画作收藏在一起。

　　马蒂斯的收藏习惯和前面提到的弗洛伊德、德加都不太一样，他的眼光和趣味总在变化。在创作进入新的风格变化时，他

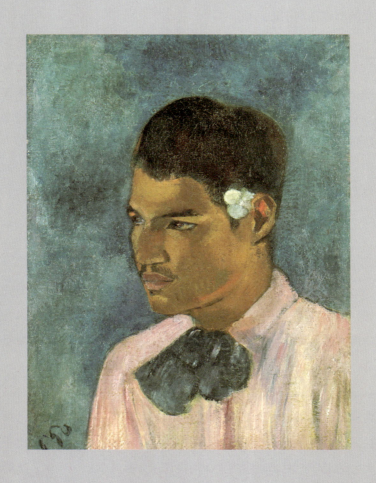

《戴花的年轻男子》. 高更

就寻求不同的画作，所以他的收藏在数量上很少，因为他极少长久保留藏品，总是频繁和经纪人交易，曾经不计代价得来的画作，如果为了买进更喜欢的新东西，或者仅仅为了获利变现，他也舍得出手卖掉。展览中，有一幅馆方从私人藏家手中借展的高更作品——《戴花的年轻男子》，这是马蒂斯在 1900 年从沃拉尔手中买来的。那时候的马蒂斯还没有足够的钱，为此用了分期付款的方式，据说他还典当了送给妻子的结婚戒指。高更此作画幅很小，画的是他 1891 年第一次去塔希提岛时认识的一个土著朋友：年轻男子面目英俊，耳后别了一朵白色栀子花，他的褐色皮肤、粉红衬衫、黑色领结以及后面的蓝色背景形成了丰富的层次。马蒂斯看到这幅画后立刻被它的色彩和线条迷住了，拥有这幅画后，他那个时期的绘画也从中受到影响。但仅仅八年之后，1908 年，他已经打算出让千方百计才得来的这幅画作。马蒂斯曾试图用它去交换雷诺阿一幅慵懒的女人像，但没有达成。直到 1915 年，他才终于如愿卖掉了这幅画作。

另一个故事发生在 1899 年。当马蒂斯在沃拉尔的画廊里第一次看到塞尚的《三浴女》时，他立刻对自己刚刚付钱买下的凡·高的《阿利斯康墓园》兴味索然，转头奔向《三浴女》。多年后，他搬到尼斯，手头窘迫，却仍旧为自己热爱的塞尚倾囊而出，以两百法郎买下另一幅塞尚的画作——这相当于他和妻子一个月的生活开销。当然，这幅画后来也被总是渴望拥有下一件的马蒂斯出售了。

相比之下，德加的《梳发》算是马蒂斯保存时间较长的一幅藏画了。这件作品本身也有点故事。1918 年，英国国家美术

《梳发》，德加

《浅不经心的阅读者》，马蒂斯

馆从巴黎的那场德加收藏拍卖专场买下了这幅画，后来馆里有专家觉得画质粗糙，又从馆藏中清理了出去。马蒂斯从经纪人手中买到这幅画，一直将它收藏到 1936 年，才通过他儿子在纽约开的画廊转手出去。有意思的是，买它的下家仍然是英国国家美术馆，时任馆长的克拉克（Kenneth Clark）亲自选中了它。马蒂斯在拥有这幅画的十八年里，从来没有谈论过它，但英国国家美术馆的专家认为，马蒂斯在二三十年代的室内画不排除受到德加这幅画作的影响，比如对织物的描摹，对橙色和红色在画面中的大胆使用。他们在展览中并列展示了一幅从英国泰特现代美术馆借来的《漫不经心的阅读者》，是马蒂斯 1919 年的作品。而就在差不多同一时期，他收藏了德加的《梳发》。研究者指出，从这两幅画中可以看到一位画家为什么会渴望拥有另一位画家的作品，以及藏画对他们自己的绘画产生了什么影响。

　　当然，还没有任何一幅藏画可以比得上塞尚的《三浴女》在马蒂斯心中的位置。它为马蒂斯的艺术带来了本质的改变，让他学会"像雕塑一样绘画"，并且这种影响对他而言持续一生。1936 年，马蒂斯说："三十七年来我一直拥有这幅画……我从中找到了我的信仰，也获取了韧性。"

画家的粉丝情结

　　安格尔的油画《鲁杰罗拯救安杰莉卡》是德加最心爱之物，在展览中也出现了。画题取自 16 世纪意大利诗人阿里奥斯托（Ludovico Ariosto）所写名篇中英雄救美的情节。1819 年，安格尔以此为卢浮宫画了一幅大画，但也许是这个宏阔场面的文学题材同时可以让他展示自己在绘画女性裸体方面的卓绝，后来他接连又画过几幅同题画作。德加拥有过的这幅，曾经是安格尔的密友弗雷德里克·雷塞（Frederic Reiset）的私藏。此人做过卢浮宫素描馆和绘画馆的负责人，是一位名望极高的艺术史学者。去世后，他的收藏被拍卖，德加不计代价，拍得了这幅久慕的画作。出于对安格尔和这个画题的景慕，德加后来又设法购藏了一幅构图完全相同的安格尔素描（现收藏于哈佛大学博物馆）。在艺术史上，德加的"舞女"被认为和伟大的安格尔的素描有一种承接关系，看来也是有据可依的。

对德拉克洛瓦的画，德加同样狂热地渴望拥有。德拉克洛瓦年少成名后，几乎就直接站在了以安格尔为代表的新古典主义的对立面。在 1855 年巴黎世界博览会上，他和安格尔各拥有一个独立展厅，有点像是浪漫主义和新古典主义对擂。而德加，却偏偏同时是他们两个人的"死忠粉"。他开始收藏时，两位大师都还在世，他几乎穷尽人脉去寻找购藏两人作品的机会。德加一生购藏的德拉克洛瓦的作品仅油画就有十五幅之多，更不用说其他的色粉、素描和稿图。前文提到的他换得的《史温特男爵》是德拉克洛瓦最优雅的全身肖像系列中的名作。在家中，德加曾将此画与安格尔那些优美的肖像作品放在一起，不知这是否是刻意为之。也许从两个对手看似无法兼容的技法和观念中，德加恰好找到了自己所要的。《史温特男爵》最后的结局也有戏剧性，1918 年，德加的私人收藏被拍卖，与英国国家美术馆争夺这幅男爵像的是巴黎卢浮宫，而最后英国国家美术馆志在必得，这可能和画里浓厚的盎格鲁－撒克逊味道有点关系——德拉克洛瓦画了一个巴黎社交圈的花花公子，他的打扮和身后的花园却完全是英范儿。另外有传一个画外故事，说德拉克洛瓦一直很喜欢英国19世纪画家托马斯·劳伦斯的肖像画，曾专程到伦敦拜访劳伦斯，回巴黎后就画下了这幅肖像。

被德拉克洛瓦仰慕的这位劳伦斯爵士也在"画家之画"的清单中。在展览的后半部分，他和另外两位英国古典绘画大师——沃茨和雷诺兹——成为主角。也许是因为英国绘画在17—19世纪确实无法和意大利、法国和荷兰等欧洲大陆国家相提并论，作为英国之外的观众，看到这部分内容的时候略感平淡。几位英国画家的收藏大都偏向文艺复兴时期的大师，如米开朗琪罗、提香、拉斐尔，或稍后的荷兰画派的伦勃朗和佛兰德斯画派的凡·戴克，都是绝不犯错的正统贵族趣味。尤其是在展览末尾，凡·戴克和他的"提香房间"看起来是最接近完美的一种收藏故事。凡·戴克去世后，人们发现他的收藏清单里共有十九幅提香画作，且大多是华美高贵的人物肖像。这些藏画在凡·戴克的生活中扮演了重要角色，既是他在画室里临摹的母本，也成为他在那个时代出人头地的资本。法国路易十三王朝的摄政太后玛丽·德－美第奇到安特卫普时曾造访凡·戴克的画室，并特别安排参观了他的"提香房间"——挂满提香画作的收藏室。由此，凡·戴克的艺术人生在同时代人的眼里达到了巅峰：他和提香分享荣耀。人人都爱提香，不是吗？

附记：本文写作部分参考了由展览方提供的资料。

一百八十一幅莫奈的《睡莲》

> 1897—1926 年，莫奈总共应该画过一百八十一幅题
> 为《睡莲》的作品。此外，他还留下了一些和睡莲
> 意象相关的画，比如《睡莲池塘》《柳下的睡莲》或
> 《日本桥》等，这些组成了他的睡莲系列。

2010 年 6 月 23 日，又一幅莫奈《睡莲》在伦敦被拍卖。
4000 万英镑的估价，加上有毕加索的名作《喝苦艾酒的人》同
场作陪，使得这场拍卖被渲染成了"伦敦有史以来最有价值的一
场拍卖"。

从各大美术馆到顶级拍卖场，莫奈的《睡莲》是时不时会
露一下面、一露面又总能带来新闻的系列。尤其 2007—2009
年，在伦敦、纽约的印象派和现代艺术拍卖夜场，每年都有一两
幅莫奈的《睡莲》被拿出来博关注度，并且最终都会创下新的成
交纪录。这些《睡莲》，非专业人士如果不仔细看画，光以画名
难以区分。艺术史上，恐怕没有几个画家像莫奈这样，画了这么
多从名字到主题都一模一样的作品。他一生到底画过多少幅《睡
莲》？留存于世的又有多少？每有一幅《睡莲》露面，这些问题
都让人好奇。

佳士得亚洲区主席叶正元是多年研究印象派及现代艺术的专家，他答说，莫奈以《睡莲》为题的画作，其确切数字应为一百八十一幅："根据编目，1897—1926 年，莫奈总共应该画过一百八十一幅题为《睡莲》的作品。此外，他还留下了一些和睡莲意象相关的画，比如《睡莲池塘》《柳下的睡莲》或《日本桥》等，这些组成了他的睡莲系列。"

　　莫奈创作第一批以睡莲为主题的画作是在 19 世纪 90 年代末。1883 年，莫奈携全家搬到巴黎远郊，离市区约一小时车程的吉维尼（Giverny）村。他在村里生活了四十三年，直到去世。住进吉维尼后的第六、第七个年头，莫奈卖画的收入逐渐变得稳定起来。1889 年，他和好友罗丹在巴黎举办了一次联展，罗丹展出了三十六件雕塑，莫奈展出了他自 1864 年以来的一百多幅画作。因为这次展览，莫奈在国际上有了一些影响，画变得更加好卖了。

　　经济状况好转，让莫奈下决心要把租住的这幢房屋和庭院一并买下来，并亲手建造了自己的花园和池塘。他用了好几年的时间移种花草，把附近一条河的河水引进自家池塘，然后在水塘中筑了一座日本桥，种下一池睡莲。睡莲也就是从这时候开始成为莫奈晚年绘画的主题，时间长达二十多年。莫奈也在这个阶段开始探索组画的形式。在"睡莲"之前，他已经先后画过"干草垛""伦敦风光"和"鲁昂大教堂"等系列，但沉浸于这些主题的时间短则一年，多也就三年，唯有睡莲、池塘给他带来持久的兴趣，成为他在晚年反复描绘的景物。艺术评论家詹·路易斯·瓦多伊在讲到他对莫奈这一系列画作的观感时说："在这些

《睡莲》（之一），莫奈

画里，存在着一种内在的美，它兼备了造型和理想，使他的画更接近音乐和诗歌。"

叶正元给我提供了一张他找到的详细的《睡莲》清单：1897—1899 这三年，莫奈一共画了十一幅《睡莲》，其中八幅有日本桥和垂柳这两个元素；1902—1903 年，画了七幅，1904 年又是七幅，1905 年是十一幅，1906 年是九幅；在 1907 和 1908 年，他尤其多产，分别画下二十九幅和十四幅……总共八十八幅。之后，画家有五年时间没有触碰这个主题，这可能与他个人生活中发生的一些不幸有关：这期间，他的第二任妻子艾丽斯卧病，之后去世；他自己也在 1912 年患上眼疾，视力急剧减退。对于一个迷恋感受、表达光影变幻之细微的画家，这真是一时难以承受的挫折。

从这张清单上看，直至 1913 年，莫奈才重新生出对画睡莲和池塘的专注。从这一年到 1926 年去世前，莫奈画了九十三幅《睡莲》，而且都是非常单纯地以睡莲和水面为描摹对象。除此之外，莫奈在这十三年里还画过九幅与睡莲意象相关的作品，其中有六幅画到池边垂柳，另外三幅的画面上则再次出现了一度在他画中消失不见的日本桥。

现在收藏于巴黎橘园美术馆的八幅《睡莲》巨画，是莫奈在生命后期完成的。1914—1915 年，莫奈在自家庭院中建成了一间大画室，长 23 米、宽 20 米、高 15 米，从屋顶采光，有可以移动的高大画架、供画家登高的平台。他建造画室的目的是计划创作《睡莲》的巨幅组画。莫奈在他生命中的最后岁月里，一直在画这组画。1923 年，莫奈接受了白内障手术，此前此后，对大部分画作他还在反复修改。1926年冬，莫奈去世，去世的前两天，这组画才算是全部完成。按照之前签订的一份赠予书，这组画在莫奈死后依嘱"献给法兰西"，由法国政府于1927年后在橘园公开陈列。

莫奈的《睡莲》现在基本都被各个博物馆或者私人收藏家收藏。依据Artnet数据库，近二十五年来在拍卖市场成交的《睡莲》系列画作，其中比较重要的成交记录有四个：1996年，纽约佳士得以1320万美元拍出一幅1905年所作的《睡莲》；1999年，还是在纽约，佳士得以2255万美元拍卖了一幅画于1906年的《睡莲》；2007年，一幅1904年的《睡莲》在伦敦苏富比拍到了1850万英镑；而一幅1919年的《睡莲池塘》于2008年在伦敦佳士得创下该系列里面截至目前的最高成交价——4100万英镑。此画长6英尺，宽3英尺，原为美国康明斯公司董事长米勒所藏，2008年米勒辞世后，他收藏的八十多件艺术品即被送交拍卖，《睡莲池塘》是其中之一。2007年经由伦敦苏富比拍卖的那幅《睡莲》则来自一个法国家族。据介绍资料，1927年，他们从莫奈的儿子手中买下了这幅画，1936年以后就从未对外展示过，直到这次拍卖。但是，两个新买家都没有公开身份。

6月23日，在伦敦佳士得"印象派和现代艺术"夜场中拍卖的这幅《睡莲》（1906年），十年前曾在纽约市场出现过，当时的成交价格为2090万美元，而现在，仅估价已达4000万英镑，超过以往拍卖的莫奈《睡莲》系列中的任何一件。对于这样一个令人意外的数字，叶正元认为只是在如实反映莫奈画作目前的市场价值而已："近几年里，莫奈画作的价格一直都在攀升中，而这幅《睡莲》又是迄今为止市场上所见到的水景系列里面的精品。"20世纪初，它曾在巴黎迪朗－吕埃尔画廊的莫奈个展中展示过，当时，莫奈的四十八幅《睡莲》成了巴黎人争先品评的一景。迪朗－吕埃尔（Durand-Ruel）是巴黎著名的画商，早年曾经营柯罗的风景画。19世纪70年代，他将画廊开在伦敦，结识了短暂到访伦敦的莫奈，于是开始转向经营印象派。不单莫奈，吕埃尔和很多印象派画家都是朋友，帮助他们把画卖到美国，是最早把印象派介绍到法国之外市场的重要推手。这幅《睡莲》在这次展览后并未出售，被迪朗－吕埃尔收藏了。1922年，吕埃尔去世，这幅画仍一直留存在他后人手中。上了拍场的名画，总有故事可说。画作本身的艺术魅力，与故事、与价格，已经很难被清晰地区隔开了。

在毕加索之外：
一段格里斯的立体主义时代

> 如果说毕加索拥有神秘的天才和激情，格里斯则将绘画托付于智性。英国艺术史家约翰·伯格评价格里斯说：'他是一个伟大的画家，对立体派的重要贡献一如毕加索，但他绝不是天才。'

中国美术馆在 2010 年末举办了两个西方现代艺术大展，意大利"未来主义之路"展刚刚结束，跨年度的"立体主义时代——西班牙电信艺术珍藏展"已经开展。谈及立体主义，人们比较熟悉的是其创立者毕加索和布拉克，但中国美术馆的此次收藏展为观看者打开了更为丰富的另一面。展出的作品是由来自欧洲和拉丁美洲不同国家的十八位立体主义艺术家创作的，大多数作品创作于 1913—1933 年，其中西班牙画家胡安·格里斯（Juan Gris）的十一件作品最具代表性，他是公认的立体主义运动的"最纯正的代表"。

策展人欧金尼奥·卡尔莫纳（Eugenio Carmona）提及，这批收藏开始于 20 世纪 80 年代，当西班牙电信收藏这十一件胡安·格里斯的作品时，其作品在西班牙的私人和公共收藏中还比较少见。2000—2004 年，为了以不同形式来表达立体主义艺术的背景及胡安·格里斯的立体主义艺术的特点，他们继续购藏了一批欧洲和拉丁美洲的艺术家的作品。胡安·格里斯在 1914 年后的创作，他和拉美艺术家——华金·托雷斯 - 加西亚（Joaquín Torres-García）、拉斐尔·巴拉达斯（Rafael Barradas）和埃米利奥·佩托鲁蒂（Emilio Pettoruti）之间的关系，构成了在毕加索之外的另一段立体主义时代。

如果要谈论展览的现实意义，可以说它让我们看到了新的艺术观念并非孤立发生的。在西方艺术史上，20 世纪初期的图景是过去没有、至今也不曾再现过的。象征主义、立体主义、未来主义、达达主义、超现实主义、表现主义……各种新的现代艺术观念几乎都在这一时期彼此碰撞、包容和叠加。立体主义通常被认为是这些艺术运动中最具标志性的流派，其重要性可以和文艺复兴时期所发生的艺术革命作为对照——它们都不是单纯的艺术观念的发生，而是与生存的时代有关。

这一时期，汽车、飞机、无线电、摩天大楼、工业托拉斯，物质世界的急速发展为艺术变革搭建了背景。普朗克的量子论和爱因斯坦的狭义相对论相继诞生，人类看待世界的方式开始区别于牛顿时代。忽略对立体主义的褒贬好恶，艺术史家普遍认同这样一个事实：在 20 世纪初期，艺术观念的变革是新物质和新发明冲击的结果，它也从科学、哲学和新生产方式中获得了回应和关联——一种属于现代世界的速度、变化和多视角。"立体派艺术家试图臻于一种新综合，这种绘画的新综合是发生于科学思想的新综合之哲学的同等物。"如果说未来主义是尼采哲学在艺术

《女歌手》，胡安·格里斯

领域的一次激烈的乌托邦实现，立体主义的基本依据则是康德式的先验视觉体现形式，策展人欧金尼奥·卡尔莫纳称之为"立体主义艺术的出现修复了从库尔贝时代就已经失去的以科技进步为信条的实证主义和艺术之间的联系"。

如果将几近同时期发生的立体主义和未来主义做比较，立体主义表现出来的意趣更为内省。未来主义是理论先行于作品的：1909 年 2 月 20 日，意大利诗人和理论家马里内蒂（Marinetti）在巴黎的《费加罗报》发表了《未来主义宣言》，宣告了未来主义的诞生。1910 年，由艺术家卡拉、波丘尼、巴拉和塞维里尼签署发表《未来主义画家宣言》，呼吁艺术家们创造未来主义的绘画风格。之后发表的雕塑和建筑宣言则开始将未来主义跨越到了不同的艺术门类，涉及"绘画、雕塑、建筑、文学、音乐、戏剧、摄影、广播、服装、设计、广告甚至烹调"。伴随艺术家的创作，未来主义以一种近乎狂飙的方式在艺术界迅速展开。1912年，第一届未来主义展览会在巴黎举行，此后伦敦、柏林、布鲁塞尔、慕尼黑、维也纳、阿姆斯特丹、鹿特丹、海牙等地的巡回展，以及马里内蒂亲自到彼得堡和莫斯科的访问和演讲，将未来主义运动传播到欧洲各主要城市，继而成为一个全球性的艺术运动。尼采"打倒偶像""重估一切价值"的学说被未来主义者引进到宣言之中，他们主张摧毁一切博物馆、图书馆和学院，摆脱传统鉴赏趣味对现实艺术的价值束缚。他们激进地认为"宏伟的世界获得了一种新的美——速度之美"，相信新时代的特征是机器和技术以及与其相适应的速度、力量和竞争，因此他们号召艺术家废弃一切传统，从现代科技文明中白手起家，捕捉现代生活中的动力、速度和生命力。

而立体主义走了一条反向的路径。1907 年，在关于立体派的任何宣言甚至"立体主义"这个词语本身都没有出现之前，毕加索完成了《亚维农少女》，这幅作品后来被视为立体派的始发。在这之后，毕加索和布拉克开始一起工作，共同实验绘画的空间和形式，他们的作品因而在一段时期内变得难以分辨。这个圈子，包括莱热（Fernand Leger）、德朗（André Derain，又译德兰）、马库西斯（Marcoussis）、格里斯等人，在几年之内都没有发布过像未来主义者那样的明确的纲领，他们只是拥有团体精神和氛围，直到 1912 年，他们的重要成员阿尔贝·格莱兹（Albert Gleizes）和让·梅钦赫尔（Jean Metzinger）发表了《论立体主义》，才为团体确立了一些原则。现在立体主义通常被分为两个阶段：一个阶段是 1912 年前的"分析立体主义"，塞尚对绘画结构进行理性分析的传统由毕加索等人继承下来，他们试图通过改变观看的方式来完成对空间与物象的分解和重构，组建一种绘画性的空间及形体结构。另一个阶段在 1912 年以后，立体主义运动进入"综合立体主义"，此时色彩在绘画中被重新赋予重要特质，以实物来拼贴画面图形的诠释方式也出现在这个阶段，它使立体主义绘画变成一种不仅有别于"纯绘画"的概念，甚至是有别于"绘画"本身概念的东西。

事实上，在 1912 年，立体主义已经由边缘而进入喧嚣状态，变成巴黎沙龙艺术之外的沙龙，想要逃避学院主义、写实主义的画家都把它当作集合地。这年 10 月，毕加索在杜尚兄弟举办的"黄金分割"展上注意到了胡安·格里斯，尽管他这个西班牙老乡在前一年的秋季独立沙龙展上已经以《毕加索画像》向他和立体主义致敬过，毕加索却是在这次展览上才真正"看"到了他。

"黄金分割"展也是立体主义画家最重要的一次展示。格里斯送去的作品是《盥洗盆》，他用了毕加索和布拉克刚刚实验出来的拼贴法。除了画布的碎片和纸片，格里斯还粘入了一小块镜子的碎片，这一小片所带来的疏离于绘画形式的异质感，第一次在立体主义的喧嚣中凸显了格里斯的个人气质。如果说毕加索拥有神秘的天才和激情，格里斯则将绘画托付于智性。英国艺术史家约翰·伯格评价格里斯说："他是一个伟大的画家，对立体派的重要贡献一如毕加索，但他绝不是天才。"格里斯希望带给绘画一种"基于智识的新美学"，每一幅画都是深思熟虑的结果，它有自己的语法、符号和结构。他曾这样诠释自己的绘画语言："塞尚把瓶子画成柱体，我却以柱体为出发点创造一个特别的个体，把柱体画成瓶子，一个具体的瓶子。"

静物画《吉他》1918 年画于巴黎，是格里斯创作生涯中最受好评时期的作品。"对很多了解格里斯的人来说，他的创作巅峰期是从 1916 年开始的。"策展人欧金尼奥·卡尔莫纳说。正是在这个被格里斯称作立体主义的"第二次高峰"的时期，画家为他自己的"综合"绘画风格确立了一个二元模式——分析与综合。一切都相互融合、完全重构。1916—1919 年，格里斯仍然像早期立体派一样画日常生活里的那些平常之物，咖啡厅的桌子、吉他、小提琴、杯子、报纸、玻璃瓶、烟斗、烟灰缸，还有水果盘，那是他和他们熟悉的一切。1915 年，诗人科克托回忆他和毕加索第一次会面的情境时曾写道："蒙马特和蒙帕纳斯都在独裁政权的掌握之中，唯一的生活乐趣就是能够摆在咖啡馆餐桌上的物件与西班牙吉他。"到了 1918 年，毕加索已经成功从蒙马特突围，和新婚妻子、芭蕾舞演员欧嘉一起投入到上流社会的生活中去，而格里斯仍然继续安静地探索这些"唯一的生活乐趣"。吉他是他作品中最常见的主题。关于吉他为何成为立体主义绘画的主角，人们有过多方探究。有人认为，除了音乐所特有的声音的历时性，还有一个重要原因是吉他作为物体对立体主义画家具有一些格外有吸引力的特征。比如，就其自身结构而言，由于琴身中间开孔，可以使人同时观察到不同的面，而这正是立体主义所探索的手法：透明或重叠。我们从展览中的《吉他》一画中看到，吉他的双重曲线的重复和画面对色彩的分配，都创造出强有力的视觉对称感以及韵律呼应，就像格里斯形容他自己的作品——更像诗而非散文。

1920 年创作的《柜前景物》是格里斯承继塞尚传统最多的一幅作品，"体现了欧洲静物画传统和当代精神实现平衡的特殊时刻"。格里斯绘画作品的研究者玛丽亚·多雷兹·希莫内兹 - 布兰科认为，这幅作品展示出"一战"后出现在格里斯作品中的新自然主义。近似的自然主义风格也出现在西班牙电信的另一幅重要收藏《山丘前的窗户》中。这幅作品画于 1923 年，描绘的是塞纳河畔布洛涅的场景。敞开的窗户这一主题看起来和德国浪漫主义绘画传统有相似的诗意的通道，以窗户为边界，画家的世界被静静化为内与外两个象征性的空间，分别代表思想性和感官性。格里斯在这个符号体系里的探索可以前溯至 1916 年的作品《花园》。在 1914 年和马蒂斯见面交流后，窗户这一主题就开

《山丘前的窗户》，胡安·格里斯

始在他的绘画中出现并逐渐占据主导位置，从静物转向大自然，属于格里斯的元素——韵律、诗性和建筑感——仍然可以被清晰地辨识出和感受到，但已经由早期纯粹的冷静转为一种有节制的激情。

立体主义通常被称为"法国立体主义"，这指向的是它的中心发生地。但看得出来，西班牙电信的收藏在整体上偏重西班牙的概念，同时也收入了一批和西班牙有"血缘关系"的拉丁美洲的立体主义画家的作品，比如生于乌拉圭的西班牙裔画家拉斐尔·巴拉达斯和华金·托雷斯－加西亚，阿根廷的意大利裔画家埃米利奥·佩托鲁蒂，巴西的蒙特罗。欧洲是这些拉美艺术家在20世纪早期最重要的目的地。他们来自欧洲移民家庭，渴望能够回归祖辈的土地和文化，立体主义、未来主义以及德国的表现主义运动，在某种意义上帮助他们找到了一种新的交流语言来打破秩序并抹掉两个世界的地理差异。这样有倾向性的地缘视角，也从另一个角度赋予这次收藏展以多元途径来探寻"立体主义的辐射能力"，从而完成对立体主义及其时代环境的观看。

附记：文章部分内容来自对策展人欧金尼奥·卡尔莫纳的采访。

两代人和毕加索的一幅画

> 《罗森贝格夫人和她女儿的肖像》是巴黎毕加索博物馆在 2008 年收到的最珍贵的捐赠。

巴黎的毕加索博物馆专门腾出两个展厅，用于展出新来的藏品——《罗森贝格夫人和她女儿的肖像》，在四周墙上陪衬它的是毕加索的一些新古典主义画作和素描。毕加索在 1918 年完成这幅画作，之后把它送给了自己的画商保罗·罗森贝格。九十年后，2008 年，画上的这位女儿米歇尔·辛克莱 - 罗森贝格又将它赠予巴黎毕加索博物馆。

将现在法国媒体围绕这幅画所讲的故事与毕加索的几本传记对照翻一翻，我发现，《罗森贝格夫人和她女儿的肖像》其实是一次心照不宣的"合谋"的见证。1918 年，智利富商尤金妮亚·埃拉苏里斯邀请毕加索携他新婚的妻子欧嘉同去海边度假，此行正好遇上巴黎画商罗森贝格一家。就是这次邂逅，让罗森贝格说服毕加索与他签下一份经纪合约。罗森贝格还找了一个合伙人，名叫乔治·韦尔登·施泰因，表示想以此方式得到雄厚资金的保证，帮助毕加索拓展北美市场。

罗森贝格许诺的北美市场给了毕加索不小的诱惑。为了合

《罗森贝格夫人和她女儿的肖像》，毕加索

作有个好的开局，毕加索打破自己从不接受订画的原则，答应为两位画商的家人各画一幅肖像——《罗森贝格夫人和她女儿的肖像》及《韦尔登·施泰因夫人》。这是毕加索一生中仅有的两张订制画。这样一个礼尚往来之举，毕加索也做得慷慨得体：他把《罗森贝格夫人和她女儿的肖像》作为礼物送给了罗森贝格，看起来，就像是朋友们一起度假后留下的愉悦的纪念。

　　毕加索是这年夏天和欧嘉在巴黎结的婚，证婚人是他的三个诗人朋友——科克托、雅各布（Max Jacob）和阿波利奈尔。欧嘉是当时红遍欧洲的俄罗斯芭蕾舞团的舞者，因为她和她身边那些流亡贵族的圈子，毕加索一脚踏进了他在写给阿波利奈尔的信中所说的"上流世界"。他陪欧嘉出入巴黎每一场高雅的社交晚会，在沙龙上，除了对他的画作总是不吝称赞的普鲁斯特等人，画商保罗·罗森贝格也是这个"上流世界"的组成部分。罗森贝格兄弟两人都是画商，哥哥莱昂斯·罗森贝格是为数不多的几个从 20 世纪初就开始购藏毕加索作品的人，但他喜欢压低价格，毕加索因此不再和他合作。毕加索当时还有一个关系密切的画商坎魏勒，德国人，"一战"爆发后就跑到瑞士去了，这个空出的位置于是留给了保罗·罗森贝格。此人比他的哥哥更有气度，也更长袖善舞。他和毕加索在生意之外还保持了一种情谊，成为毕加索在两次世界大战之间这个时期所倚赖的主要画商，而这段时间正是毕加索创作的喷涌期。

　　1917 年，毕加索为欧嘉画过几幅新古典主义风格的肖像，一年后的那两幅订制肖像画延续了这一风格。后来，这几幅作品都被认为是毕加索在"模仿"安格尔，他有野心要证明自己可以成为古典主义和现代主义的接驳者，并懂得如何用天才的想象与胆量来超越大师。1918 年也是毕加索在绘画上宣告回归秩序的一年，立体派的伙伴布拉克曾以此批评他"背叛"了自己的艺术和生活。其实，对于毕加索，这是他经过审度后做出的选择：在没有看清下一步如何继续领先时代的时候，他用回归秩序的方式来试探时代。事实再一次证明，这个西班牙"野蛮人"的直觉多么适合巴黎这个艺术名利场。传记作者皮埃尔·戴写道："毕加索在 1914—1927 年这个时期的成功，正是来自以画商保罗·罗森贝格等人为代表的上流社会。"罗森贝格帮助毕加索变得富有了。三十岁时毕加索只是不再为钱发愁，四十岁时他已成了富翁，从此进入一个神话时代：他这一生比同时代的其他艺术家都更有名、更有钱，也更有资格成为现代艺术的一种隐喻。

海滨度假之后，罗森贝格在巴黎最高级的居住区为毕加索夫妇找了一处豪华公寓，让他们从早先栖身的一家高级旅馆搬了过去。公寓分上下两层，整个二楼都是毕加索的画室。依照合同，对签约之后的毕加索作品，罗森贝格拥有否决权，即他可以决定买或者不买它们，不过几种版本的毕加索传记对这段时期的记述都表明，罗森贝格从未对画家指手画脚过，他只是精明地用利益来平衡他们之间的关系。1919 年 10 月，罗森贝格在画廊为毕加索举办了一个展览，这也是自 1905 年以后毕加索在巴黎的第一次个展。罗森贝格担任经纪人时期的毕加索作品倾向于写实，更合上流社会的口味，展览的目录安排也似乎有意想要暗示毕加索对立体主义的模糊态度。1921 年冬，罗森贝格画廊新收藏的1914 年以后的毕加索画作，最高标价已经接近 10 万法郎了；同时期，在巴黎德鲁奥大楼里拍卖的被法国作为敌产没收的由德国画商坎魏勒收藏的一批立体主义画作，其中的毕加索旧作只能卖出 2000 法郎。1926 年夏，罗森贝格画廊又举办了毕加索二十年作品回顾展，仍然都是经过他挑选的作品。这次画展的重要性，后来被研究者在关于英国画家弗朗西斯·培根的文章中提起过，因为正是这次展览让正在巴黎游历的培根更新了人生方向：他被毕加索画作中的想象力所打动，决心放弃商业化的室内设计生涯，开始绘画创作。在培根成名之后，罗森贝格举办的这次展览给艺术史留下了这么一个小细节供人书写，不过，当年肯定没有人会注意到观众里有个激情迸发的英国青年。

2008 年 9 月，当年被绘画的一岁半的女婴米歇尔将《罗森贝格夫人和她女儿的肖像》赠予巴黎毕加索博物馆。能够收藏这幅重要作品，博物馆深感庆幸。据报道，如果以拍卖市场的标准来估算，这幅画的价值将在 2000 万—2500 万欧元。这是毕加索目前所知仅存的两幅订制画作之一，加上罗森贝格和毕加索的亲密关系，这些因素都使得它在毕加索的同类作品中显得珍罕。另外还有一个原因：捐赠人米歇尔有个女儿名叫安娜·辛克莱，她是时任国际货币基金组织总裁卡恩的夫人。既是毕加索名画，藏家又出自名门，这样的作品如果被送到拍卖会上，自然会是明星拍品。现在这幅画能被博物馆纳入公共收藏，法国人应该感谢他们的前文化部长安德烈·马尔罗。1968 年，在马尔罗的力主之下法国政府通过了一条法律，即任何遗产继承人、受赠人无偿向国家捐赠艺术品，包括绘画、古籍、文献、古董，都可以根据估值来抵偿他们应该缴付的遗产税。1968 年至今，法国的国家级博物馆接受的艺术品捐赠总价值已经超过 7 亿欧元，仅 1982—2006 年，平均每年接受捐赠都在 2500 万欧元以上。有意思的是，捐赠也有大年和小年之分。比如，公开数据就显示 2007 年的运气不错，获赠数额达到了 3240 万欧元，因为在这一年，法国政府获赠了四幅名画，分别出自博纳尔、米罗、罗斯科（Mark Rothko）和培根。

在法国捐赠委员会公布的 2008 年清单上，除了上述毕加索的画作，还有总价值大约 1716 万欧元的其他艺术品：卢浮宫获赠八件素描和一件青铜雕像。六件由名家皮埃尔·夏罗设计的家具由蓬皮杜国家艺术文化中心收藏，另外该馆还获赠了一件 20世纪法国新现实主义画家马歇尔·雷斯（Matial Raysse）的混合材料作品——《法国风格的画 II》，曾是法国前总统蓬皮杜和夫人克洛德·蓬皮杜的旧藏。法国几任总统都有收藏艺术品的爱好，密特朗和希拉克偏好古典绘画和东方艺术品，蓬皮杜夫妇却是前卫的现当代艺术的拥趸，他们作为法国新现实主义艺术运动的资助者，私人收藏了不少现当代绘画，蓬皮杜国家艺术文化中心也是在蓬皮杜任内由他提议建造的。1974 年，蓬皮杜去世后，他们的共同收藏都留给了其夫人克洛德。克洛德·蓬皮杜于2007 年去世，她在生前遗嘱中指定将这幅马歇尔·雷斯的代表作捐给蓬皮杜国家艺术文化中心。

莫迪利亚尼画里的模特都是谁？

> 他的生活非常痛苦，画里却是美人和浪漫，这一点帮
> 了艺术市场。

2016 年 5 月 12 日，在纽约又将拍卖一幅莫迪利亚尼（Amedeo
Modigliani，1884—1920）的肖像作品《戴着玫瑰花的女孩》。有
前一年《侧卧的裸女》的 1.7 亿美元成交记录在前，此画成为艺
术市场的一轮话题又是难免。

莫迪利亚尼去世的时候只有三十六岁，目前已知的存世作
品数量在 300—400 幅。因为他的一些作品没有画题，没有日
期，画中人又大都是两抹蓝色杏眼，细长颈，神情也相似，让人
很难推定画中人的身份。

《戴着玫瑰花的女孩》，专家认为作画时间应在 1916 年，画
中女孩的身份却很模糊。一种可能，她是莫迪利亚尼的妹妹玛格
丽特，但玛格丽特一直生活在意大利，和长居巴黎的哥哥据称关
系并不融洽，1916 年没有关于她来巴黎的记述。所以，她也有
可能只是莫迪利亚尼在蒙帕纳斯遇到的一个模特。

艺术市场上，莫迪利亚尼的热度一年高过一年，而价格飙

《戴着玫瑰花的女孩》

升带来的报道又助长了艺术圈之外的大众的好奇。人们喜欢好画无疑，但如果是一幅可资联想并讲述故事的好画，也就更具魔性。莫迪利亚尼画中的模特都是谁？没有落写名字的，对照传记文字，人们可做各种想象和推测；落写了名字的，后面一个个故事让人唏嘘，也供人消费——他的生活非常痛苦，画里却是美人和浪漫，这一点帮了艺术市场。

在莫迪利亚尼画过的模特里，最有名的那个是诗人安娜·阿赫玛托娃（Anna Akhmatova）。莫迪利亚尼为阿赫玛托娃画过一些铅笔素描像，时间是"一战"前的 1911 年，那时，二十七岁的画家还没有被疾病、毒品和贫困拖向人生末路。

阿赫玛托娃更加年轻，二十二岁，刚刚和苦追她的诗人古米廖夫成婚一年。十月革命尚未发生，她的生活也还未破碎，第一本诗集《黄昏》即将出版，将于一年后，即 1912 年，为她在俄罗斯赢得在诗坛的地位。

阿赫玛托娃在前一年曾和古米廖夫到过巴黎一次，他们是去度蜜月，停留时间不长，但在蒙帕纳斯腹地的拉斯帕伊大街一带和朋友相聚时，诗人已经敏感地观察到绘画在巴黎的地位，"诗歌几乎无人问津，人们之所以购买诗集，仅仅是因为上面的小花饰出自有名或名气不大的画家之手。我当下已经明白，巴黎的绘画吞噬了巴黎的诗歌"。此行她也认识了莫迪利亚尼，一个"竟然懂得诗歌"的画家。莫迪利亚尼在朋友们中间有爱诗入魔的形象，他常会在蒙帕纳斯的咖啡馆聚会中突然站起身来，向所有认识和不认识的人高声朗诵但丁的诗篇。

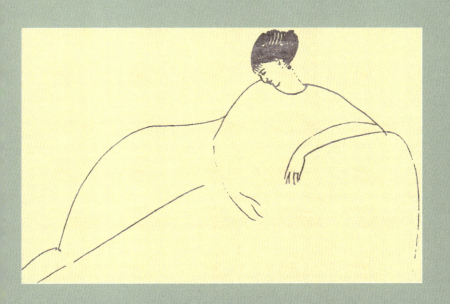

《安娜·阿赫玛托娃》

但那次巴黎的相遇没有发生任何事情，直到1911年阿赫玛托娃再次来到巴黎，准备从这里开始她独自游历老欧洲的计划。在1965年一篇着笔简略的自述里，老年的诗人回忆了1911年她在巴黎度过的这段时光，特别提到她见证了俄罗斯芭蕾舞团在巴黎的成功首演。不过，里面没有言及莫迪利亚尼，以及他和她在一起度过的两个星期。

那时莫迪利亚尼正痴迷于埃及艺术和南美的阿兹特克文化。他带美丽的诗人去参观了卢浮宫的埃及文物展，一起到卢森堡公园散步，在雨中撑一把黑伞，在公园的长椅上放声吟诵他喜爱的象征派诗人魏尔伦的诗作。他们不止一次去到一个名叫罗斯莉的小餐馆吃饭，位于蒙帕纳斯最著名的丁香园咖啡馆旁边；在那里，莫迪利亚尼为阿赫玛托娃画了那张流传甚广的铅笔素描像，诗人侧身斜倚，一片空白中仅寥寥几根线条，却有几分埃及王后纳芙蒂蒂像的神韵。后来有人写到他们如何在夜巴黎的街巷里几个小时几个小时地游荡和交谈，漫无目的地徘徊在诗人下榻的房间的窗下。没有人直白地写到他们是否有过更亲密的关系，但也没有人否认他们之间发生过什么，就像那幅铅笔素描画，看起来空荡，干净，暧昧，留白。

被画最多的模特，是和莫迪利亚尼同居三年、陪他到生命尽头的让娜·赫伯特纳（Jeanne Hébuterne）。从1917年两人相识到1920年莫迪利亚尼病故、让娜自杀，他至少画过二十五幅让娜的肖像，且都是在家里用大画板完成的。

让娜生长在巴黎的一个小资产阶级家庭里，美丽而有教养，也有绘画的天赋，但在遇见莫迪利亚尼后，她却心甘情愿地进入

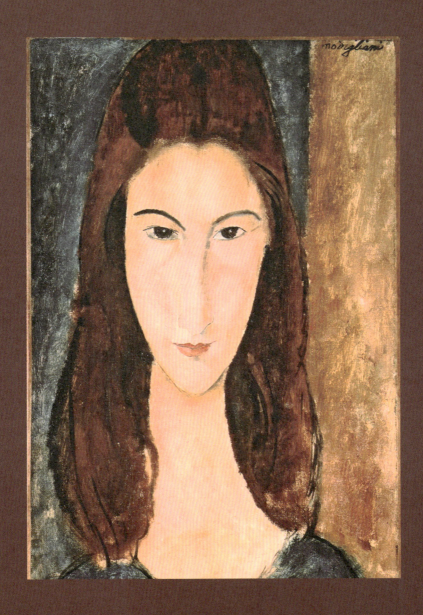

《让娜·赫伯特纳肖像》

了悲剧，陪爱人一起加速坠落。她比在他身边出现过的所有女人都要顺从，不管是顺从他的占有欲、他的外遇，还是顺从包围他们生活的贫困。他们在蒙帕纳斯的那间画室里同居，只有一个房间和一个窄小的厨房，她留给朋友们的印象就是永远守在那间小公寓里，痛苦而安静地等着莫迪利亚尼在深夜或者清晨回来，又或者彻夜不归。仅在1919年底的那个冬天，莫迪利亚尼陪在让娜身边闭门不出，但那是因为他正满怀恐惧地逃避另一个女人，而那个女人刚刚为他生下一个私生子。

莫迪利亚尼为她绘画了那些肖像，裸体也好，优雅地坐在椅子上也好，让娜都是同一种神情——有人形容说，那种神情就像是"冻僵的圣母"。他们生养了一个女儿，却因为生活一团混乱而无力照看，孩子经常被送到别人家里，交给莫迪利亚尼的朋友甚至情人轮流监护。1920年1月24日，莫迪利亚尼因患结核性脑膜炎病故，第二天凌晨，让娜带着肚子里九个月的胎儿，从公寓的窗户坠楼自杀。

在莫迪利亚尼去世前一个月的某个晚上，让娜画过一幅自画像，她在自己的胸口插入了一把匕首，好像是在预示结局。留在她自己画布上的让娜，是绝望和激烈的让娜，和莫迪利亚尼画笔下的"圣母"是分崩离析的。在很多时候，我们实则难以分辨，究竟是时代性的主体意识的匮乏造成了让娜这一类女性的命运，还是爱情在某一类人身上总是附加了强烈的毁灭性？在创造力上超越绝大多数男性艺术家的卡米耶，长期以来仅以悲剧性的"罗丹的情人"这一形象被人谈论。在超现实主义团体里占有一席之地的摄影师多拉，惨烈的西班牙内战都不能使她犹疑止步，最终她却被她与毕加索的爱恨情仇摧毁了。

现在我们从画布上看见的是住在蒙帕纳斯大街 53 号的英国女诗人比阿特丽斯·黑斯廷斯（Beatrice Hastings），在相当长的一段日子里她都令莫迪利亚尼疯狂迷恋。她是十几幅画作的模特，虽说没有让娜那么多，但比其他人都显得重要。并且，以她为模特的画看起来都掺杂了更强烈的欲望和臆想。她和莫迪利亚尼其实十分相似，都深具一种自我毁灭的气质，尖锐而狂乱。她和莫迪利亚尼最爱的《神曲》里的比阿特丽斯同名，这让画家觉得自己从此可以从女诗人身上看见但丁的女神了。

1915 年，莫迪利亚尼为她画了最初的几幅肖像，比如《蓬帕杜夫人模样的比阿特丽斯》。此前一年，他在蒙帕纳斯的咖啡馆第一次见到了比阿特丽斯。当晚，这位女诗人打扮得相当奇特，穿了一套牧羊女的衣裙，手拎竹篮，里面还装了两只鸭子。日本画家藤田嗣治和莫迪利亚尼几乎同时对这个看起来羞涩的娇小女人着了迷。

和莫迪利亚尼在一起的时候，比阿特丽斯和他一样地喝大酒，吸可卡因，写诗，恋人之间的厮打和甜蜜每天都要在朋友聚会里上演好几轮。有一次，当着诗人雅各布、作家爱伦堡等人的面，画家在狂怒中将比阿特丽斯一把抓起扔到了窗户上，玻璃被撞得粉碎，人被挂在窗框上……1917 年，让娜出现在画室里的时候，他们应该已经分手了，但在后来莫迪利亚尼最著名的裸女系列里，那几幅斜卧于沙发上的丰盛的粉红色人体，总让朋友们觉得画家还在画他记忆中对比阿特丽斯的欲望，而不是他身边那个目光忧郁、始终退却的让娜。

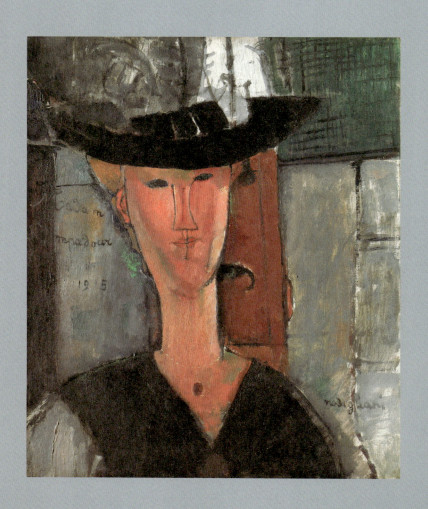

《蓬帕杜夫人模样的比阿特丽斯》

在生命中的最后两年，莫迪利亚尼遇到了最冷静的情人和模特：露妮娅·捷克沃斯卡（Lunia Czechowska）。她是一位波兰诗人的妻子，十月革命后，她的丈夫秘密离开巴黎前往苏联，托付同为波兰人的兹博罗夫斯基夫妇关照独自留在巴黎的露妮娅。这对夫妇正好也是莫迪利亚尼最亲密的邻居与朋友，在他们家里，露妮娅认识了画家，并开始为他做模特。除了美貌，露妮娅的谨慎和理智像一个陌生的谜面，强烈吸引了画家。而露妮娅虽然接纳了他的追求，在朋友们面前公开表现出对让娜的强烈嫉妒，却并不那么投入地做一个落魄艺术家的情人。1919年底，她决定从画家混乱不堪的生活中退出，独自去往突尼斯远游。一个多月后，莫迪利亚尼病逝，露妮娅也没有出现在葬礼上。

莫迪利亚尼的作品生前没能卖出几幅，却在身后受到画商和博物馆的青睐。露妮娅的几幅画像几经流转，后来分散收藏于法国格勒诺布尔绘画和雕塑博物馆、巴西圣保罗艺术博物馆等地，但露妮娅本人在后半生一直否认她是裸女系列中任何一幅的模特，即便那幅画是被挂在纽约大都会博物馆或华盛顿国家画廊的展墙上。唯有一幅铅笔素描，她没有否认过那是自己。在画作的左上角，莫迪利亚尼摘录了一段他喜欢的文字，作为对所爱之人的诗意的馈赠："生活是少数人给多数人的馈赠，拥有生活而且懂得生活的人赠给没有生活也不懂得生活的人。"

摇摆于天真和野心之间，是这些栖身在远离蒙帕纳斯的外国流亡艺术家以及围绕在他们身边的女性的日常。在蒙帕纳斯瓦万路口的那几个咖啡馆、小酒馆，这些人每天聚集着喝一杯，他们的故事则被流逝的时间反复消磨、刻蚀。由此，这个路口有将

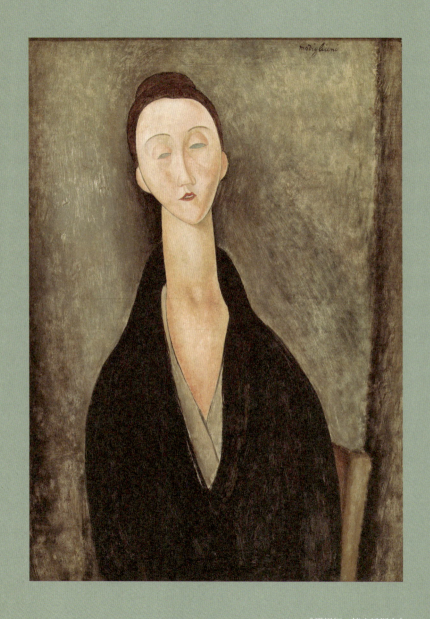

《露妮娅·捷克沃斯卡》

近十年时间——整个 20 世纪 20 年代——曾是流亡艺术家们所认知的"世界的中心"。

在这个"世界的中心",莫迪利亚尼的真实处境如何?他本人曾说,最大的野心就是拥有过匿名者的骄傲——若是以生前既见的成功而言,他就是他所说的匿名者。直到他死后,巴黎画派的神话才在作家、评论家的笔下刚刚开启。

埋葬莫迪利亚尼那天,送别他的朋友从慈善医院一起行至落葬地拉雪兹公墓。这么一点距离,途中已有画商出价 4 万法郎,想要向其好友兼经济人兹博罗夫斯基买下他手里的五十多幅莫迪利亚尼的作品,而在此之前,兹博罗夫斯基每天都在努力为莫迪利亚尼卖画,但几乎从未成功过。如果说是死亡开启了艺术家的神话,未免过于残忍,但事实上,死亡确实为艺术市场镀金。某些时候,"缺席"(absence)比"在场"(presence)更能创造传奇。

诗人为画家做了什么？

> 比起所有诗人、雕刻家和其他画家，这个西班牙人更
> 能速冻一样伤害我们。他的思考在沉默中逐渐剥光。

最初在巴黎街头报摊看到《鸭鸣报》的时候，我曾惊讶得很，以为这大概是名字最古怪的报纸了。这是一份创办于 1916年且至今还存活着的报纸，刊登的基本是讽刺时政和曝光八卦的新闻、漫画，总之，冷嘲热讽，每天都在收拾政客名流。

后来多看了几本闲书，主要是那些叨叨 20 世纪初蒙马特或蒙帕纳斯画家们如何抱团取暖最终功成名就的传记，就发现《鸭鸣报》这种名字在它创刊的那个年代实属正常，早年为毕加索、马蒂斯、布拉克、亨利·卢梭等一众画家写评论、打抱不平的文学杂志，名字才真正稀奇。

1903 年，诗人阿波利奈尔和安德烈·萨尔蒙（André Salmon）合伙办杂志，名字起得很像是一本寓言小说或一首象征主义诗歌，叫作《伊索的盛宴》(Festin d'Ésope)，并且它还有一个副题——"好文学杂志"。我很好奇，海明威的名句"巴黎是一席流动的盛宴"，会不会是从这本杂志得了灵感。海明威在巴黎的时候，经常和阿波利奈尔出入同一个朋友圈，有可能听过这本巴

黎文学青年景仰的杂志。

杂志注册地址写的是圣雅克街 244 号，在今天花神咖啡馆后面的一条街上，当时门牌号属于一个做来料加工的挂毯商人。总编辑阿波利奈尔那时刚进入文学圈，尚未写出著名的《米拉波桥》，但善于诡辩和雄辩的魔法师气质已经显露出来。他在社交方面很有办法，找到多金的朋友做赞助，还拉来些广告，但杂志勉力出到第 9 期，还是到了没钱下印的地步。

杂志活着的时候，上面最有影响的文章也大多出自阿波利奈尔。他写过关于乐队的专栏，其中有一篇的标题是——"乐队为文学提供了什么"，至今看来，对文艺青年来说也还是时髦的题目。在办杂志期间，他还认识了两个"野兽派"的年轻画家：安德烈·德朗和弗拉曼克（Maurice de Vlaminck）。三人常相约在塞纳河边散步、谈话，并不是那种轻松的聊天，而是总在进行严肃的、有时甚至是很激烈的辩论，都是关于文学或绘画的新美学问题。阿波利奈尔后来决心涉足前卫艺术批评，与他们三个人这段时间的密集的散步不无关联。

杂志倒闭后不久，1904 年，阿波利奈尔在巴黎圣拉扎尔车站附近的"标准"咖啡馆里认识了画家毕加索和诗人马克斯·雅各布。20 世纪的前十年里，巴黎最具"新精神"的一个朋友圈，就此在《伊索的盛宴》散场后的杯盘狼藉中成形了。十几年后，毕加索画了一幅作品《读信》，两个画中人被认为就是那个时期的毕加索和阿波利奈尔。

为了糊口，阿波利奈尔接下来又短暂地帮朋友办过一本不太正经的金融杂志，名字也有趣，叫作《息爷指南》，专事指导拥有小资产的人如何理财。但没过多久，诗人找到了让他更感兴趣的事业。在遇见毕加索的那家咖啡馆里，他又认识了一位亨利·德罗美尔先生，此人对各种出版事业——从歌曲到杂志出版——都满怀热情。他慷慨地资助了阿波利奈尔，共同创办了《背德者》杂志。这本杂志和大作家纪德的作品《背德者》同名，小说讲了一个叫米歇尔的清教徒的故事，他执着地想要寻求"自我"，最后从一个虔诚的人变成了世人眼中的背德者。

就是在这本新杂志的创刊号上，阿波利奈尔为还在寻找绘画方向的毕加索撰写了第一篇艺术评论，同时也是他自己作为艺术评论家的第一次亮相：

> 有人谈到毕加索，说他的作品表明一种早早破灭的幻想。
>
> 我认为恰恰相反。
>
> …………
>
> 他崇拜自然，热衷于精确，还杂有这种神秘主义，这种在西班牙潜伏在最不虔诚的心灵中的神秘主义。
>
> 比起所有诗人、雕刻家和其他画家，这个西班牙人更能速冻一样伤害我们。他的思考在沉默中逐渐剥光。他来自远方，来自 17 世纪西班牙人组合和强烈装饰的丰富资源。
> （《阿波利奈尔传》，皮埃尔·马塞尔·阿德玛著）

这本杂志命运更为不济，出了两期就等同于停刊了（第二期改名为《现代文学》）。它能被记录在册，大概是因为上面刊登了这篇关于毕加索的文章，以及阿波利奈尔也成了名人。

在阿波利奈尔不断折腾的时候，巴黎还有一个以马拉美为中心的象征主义诗人的圈子，他们也办了一本杂志，颇有影响力，即《法朗吉》（*La Phalange*）。这也是个古怪的名词，出自18世纪空想社会主义者傅立叶，指代他幻想建立的一种社会基层组织。《背德者》杂志停刊后，阿波利奈尔有时会为《法朗吉》写写评论，他在上面发表过一篇有点影响的文章，评论的对象是画家马蒂斯。那时，马蒂斯自述艺术观点的名篇《画家札记》尚未面世，阿波利奈尔算是最早为他发声的人。

到1907年成为报纸《知无不言》的合作者时，阿波利奈尔作为艺术评论家的身份已经被广泛接纳了。他为身边的画家朋友写了大量飞扬激越的文章，成为"新绘画"——那时马蒂斯还没有为"立体主义"命名——的激情捍卫者。几年以后，阿波利奈尔被毕加索"加冕"为"立体主义的教皇"，虽是玩笑之语，但也确实是画家对这位全力以赴的捍卫者的回报。圈外有人曾批评阿波利奈尔，说他被身边的一拨立体主义画家恭维着，所以报以言过其实的捍卫，而在这拨画家里面，真正有才华的也不过四五个。

在一如既往地有个古怪名字的《知无不言》上面，阿波利奈尔也为完全不为公众所知的海关人员——画家亨利·卢梭写过最早的评论。他这段时期已搬到蒙马特，和"洗衣船"里的毕加索等人为邻。他们在酒馆欢饮，其中的常客就有温和的老实人卢梭、英俊却愁苦的莫迪利亚尼。卖不掉画的莫迪利亚尼在潦倒中早逝，离世百年后，他的画作在艺术市场却大受青睐，拍卖价格最高的依次是裸女、小孩肖像、男人肖像，但他初到巴黎时无人识得，在这帮朋友里也只是一个追随者。阿波利奈尔捍卫的对象是毕加索、布拉克和卢梭，他们始终被诗人热烈地维护着。然而，美好的时代很快就过去了。阿波利奈尔在"一战"期间申请入伍，希望以此途径获得法籍。在前线，他曾被弹片击中额头，虽然侥幸从血肉横飞的战场生还、立功，并成功入籍，却不幸在1918 年因西班牙流感而死。人生的最后两三年，他人在前线服役，却写了大量评论，力挺新生的前卫艺术。从立体主义、未来主义到达达主义、超现实主义，都得到过他慷慨的辩护。阿波利奈尔成了"新精神"的代言人。去世前，他曾发表一篇论及"新精神"和诗人的文章，他写道："新精神"之路险象环生，布满了陷阱。

诗人和画家，在一个无穷动的时代，彼此捍卫。既然有阿波利奈尔之问——乐队为文学提供了什么，那么另一个问题或许可以是：诗人为画家做了什么？

晕眩的清单

❝ 文化名人策展，为艺术史提供了一个跨领域的解读视角。❞

　　毕加索曾经一心要让自己的作品进入卢浮宫，1947 年，他才勉强达成了心愿。卢浮宫应允他可以在著名的大画廊展厅里陈列一次作品，但条件非常苛刻，听起来就像是一个玩笑：毕加索必须等到周二闭馆那天才能把画挂上墙，周三开馆前即撤走。毕加索照办了。在人们的印象中，卢浮宫从来就该这么"厚古薄今"，它收藏的艺术品，无论绘画还是雕塑，其年代止于 1850 年，以此和收藏现代艺术的奥赛博物馆、展示当代艺术的蓬皮杜国家艺术文化中心相区分。

　　但是，最近几年，卢浮宫也不再一味坚持它的老谱了。它开始向在世的学者、作家以及艺术家传递合作意愿，邀请各界名人策展，利用名人效应吸引法国及周边国家的更多参观者。据法国媒体公布的数字，在经济危机的处境下，2009 年卢浮宫的参观人数仍然超过 850 万。

　　在 2009 年底，卢浮宫最新展览的主理人是意大利哲学家、符号学家、小说家翁贝托·埃科（Umberto Eco）。他在 2007 年就接到邀请，两年后，他为卢浮宫贡献了这个充满文化思辨和符号诠释的展览——"晕眩的清单"，同名新书也在卢浮宫热烈签售。博物馆音像部负责人让·马克－戴哈斯解释了埃科选定的主题。他说，埃科在《晕眩的清单》中指出，西方文化中存在一种开列清单的偏好，对繁复事物抱有理清头绪的热情。埃柯对清单的嗜好，在他过去的作品中也早有显露，比如在小说《傅科摆》里，他用来推动故事的重要情节是一份送货购物清单，它被当成中世纪圣殿骑士的神秘文件，由此，诸多意外事件围绕它一一发生。在埃科看来，账单、收藏目录、花名册、节目单、菜单……这些看上去乱七八糟甚至可笑的清单，表面看上去既无动机也无明确目的，却都可能构成对人类文化史的认知。

通过清单和数字，埃科带领参观者在卢浮宫内进行了一次关于艺术、文学和音乐的旅行。埃科说，策展过程中面临的最大挑战是怎么才能用卢浮宫里收藏的绘画、音乐及其他艺术品去表达"清单"这个主题。举个例子，埃科陈列了荷马史诗《伊利亚特》里面有关特洛伊战争的战士名册、武器清单和战舰清单，他认为这些都呈现了伯罗奔尼撒半岛上的社会形态。

邀请博物馆界之外的名人策展，为艺术史提供了一个非传统的跨领域的解读视角，是卢浮宫近些年尝试打开的脑洞。埃科并非第一个受邀人。在埃科之前，2005 年，卢浮宫曾邀请法国著名法学家、大律师、社会活动家罗贝尔·巴丹戴尔（Robert Badintel）策划了一个展览——"对监狱的观看"。这是卢浮宫与名人合作的策展计划的开端。巴丹戴尔以力主废除死刑著称，他在密特朗时期曾担任司法部长，并在任内成功取消了法国的死刑制度。从卢浮宫提供的展览资料上可以看到，巴丹戴尔从艺术和历史的角度，用一系列收藏品呈现了跨学科领域的近现代监狱史，包括建筑图稿、照片资料、纪录片，以及反映监狱变革过程的文字档案。有一件从伦敦大学图书馆借展的建筑图稿，是一位18—19世纪的画家据英国法学家、哲学家杰里米·边沁（Jeremy Bentham）的"全景敞视"概念，以素描方式演示的"全景监狱"平面图。摄影家亨利·曼努埃尔（Henri Manuel）拍摄的法国监狱同样是展览中很重要的部分。20世纪早期，这位曼努埃尔和弟弟加斯东是巴黎最活跃的人像摄影师，之后，他们的工作室开始涉足图片生意，向各个新闻通讯社出售照片，是法国能量最大的图片机构，被人称为万能的"亨利·曼努埃尔通讯社"。他还向时尚摄影发展，保罗·普瓦雷、香奈儿等设计师都是他的主顾。后来，曼努埃尔也和法国政府合作，比如，为司法部担任官方摄影，服务近三十年，拍下大量记录监狱现实状况的照片。巴丹戴尔在卢浮宫展出的法国监狱的照片，就是他在这一时期的作品。如果不是巴丹戴尔作为学者对监狱史有着深层次的探究兴趣，卢浮宫恐怕不会出现这样一个展览主题。

诺贝尔文学奖得主、美国非裔作家托尼·莫里森（Toni Morrison）在2006年受邀为卢浮宫策划了第二个跨界展览，更炫，更当代，包含了绘画、文学、舞蹈和当代艺术等多种形式。1993年，莫里森获得诺奖时，瑞典文学院给她的评价是："在小说中以丰富的想象力和富有诗意的表达方式使美国现实的一个极其重要的方面充满活力。"与此同时，也有人批评评委们权衡的非文学因素占比过高，因为她是黑人，是女性，作品中的多元文化和女性主义非常契合当时语境下的政治正确。十三年后，莫里森在卢浮宫的这次策展仍然延续她一贯的身份视角，并伴随同样的争议。展览名为"羁客的家园"，是一场关于移居和放逐之痛的多元艺术对话。莫里森将卢浮宫的馆藏名画——热里科的《梅杜萨之筏》作为开篇，这幅浪漫主义代表作取材自 1816 年一起震惊法国社会的残酷海难事件：1816 年，开往塞内加尔的法国政府舰船"梅杜萨号"在西非海岸布朗海岬搁浅，四百多人被迫弃船。船长和高级军官坐上救生船脱险，一百五十多人被抛弃在简陋的大木筏上，经历了十三天的绝望漂流和相互残杀后，最后仅有十五人幸存下来。莫里森认为，这幅画完美表现了她所渴望讲述的主题：被放逐者上路寻找新的家园，置身绝望和希望、生存和死亡的包围中。莫里森在策展人阐述中写道：这种命运的隐喻从贩奴时代一直延续到今天，墨西哥人在美国、非裔阿拉伯人在欧洲，都是同样的境遇。展览期间，莫里森将一些非法裔观众带到这幅画前，举行了一场诗歌朗诵会。卢浮宫的另外两个空间则延伸出"异邦的身体"。她邀请三位艺术家——舞蹈、雕塑和当代影像——一起重读英国画家弗朗西斯·培根的一幅未完成的肖像画，然后要求艺术家们以各自对画的理解来完成一组现场表演。培根的绘画、舞者的独舞、对现场进行记录的三段影像，共同组成了这个展览。莫里森的愿望是作品能够真正与现场"生长"为一体。

同样被莫里森以女性主义来诠释的，是她在古希腊馆和埃及馆实现的一个平行小展：有几件公元前 5 世纪的古希腊陶器，莫里森用上面的某些符号来解读雅典妇女地位的低下；另有几件古埃及艺术品，她希望观众从中看见古埃及人对于异族的敌意，以及随征服而至的大规模放逐。

2007年秋，卢浮宫又选择了德国艺术家安塞尔姆·基弗（Anselm Kiefer）。基弗被视为当代艺术界伟大而寡言的独行者、思想者，在他庞大的画作与装置作品里，沉积了大屠杀记忆、犹太文化传统和对人类历史命运的思考。卢浮宫邀请基弗永久地陈设了一组永久性作品，一幅高30英尺、宽15英尺的巨幅画，并在壁龛中创作了他标志性的向日葵装置……艺术家以他一贯使用的废弃工业混合材料——金属、沙子、碎玻璃、灰土、感光乳剂等——挑战了古典的、精美的博物馆的边界。在基弗之前，现当代艺术家中有作品永久留存在卢浮宫的是立体派画家乔治·布拉克：1953年，他获邀为亨利二世宴会厅更新了天顶画，将现代主义留在了16世纪的金色镶板上。

这种从传统中挖掘的现代意义，并非能被所有人认同。即便会带来争议，卢浮宫仍想通过这些当代名人在古老与现代之间找到一个时空通道，实现更多观念的对话。

堕落之魅

66 在堕落和罪恶的主题之下，鲁本斯这幅画仍充满了巴
洛克艺术那种宏大的叙事劲头。 99

瑞典国立博物馆里有一幅 17 世纪的藏画，题为《鲁本斯的客厅》（也叫《室内情景》），据考证，作者是弗兰斯·弗兰肯二世（Franz Francken II）以及可能的合作者德·沃斯（Cornelis de Vos）。画面描绘了佛兰德斯大画家鲁本斯（Peter Paul Rubens）家中的生活场景：两位装扮正式的女士在客厅里闲聊，旁边是她们的三个漂亮的孩子，椅上、地上还有两只可爱的小狗。作为人物的背景，画家还极其细致地描绘了房间里几乎所有家具和装饰物，包括几幅画中之画，而处在画面正中位置、挂于壁炉上方的那一幅，据考证就是鲁本斯的杰作:《罗得与他的女儿们》。

2016 年 7 月，佳士得伦敦古典艺术周于"古典大师及英国绘画"夜场拍卖了一件私人珍藏，资料描述和这幅"画中之画"完全一致——在公众视线中消失逾一个世纪后，鲁本斯的《罗得与他的女儿们》被认为重现市场了。

罗得与他的女儿们的故事取材自《旧约圣经·创世记》，这之前的情节，是罗得和亚伯兰按照上帝的吩咐离开了原居住地吾

《鲁本斯的客厅》(《室内情景》),弗兰斯·弗兰肯二世和可能的合作者德·沃斯

珥，后来罗得选择去往地处索多玛与蛾摩拉一带的湿润富庶的平原，一个物欲横流的地方。在《旧约圣经》中，索多玛与蛾摩拉是两个沉溺于男色的淫乱的城市，上帝决意降硫黄与火毁灭它们。上帝派天使提前告知罗得，嘱他携家人逃往琐珥，并告诫他途中绝不可回头看。罗得之妻在途中偷偷回头看了一眼就变成了一根盐柱；罗得和两个女儿成了大毁灭之中唯一的幸存者，逃到了琐珥的山洞里。为了延续生命，女儿们荒诞地合谋灌醉罗得，同寝后分别生下儿子摩押和便亚米。

鲁本斯选取的画面正是"引诱"的情节。2016 年 6 月，我和几位媒体同行受邀参观佳士得伦敦总部，由当时的佳士得英国主席洛克（Orlando Rock）为大家导览了这幅画作。在悬挂有十数幅名作的展厅里，这件鲁本斯画作，画幅巨大，色彩和构图也都是其中最醒目的。

由于 2016 年是佳士得伦敦成立二百五十周年庆典，这一年的伦敦春拍因此被艺术市场格外关注。在"印象派与战后艺术""定义英国艺术"等系列展览和拍卖之后，《罗得与他的女儿们》成为古典绘画部分的焦点，该画最后以 4400 多万英镑成交。不过，这一记录并未超过令鲁本斯占据古典大师成交记录榜首的另一画作，即 2002 年以 4900 多万英镑拍出的《对无辜者的大屠杀》。

创纪录的作品背后，拍卖专家往往都做过资料的精心收集与打造，能讲出一个精彩的收藏故事。《罗得与他的女儿们》也是如此。这幅画作可做考证的第一位收藏者是安特卫普的富商高图尔斯（Balthazar Courtois），在他于 1668 年去世后，其子扬·巴

《罗得与他的女儿们》，鲁本斯

普蒂斯塔（Jan Baptist）继承了画作，之后转手给了安特卫普另一位富商科伦（Ghisbert Van Colen）。1698 年，热衷收藏的马克西米利安二世购藏了此作。他失势后被迫流亡，藏画被瓜分，神圣罗马帝国皇帝约瑟夫一世将鲁本斯此画收入宫廷，又在 1706 年将它赠予为帝国打了胜仗的马尔博罗公爵一世。为了用人，皇帝也需深谙重臣的癖好，这位马尔博罗公爵是鲁本斯的大粉丝，收藏了至少十幅鲁本斯的画作。1766 年，《罗得与他的女儿们》作为他的珍爱之物，被送到他在英格兰的乡间大宅——布莱尼姆（Blenheim）宫的图书馆里。它与鲁本斯的另一作品《维纳斯与阿多尼斯》常被公爵一起展示给尊贵的客人。这幅画在马尔博罗公爵的后人中安然度过了一个多世纪后才转给最后一位收藏者，加雷鲁斯（Maurice de Hirsch de Gereuth）男爵及其后裔。一幅画作近四百年的收藏史，背后是人间富贵荣华的过眼云烟。

引诱罗得实则是西方艺术史上一个绘画母题，自文艺复兴时期画家们就反复绘写这个《圣经》故事，在北欧尤其流行。从留存于世的同题画作可以看到，直至 16 世纪早期，多数画家，包括卢卡斯·范·莱顿（Lucas Van Leyden）在内，还都偏重以全景来描绘情节和场面，将罗得父女避难的山洞与周围的景色画得十分繁细。有的用色丰富艳丽，而人物则有着那一时期风格主义的总体特征。在堕落和美德之间的人性困境尚未成为画家表现的中心。

16 世纪末，情况发生了变化。以荷兰乌得勒支画派的重要人物维特维尔（Joachim Wtewael）为例，他的《罗得与女儿们》的画面就有了很大不同，山洞背景被拉近、简化，画家开始着重表现人体和欲望，人物面部有了细致可辨的令人想要深入体察的表情。

17 世纪，欧洲巴洛克艺术兴起并繁盛，引诱罗得这一题材在绘画中变得更加受欢迎。尼德兰地区的画家们，无论名流还是籍籍无名者，几乎都尝试过这一画题，其中就包括鲁本斯。与其他人的同题相比较，鲁本斯在构图上更具戏剧性却也更为精练，他将人物前置于观看者在视线上无可回避的位置，而山洞背景则被替以一帘红色帷幕。这在视觉上极具冲击力，既衬出人物的细微，也与其中一个女儿的蓝色衣服形成对比。在西方的色彩谱系中，多数时候蓝色是高贵的象征，而红色则具诱惑力，这也正好是引诱罗得这一画面的两大主题：堕落与美德。吸引画家的自然不仅是充满警世意味的宗教故事，壮硕而丰满的男女人体成为绝对的视觉中心，虽然是在表现堕落和罪恶，鲁本斯这幅画作依旧充满巴洛克艺术那种宏大的叙事劲头。作此画时，鲁本斯在安特卫普已经名倾城邦，于欧洲范围内也身价登顶。《罗得与他的女儿们》的艺术史价值固然无法和他同期创作的巨幅祭坛画——圣瓦卜尔加教堂的《升起十字架》和安特卫普大教堂的《下十字架》——相提并论，但作为私人委托创作，也是他的宗教题材巨作了。

在伦敦看过原作后，我阅读了一些关于这幅画的资料，有一个对我而言略感意外的发现是，19 世纪法国现实主义巨匠古斯塔夫·库尔贝早年也画过同题画作。印象中，库尔贝其人与他的《奥尔南的葬礼》等画作都是沉郁和肃杀的，但在 1844 年，二十五岁的库尔贝画了"引诱罗得"。他的这幅画给人观感是巴洛克和新古典主义两重风格的交织，体积庞大，庄严而素朴。在画面结构上，他也做了比较特别的处理，比如将两个女儿中的一个画成了背对观众视线的侧卧的裸女，看不到面目，给人留下了想象空间。作此画时，库尔贝刚从皇家美术学院毕业，正是每天泡在卢浮宫里临摹委拉斯开兹的时期。直到经历 1848 年革命后，他的现实主义风格才正式确立，画出了早期代表作《采石工人》。

在现代和当代的绘画名作里，好像很难想到一个画题，匹配"引诱罗得"这种程度的大胆摄人。即便是放纵不羁的卢西安·弗洛伊德，他所画的发生在画室空间里的混乱，场面比较直接的也就是《临摹塞尚》：他以自己收藏的塞尚名作《那不勒斯的午后》为母本，仿照塞尚的人物安排和构图，画了一场发生在画室里的性爱之后的场景。脱离了宗教故事所赋予的警世功用，勾引和乱伦的题材就在绘画中失去了正当性。

《尖叫》，让艺术市场尖叫

> 蒙克曾说：'当我画画的时候，我从未想过出售。'不
> 过现在，他的《尖叫》（1895）一度成为世界上拍卖
> 价格最高的艺术品。

奥尔森收藏

2012 年 5 月，在纽约的那场夜拍中，对《尖叫》的争夺大
约持续了十二分钟，最后是一位通过电话委托的买家以 1.199 亿
美元赢得。虽然拍卖公司按照行规不公开透露买家身份，但这幅
画的原藏家是谁，拍卖前就不是秘密——挪威富豪彼得·奥尔森
（Peter Olsen），著名的"奥尔森收藏"的拥有者。

奥尔森家族掌控挪威船业，至彼得和他兄长弗雷德里克已
经是第五代。"奥尔森收藏"是在他们的父亲托马斯·弗雷德里
克·奥尔森（Thomas Fredrik Olsen）手中建立起来的，20 世纪后
期，它逐渐成为最重要的蒙克画作私人收藏。

托马斯当年收藏爱德华·蒙克的画，属一段巧合的机缘。
一直患有严重心理疾患的蒙克曾在柏林接受了很长一段时间的治

疗，康复后，他决定回家乡挪威定居。蒙克在奥斯陆峡湾近旁的维斯滕（Hvitsten）小镇买下一处住宅，旁边正好是奥尔森家族的宅邸，就这样，他和托马斯成了邻居。维斯滕最特别的地方，是它的小，据称是挪威最小的城镇，历史上居民最少的时候只有七十多户。小镇上的名人，历数下来也只有在此发迹的奥尔森一家，以及来此暂住过的蒙克。两人比较亲密的交往大约集中在20世纪二三十年代，蒙克当时六十左右，托马斯还只有二三十岁，年轻的富豪先是向他买画，后来逐渐成了画家的朋友和艺术赞助人。"二战"之前，托马斯已购藏了三十多幅蒙克的画作，其中包括其代表作《尖叫》和《病孩》。《病孩》是比《尖叫》更早的作品，蒙克在这幅画里把幼年记忆中姐姐索菲娅病死前的情形重现了。如果要追溯蒙克的心理轨迹和绘画历史的交错，这幅画对于研究者了解蒙克何以成为蒙克的重要性超过了《尖叫》。

蒙克在小镇寻求的避世生活再次被战争中断。1940年，德国入侵挪威，而在此之前，托马斯对战争的情形已经做了最坏的打算。最早让他意识到时局越来越糟的事情之一是从30年代起，蒙克就被纳粹列入了"堕落艺术"名单，这个名单上的艺术家的作品被禁止在德国展出。托马斯将《尖叫》和其他十二幅蒙克画作藏匿到一处偏僻的谷仓里，自己和家人逃去了英国。纳粹政权统治挪威五年，很幸运，托马斯藏匿的蒙克画作没有被人发现，得以完好地保存到了战后。蒙克本人却没有这么幸运，他存放在自家二楼的八十二幅画全部被纳粹抄没，其中有七十一幅在战后被一些挪威收藏家陆续买回本土，其余的则散佚了。1944年，蒙克在奥斯陆附近的艾可利（Ekely）离世，留捐给奥斯陆市政府一千一百幅油画、四千五百件纸上作品、一万八千件版画印刷品，现在奥斯陆的蒙克博物馆即以此为主要收藏。

托马斯一直生活在英国，直至 1969 年去世，再也没回过挪威。生前他将《病孩》亲自赠予伦敦泰特现代美术馆，以感谢英国政府在战争期间庇护了他和家人。他其余的蒙克画作都完整地保存在手中。托马斯去世后，他的两个儿子，弗雷德里克接管了家族公司，彼得由母亲立嘱指定继承了"奥尔森收藏"。2001年，弗雷德里克曾对画作提出过分割要求，法院判他败诉，彼得仍是这批收藏的唯一合法拥有人。几年后，彼得开始出售他所继承的蒙克画作。据纽约苏富比提供的资料：在吸引全球围观的这次创纪录的拍卖前，2006 年 2 月，彼得曾通过伦敦苏富比一次性拍卖了八幅蒙克的作品，其中包括名画《夏日》。彼得当时通过媒体表示，拍卖画作是为了在维斯滕小镇筹建一座博物馆用来收存他父亲的藏品。

《尖叫》的四个版本

彼得·奥尔森曾在采访中提到，在他童年时期，《尖叫》一直挂在他们家的起居室里。这也是唯一一幅挂在私人家中的《尖叫》。

蒙克先后画过四版《尖叫》，最早和最后的两个版本之间相隔了十七年。第一版《尖叫》绘于 1893 年，为蛋清木板画，收藏于挪威国家画廊；同一年，他还画过一幅彩蜡木板，专家普遍认为这是画家为前面那个版本所做的底稿，从色彩上看，完成度似乎没有其他版本高，现在由蒙克博物馆收藏；托马斯收藏的1895年版《尖叫》为彩粉木板画，其构图和挪威国家画廊的藏画最为相近，也是四个版本中唯一的私人收藏品，最初很可能是德国一位咖啡业巨头出钱订购的，之后才转藏到托马斯手中；最后一个版本的《尖叫》和第一个版本相似，为蛋清木板油画，大约在1910年完成。此时画家已经结束他在巴黎和柏林的多年游历漂泊，返回出生地奥斯陆定居。比起十七年前，他绘画时的心境发生了很大变化。这个版本目前也收藏在蒙克博物馆里。

纽约苏富比的发言人达雷尔·罗查（Darrell Rocha）介绍说：在这四个版本中，"奥尔森收藏"中的1895年版《尖叫》有最丰富的色彩，而且是唯一留有原配画框的一件。画框由蒙克手绘油漆，背面题有蒙克在1892年写的一首诗，被认为是对这幅画的创作灵感的阐释。这个版本还有一个特别之处：背景中那两个人像，其中有一人俯身在栏杆上朝向远处的城市风景，这和其他三个版本的形态都不一样。

拍卖前，这版被描述为"与众不同"的《尖叫》曾被送到欧洲、北美和亚洲，在密室里近距离展示给顶级藏家。当时媒体揣测的潜在买主包括卡塔尔王室，正在筹建博物馆的卡塔尔王室近两年在艺术市场出手阔绰。不久前，已故希腊船业巨头乔治·安布里柯斯（George Embiricos）的委托人以2.5亿美元的价格私洽转让了塞尚的名画《玩纸牌的人》，有传买家正是卡塔尔王室。《华尔街日报》则报道，苏富比专家菲利普·霍克（Philip Hook）称有能力买下《尖叫》的收藏家在全球不超过十位，因为他认为，收藏家一般不会为单件艺术品投入超过其个人资产总额的 1%。

《尖叫》画面上那张惊惧变形的面孔、强烈冲撞的色彩，一直被看作现代人苦闷精神的象征，是 20 世纪的经典"表情"。在艺术史上，其图式通过版画复制和印刷品所达到的传播幅度几乎可以和《蒙娜丽莎》比肩。蒙克曾自述诞生《尖叫》的具体场景：他和两个朋友沿着海边便道散步，正是日落时分，天空蓦然变幻，像血色一样鲜红。他停靠在栏杆上，疲累难以言说。朋友们继续往前走，他落在了后面，并因恐惧而开始战栗，随即他就听到大自然在发出凶暴的、无休无止的尖叫。蒙克后来又在《尖叫》的背面——推测是 1895 年的版本——附以文字来描述他的这种感受："好几年来，我濒临疯狂……我被拉伸到极限——大自然在我的血液中尖叫……"

初次画下《尖叫》的 1893 年，蒙克在柏林的菩提树下大街举办了个人画展，里面有六幅作品被他题为"爱的研究系列"，这是蒙克的著名组画系列"生命的饰带"的起始，《尖叫》后来也被归入其中。在《尖叫》诞生的 19 世纪 90 年代，蒙克和在巴黎期间曾深刻影响过他的印象派、后印象派完全分割了，德国表现主义风格在他的作品中显现出来。从此，他只画自己内心感受的一切：生存和死亡、恐惧和焦虑、爱和痛苦。蒙克说，他希望观看他画作的人像在教堂里一般静穆，将帽子取下握在手中。

附记：本文写作参考了受访对象提供的资料。

美国博物馆里的中国书画

66 到了美国，我们在哪里能够看到最好的中国古代书画
收藏？各个博物馆的镇馆之宝都是什么？这些收藏
背后又有什么样的人的故事和学术的历史？ 99

一

单以中国书画收藏而论，美国有五大博物馆可以说地位相
当，它们是波士顿美术馆、纽约大都会博物馆、华盛顿弗利尔美
术馆，以及克利夫兰和纳尔逊－阿特金斯这两家艺术博物馆。

这五家博物馆都有什么过人之处？几年前，我采访了华盛
顿弗利尔美术馆当时的中国书画部主任张子宁先生，他说，其实
这几家也没有排名先后之分，各有短长。他还提到了未能进入这
个名单的旧金山亚洲艺术博物馆，它的书画收藏不算好，所以排
不进前五，但它的青铜器收藏很好。上海博物馆前馆长、已经去
世的马承源先生，生前有一次到弗利尔美术馆去看青铜器，张子
宁问他，弗利尔美术馆的青铜器收藏比起美国其他博物馆来怎么
样？马承源答，这要看衡量标准是什么。如单以青铜器艺术本身

看，如造型与纹饰，弗利尔美术馆的最好，但如果说到铭文的重要性，还是旧金山亚洲艺术博物馆的收藏更好一些。

五大馆中，除弗利尔为美国国立的亚洲艺术博物馆外，其他四家都是私立的。张子宁介绍，弗利尔美术馆与 1987 年加入的赛克勒美术馆同属美国国立史密森博物学院，此二馆合称为弗利尔－赛克勒馆，即国立亚洲艺术博物馆，它们的场馆以地下通道相接为一体，但拥有各自独立的基金会。

张子宁介绍说，在美国，博物馆负责人和赞助人的背景基本决定了一个馆的收藏方向。波士顿美术馆是美国最早收藏亚洲艺术品的一家，因为他们的馆长和日本颇有渊源，其亚洲艺术收藏也是从日本开始的。他以前服务的纳尔逊博物馆，老馆长在北京居住过，到中国各地收购过文物，所以对中国艺术品比较重视。

弗利尔美术馆也有相似的背景。它的创始人名叫查尔斯·弗利尔，是美国 20 世纪早期的一位铁路实业家，他最早只收藏美国绘画，认识了波士顿美术馆里一位名叫弗诺罗萨的专家后，他开始对东亚艺术品发生兴趣，先是日本，再是中国。弗利尔本人曾经在 1895、1907、1909、1910—1911 年四次到访过中国，在那个跨国旅行，尤其是跨越东西方的旅行十分不通畅的年代，这个数字是令人惊讶的。

弗利尔在中国又找到了很厉害的收藏顾问，传教士福开森。福开森是晚清皇亲贵族圈里的大红人，也是故宫博物院第一届鉴定委员会里唯一的外国委员。在他的指点下，弗利尔从中国收购了很多重要的艺术品，他在北京六国饭店以高价坐等各路人送文物上门的排场成了古玩界不断加工、真假难辨的故事。有人在弗利尔去世四年后，也就是 1923 年做过一次统计，他个人收藏的中国艺术品有近万件，项类包括青铜、玉石、瓷器、漆木、金银器等，当然，也少不了中国书画。

弗利尔去世前在遗嘱中规定，弗利尔美术馆只能展示他自己的收藏，既不借展也不外借；每六个月换展一次，书画展过一次以后，一般要在库房里休息五年才能第二次公开陈列，主要是怕外面的光线损伤画纸和绢。不过，在休息期间，有特别需要的观众还是可以通过一定的程序申请到库房里面去观看。弗利尔美术馆现藏中国书画一千二百多件，在数量上居美国各博物馆之首，其中有八十五件为宋元书画，含三件独立的宋元书法珍品：东晋王献之《保母帖》的唯一存世拓本，后有赵孟𫖯、郭天锡跋；南宋国子监本《淳化阁帖》，全套十卷，缺第九卷；元赵孟𫖯小楷《太上老君说常清静经》卷。被视为弗利尔镇馆珍宝之一的《洛神赋图》，是弗利尔本人当年从清朝大臣端方处购买的。《洛神赋图》存世目前有四种说、五种说等，但张子宁说，博物馆界一般谈及的就三种，即故宫博物院（二件）、辽宁省博物馆和弗利尔美术馆的收藏，通常认为故宫博物院收藏的那件比较好，但弗利尔美术馆的这件年代上也能到南宋，并且后面有董其昌的题跋。

关于宋元书法在美国的整体收藏情况，书法史研究专家白谦慎先生的讲述比较深入。在我们采访的时候，白先生正在美国波士顿大学艺术史系任教授。因为其著述《傅山的世界》，国内外书法爱好者对他都非常熟悉与景仰。写这本书期间，白谦慎曾经走访多位美国收藏家、各大博物馆库房，研看历代书法珍品：

宋元和宋元以前的书法，主要收藏在纽约大都会博物馆、普林斯顿大学艺术博物馆和弗利尔美术馆。纽约大都会博物馆有唐人写经名作《灵飞经》、黄庭坚的草书名作《廉颇蔺相如列传》、米芾的早期作品《吴江舟中诗卷》等。普林斯顿大学艺术博物馆藏有宋徽宗和乾隆皇帝鉴藏过的西方唯一的唐摹本王羲之《行穰帖》、黄庭坚的《赠张大同卷》，以及米芾的三通信札、赵孟頫的《妙严寺记》、元代康里巎巎的《柳宗元梓人传》等。弗利尔美术馆的早期书法收藏不如前两个博物馆的多，但所藏宋元绘画卷后有不少宋元人的题跋。如果把美国藏宋元绘画上的宋元人题跋都加上，数量还是非常可观的，比如，波士顿美术馆收藏的《历代帝王图》《北齐校书图》《五色鹦鹉图》等名迹，上面都有宋人题跋。

那么收藏这些中国书画的美国人又都是谁呢？他们为什么会对自己也许并不真正深入懂得的遥远的东方艺术品如此感兴趣呢？这些书画又是以怎样的方式到了他们手中？

二

据白谦慎介绍，美国私人藏家中，收藏中国书画的名人主要有三位：顾洛阜（John M. Crawford Jr.）、艾略特（John Elliot）和安思远（Robert Hatfield Ellsworth）。此外，路思客（H. Christopher Luce）收藏的明清书法也很不错。路思客和中国渊源很深，他祖父出生在中国山东，是传教士之子，后来回到美国入读耶鲁大学，毕业后创办了《时代》周刊和《生活》杂志。顾洛阜和艾略特也都出身世家，艾略特本人从事投资业，安思远则是西方的两大中国艺术商之一，近年来因年事已高，不那么活跃了。白谦慎建议，关于美国私人藏家和博物馆的中国书画收藏故事，可以读一读翁万戈先生的长文《美国收藏中国书画简史到顾洛阜的珍藏》。在美国，只要是稍具规模的博物馆，都有"亚洲艺术之友"组织，他们中间就有收藏中国艺术品的人。20世纪90年代中期以前，中国艺术品的价格还不是很高，美国的医生或律师都有能力收藏中国书画。白谦慎说他认识一对美国教授夫妇，大约是从80年代初开始收藏明清至当代的书画。不过，现在要以教授的工资来收藏中国书画已经很困难了。

美国的前辈华人收藏家中，则以王季迁最有名，另外两个重要人物是翁万戈和王方宇。白谦慎说，要了解美国的华人收藏，应对华人的构成有所了解。在早期来美的华人中，如果是留学生，家境通常比较好，像翁万戈，出身晚清名宦，张充和的曾祖父曾任两广总督，住在普林斯顿的刘先女士是晚清著名收藏家刘世珩的后人。纽约大都会博物馆中国部主任屈志仁曾在一篇纪念收藏家王南屏的文章中讲到中国现代收藏中心的转移：在1949年以前，中国的收藏中心在上海；1949年后，上海、江浙和广东一带的很多收藏家移居香港，香港成为华人世界的收藏中心，"敏求精舍"基本上就是由讲上海话和广东话的收藏家组成。王南屏是民国时期比较活跃的收藏家，他移居香港后成为"敏求精舍"的成员，后来也在美国生活过，子女都在美国。有他这样经历的收藏家不少。

在美国的华人收藏家中，收藏方式也不尽相同。翁万戈承继祖藏，王季迁早先就是有名的文物商，唯有王方宇是在美国白手起家而又十分成功的例子。他的收藏主要由八大山人和齐白石的书画构成，他的八大书画很大部分是由张大千转让给他的，在此基础上自己再不断扩充收藏。他生前一直在大学做教授，财力有限，却非常专注用心。

"王方宇和翁万戈都是研究自己收藏的典型。王方宇从张大千手中得到了一批八大山人的书画后，就长年潜心研究，结果成为八大山人研究的权威。翁万戈则自 20 世纪 80 年代初以来在美国东北部山中闭户著书，撰写的三大册《陈洪绶》曾获国家图书奖。不过他最主要的研究工作还是整理家故，包括整理和翁同龢相关的文献、日记，编撰翁氏藏书画研究图录。我本人觉得美国收藏界重视研究的风气，是非常值得收藏界借鉴的。"白谦慎说。

白谦慎还提到，艺术史家、美国纽约大都会博物馆中国绘画部特别顾问方闻曾说过一句很有意思的话，博物馆是收藏"收藏家"。美国许多博物馆是私立的，要靠募捐来维持运行，所以对于博物馆来说，很多收藏家还是赞助人。博物馆通常会和私人收藏家保持很好的关系，一般说来，收藏家也愿意和博物馆往来。有时候，他们把藏品寄存在博物馆，由博物馆的专业人员研究和展出，对加深理解这些藏品的艺术价值和文化意义都是有帮助的。

在美国，博物馆接受捐赠的比例也高于购藏。以纽约大都会博物馆为例，它的中国书法收藏主要来自顾洛阜的捐赠，《灵飞经》则是翁万戈先生捐赠的。普林斯顿大学博物馆的重要书法收藏主要来自艾略特。印第安纳波利斯博物馆的中国艺术品收藏来自著名制药业世家的捐赠。白谦慎回忆艾略特先生时说，在世时，他把藏品都存放在他的母校普林斯顿大学艺术博物馆，供该校艺术史系的教授和研究生做教学和研究用。"他在我认识的收藏家中是非常慷慨也非常有风度的一位。有时候，如果你对他收藏的某件作品的真伪提出质疑，他也会非常耐心地倾听意见。他对学者非常尊重，生前立下遗嘱，身后将自己的藏品全部捐给母校。"

弗利尔美术馆的情况又有不同。张子宁告诉我，早期的弗利尔馆——大约是落成开放到五六十年代期间——接受私人捐赠并不多，那时候弗利尔设立的基金很充足，美术馆自己购藏较多。弗利尔接受的几次较大的私人捐赠主要在 20 世纪 90 年代以后，其中一批是王方宇捐赠的那三十多件八大山人书画，另外有二百六十件 18—20 世纪的中国近代书法作品来自美国收藏家安思远，2003 年上海博物馆斥资 450 万美元购藏的四卷《淳化阁帖》也是他的旧藏。安思远曾在 1987 年将自己收藏的书画整理出版为一函三册的《中国近代书画》，其中著录的五百多幅藏画早在 1986 年就捐给了纽约大都会博物馆，余下的二百六十件书法作品，在张子宁就任中国书画部主任期间，于 1997 和 1998 年分两批捐赠给了弗利尔美术馆。

那批八大书画的得来，个中曲折更多。张子宁回忆：1998年，为了筹办弗利尔七十五周年馆庆，他专程走访王方宇，想请他出让所藏八大山人书、画各一件。当时王方宇同意考虑，表示等动完心脏手术后再仔细商议。但手术不幸失败，王方宇留下遗嘱，要儿子王少方将他精选的二十幅八大书画及十五幅齐白石作品选一家博物馆捐出。据张子宁说，当时有八家博物馆想要争取这笔重要的遗赠，他也代表弗利尔美术馆在曾经任教于耶鲁大学并且和王方宇有师友之谊的安思远的帮助下加入了激烈竞争。经过半年交涉，终于赢得这批书画收藏。除了前面提到的二十幅八大书画精品、十五幅齐白石，另有王少方出让的十三幅八大书画小品，其中多为书法册页，由卡本特基金会出资为弗利尔美术馆购藏。

因在美国博物馆界有十数年的职业经历，张子宁对私人捐赠和博物馆之间的关系体悟比较深。"争取艺术品捐赠或者争取捐款以供博物馆购藏艺术品，其手段本身也是一种艺术。一般来说，坚持匿名且无条件的捐赠者极少，多数不是为名就是为利，要是能名利兼收，那当然就更好了。名比较单纯，容易处理，只需在展厅上或在艺术品展出时将捐赠者指定的名称同时呈现即可。至于利，那就很复杂了。为争取艺术品捐赠，首先涉及和收藏家的交往与游说，其后又涉及协助捐赠者取得艺术品估价和减税权益。"博物馆接受捐赠一般会有所选择，但如果捐赠数量很大，对方又提出要求不能挑选，也就只好全部接受下来。"赛克勒有个好朋友名叫辛格（Singer），也是医生，多年前捐给赛克勒馆将近六千件东西，里面什么都有，品类很杂，直到现在也没有整理完毕。每一件东西我们都请来专家给予意见，我对自己主管的书画和印章部分也提出了建议，但目前馆里仍然难以决定哪些可以入场。"

三

一个收藏者的审美观和历史观，决定了以其收藏的作品为核心所建立的美术馆或博物馆的品质。如果要真正了解弗利尔美术馆的收藏，可以阅读一本书，书名叫作《佛光无尽：弗利尔1910 年龙门纪行》。

这本书根据弗利尔 1910 年最后一次中国之行的考察日记和照片整理而成，且是首次公开出版。书中以很大的篇幅记录了龙门石窟当时的状况，对于中国读者来说，尤其值得一读。书的后记介绍说，是弗利尔－赛克勒艺术博物馆的档案部主任霍大为在2009 年重新发现了这些材料，之后，他和团队对零散的材料做了艰苦的梳理、鉴别、考证和研究。中文版由上海书画出版社出版（2019 年再版），这本书的艺术价值和历史价值，很大一部分从弗利尔留下的历史图片里显现出分量来。

弗利尔当年雇了两个同行的中国随从，一位是翻译兼向导，另一位是照相师傅，名叫周裕泰。周裕泰在北京的哈德门路开了一个照相馆，拥有一定的古董知识，也曾经为法国汉学家沙畹担任过旅行拍摄，富有经验。在弗利尔这次经开封、郑州、洛阳，最后抵达龙门石窟的旅行中，周裕泰背着很沉重的专业相机，总共拍摄了一百六十张玻璃底片，记录下当时龙门石窟里许多珍贵的佛像和石刻的状态，在这些国宝散佚之前，为之保存了相当宝贵的细节。

弗利尔在龙门石窟住了半个月，时间是 1910 年 10 月 29 号到 11 月 12 号。河南府的官员把他们安排在龙门的西山黔西寺中，从他住的小寺庙里面，沿一条通道就可以进入到宾阳洞四个洞窟，而其中的宾阳中洞便是精美绝伦的北魏石刻——《帝后礼佛图》的所在。

对文物知识有所了解的人都知道，《帝后礼佛图》的失散是龙门之痛。20世纪30年代，这幅石刻被美国文物贩子普艾伦和中国文物商岳彬彬联手盗取。他们从宾阳中洞的西北壁上强行剥离石刻，将它分散倒卖到了海外。现在，其中的《皇帝礼佛图》部分被收藏在纽约大都会博物馆，而《皇后礼佛图》部分则被收藏在美国纳尔逊博物馆。帝后不得相见。但在弗利尔考察龙门的1910年，《帝后礼佛图》仍是完整的，就在宾阳洞的洞窟中。

　　佛教作为西方知识的对象被研究，是在17—19世纪，不过在"二战"之前，西方学术界的佛教研究，包括上流社会对于东方学的兴趣，一直就是在学术领域和流行风气之间互动，弗利尔的思想也基本没有脱离这种大环境的影响。不过，通过这本书对龙门之行的记述，还是可以看到弗利尔内心深处对中国早期艺术的热爱和比较真挚的情感。比如，他在到达龙门后第二天的日记中写道："我在龙门的第一个整天过得非常充实，给我留下了深刻的印象。在这里，希腊、波斯、印度与中国的造像和绘画元素奇特融合，和谐优美……它能与任何存世的古迹相媲美！……但我来这里不是研究碑文和断代这些复杂问题的，即便具备研究这些的能力，我也应该更关注龙门雕塑之美及其美学上的重要性，还有它们与我研究的其他领域中雕塑和绘画之间的关系——这是我能做到的。"

　　在到达后的第三天的日记中，弗利尔记载他参观了宾阳中洞，他在日记中赞美两面内壁之上有两组相呼应的图"极为精美"，不过当时他并不知道这就是《帝后礼佛图》。"右面侧壁上有二十二个人物，左面有二十一个人物。我们在其中能找到希腊、埃及甚至意大利画家波提切利的踪影。但在动态、精美程度、线条的优雅或情绪方面，我想不出任何作品可以与之相媲美。"这就是弗利尔初见《帝后礼佛图》时对它的赞叹和描述。

书中还有很多类似的珍贵记述，包括拍摄相当清晰的黑白照片。那么，龙门之行对于弗利尔和他未来将建立的这座博物馆到底带来了怎样的影响？我觉得书中序言里的表述很中肯。弗利尔在这次的中国之行后，回到美国就病倒了，八年后去世。在这八年里，他以自己的美学思考对个人收藏做了扩充和完善。就像弗利尔龙门日记的发现者霍大为所说："我们或许可以在弗利尔最后十年中收藏的各类中国艺术品中找到龙门经历对他的影响——他的藏品具有纯粹、不带矫饰的艺术气息，这是他数周独自沉浸在石窟中体会到的。"

霍大为还写道："弗利尔的龙门之旅正值中国石窟造像开始遭到严重抢掠、出现在西方艺术市场之际。值得一提的是，弗利尔没有从龙门石窟里拿走任何物品。……在他捐献给史密森博物学院的藏品中，有三十九块极为平常的石头。这些是弗利尔从龙门前的伊河边亲手收集的。……在观赏中国绘画手卷时，他就用这些来作别致的镇纸。这足以说明弗利尔对龙门深厚的感情。"

当我们在弗利尔美术馆看到那些石头，还有弗利尔收藏的中国绘画手卷时，不免就会想到书中描绘的那些场景。

第 三 辑

既已如此，
终将如此

威尼斯的佩姬

> 佩姬找到了一个可以由她来主宰的世界，在这个世界里，她很快就将像纳塔莉·巴尼一样，形同女王。

从圣马可广场过到左岸，沿河边的小巷子走不远，就看到了韦尼耶·莱奥尼宫。这座白色宅邸坐落在大运河最美的一段，小而精致，虽然已经对参观者开放了三十年，院里院外都还有居家的味道。女主人佩姬·古根海姆（Peggy Guggenheim）的骨灰就埋在花园里，与她生前收藏的安置在室外的雕塑作品为伴。用来展示藏品的那些房间看上去也没有做过大的改动。毕加索、恩斯特、蒙德里安、杜尚、波洛克……这些人的画挂在这些房间的墙上，比起我们在其他博物馆里看到的样子要随和些，像是坐在她家沙龙里的一大堆朋友。1979 年，八十一岁的佩姬·古根海姆在这里去世，按照她的遗嘱，这座私人宅邸成为开放给公众的佩姬·古根海姆收藏馆，里面有 20 世纪现代艺术的前世今生，也收藏了佩姬的一生。

墙上挂了一张佩姬年轻时期的黑白照片，是曼·雷 1924 年在巴黎为她拍的名作，不过这里的只是翻版，原版被收藏在荷兰的阿姆斯特丹国立博物馆里。照片上的佩姬穿了一袭华美的长袍，头发用宽阔的缎带束裹，侧影被投在身后的墙上，样子又桀骜又茫然。

在 20 世纪二三十年代巴黎的美国文人圈子里，佩姬并不是明星似的人物。相反地，这个出生于纽约古根海姆家族的豪门之女，因为少言寡语，在聚会中常常是被忽略的人。20 世纪初，来自瑞士的古根海姆家族曾是美国最富有的门第之一，掌控着铜矿开采和冶炼行业。在这个犹太大家庭中，佩姬的父亲本杰明不如他的兄弟所罗门有社会名望，但是，他的死亡不同寻常，让他的名字与震惊世界的事件联系在了一起：1912 年，本杰明·古根海姆搭乘了传奇的"泰坦尼克号"，不幸沉没于海底。那一年，佩姬十四岁，从父亲名下得到了一笔家族遗产。这笔钱没有多到可以改变她在家族里不受重视的旁支地位，但已经足够让她去选择过自己喜欢的生活。她曾在纽约一家有名的书店找了一份工作，那里是思想前卫的艺术家和作家们的据点，她认识了很多"波西米亚"风的朋友。

在二三十年代，美国那些作家和艺术家们的文化朝圣地是法国巴黎，尤其是蒙帕纳斯街区的小酒馆。佩姬·古根海姆也跟随朋友们到巴黎去旅行了。她应是在此时认识了劳伦斯·维尔（Laurence Vail），一个作家、艺术家，他生长在巴黎，毕业于英国牛津大学。在她眼里，他自由得就像"来自另一个世界"。1922 年，她在巴黎和劳伦斯·维尔结婚，没再返回纽约。维尔社交广阔，非常乐于在艺术上教导自己年轻的妻子，把她带入巴黎的超现实主义圈子，认识了摄影家曼·雷、诗人科克托、雕塑家布朗库西、画家杜尚，还有同样来自美国的女作家朱娜·巴恩斯——此人后来写出了惊世骇俗的同性小说《夜林》。他们夫妇还是雅各布街20号的常客,那里的沙龙女主人名叫纳塔莉·巴尼(Natalie Barney),是一个出身于美国铁路大亨家庭的女作家,富有,才华出众且貌美,当时巴黎上流社会的男人和女人都很为她着迷。在纳塔莉的社交圈里,佩姬的才华和容貌都不显得出众。她身体瘦削,目光坚定,以男性社会的审美来看脸部也不够柔美,而且,她既不写也不画。在巴黎的十几年,她既不像同乡纳塔莉和巴恩斯那样写出了可以传世的小说,也不像米勒那样从曼·雷的模特进阶为超现实主义艺术家、战地摄影师,她好像就只是平常地生活——生了孩子,开过店,跟随丈夫在欧洲旅行,并且和那个时代最时髦的文化人、冒险者一样,去了一趟埃及。然而,在内心里,她已经不再是那个被教导的女人。在一次聚会上,她爱上了英国作家约翰·赫尔姆斯,决定离开一直外遇不断的维尔,但和新爱人在一起并不如期待中幸福。赫尔姆斯是自我、粗暴的维尔的反面,他脆弱、温柔、绅士,但不幸的是,他也是酗酒者;他被认为才华横溢,还没有写出过真正的作品就在1934年死于一场宿醉后的手术意外。

爱人早逝,被重创后的佩姬听从朋友的建议,从巴黎搬到伦敦生活。1938年,她开了一家"青年古根海姆画廊"(Guggenheim Jeune)。这一年她四十岁,除了在一场场短暂的感情里跳来跳去,终于想清楚自己要做点什么。在她的自传里,对伦敦这段日子的描述在我们今天看来是相当梦幻的:是塞缪尔·贝克特(Samuel Beckett)建议她为画廊选择了"有生命力的当代艺术"作为唯一的方向,是杜尚告诉她应该怎么看待超现实主义和抽象主义；她在画廊策划的第一个展览是科克托的个展，第二个是康定斯基的，而那也是康定斯基在伦敦艺术圈的第一次正式露面……佩姬找到了一个可以由她来主宰的世界，在这个世界里，她很快就将像纳塔莉·巴尼一样，形同女王。

1939年，英国著名艺术批评家赫伯特·里德（Herbert Read）开了一张值得收藏的艺术家名单给她。佩姬揣着这张单子回到巴黎，正式开启了她那野心勃勃的收藏计划。她给自己定下的目标是"一天买一张画"，要把名单上的艺术家的作品全都收入手中。此时，由于战争，巴黎的犹太人都在设法逃离险境，佩姬选择仍旧留在巴黎，反而趁此乱世低价买入了大量收藏品。现在被展示在佩姬·古根海姆收藏馆里的毕加索、布拉克、达利、蒙德里安、莱热、马格里特等人的画作，基本都来自她在那个时期的狂热购藏。在她拿到莱热的画作《城市里的男人》的那一天，希特勒的军队开进了挪威；在她从布朗库西手里买下雕塑《空中之鸟》的那一天，希特勒的军队占领了巴黎。

还有画家马克斯·恩斯特。在佩姬·古根海姆收藏馆里我们看到，数量最多的藏画是恩斯特的，总共有四十幅，其次才是毕加索和米罗的，分别有十幅和八幅。佩姬在战时以自己的美国人身份来帮助欧洲的艺术家。1941年，佩姬从巴黎返回纽约的时候，她不只带走了自己的收藏，还带走了包括恩斯特在内的一批艺术家朋友。恩斯特成为佩姬的下一任丈夫，尽管他们的婚姻仅存续了短短几年。1942年，佩姬在纽约创立了她的"本世纪艺术画廊"，向美国人介绍国际前卫艺术运动，尤其是来自欧洲的抽象派。那时候，她叔叔所罗门名下的古根海姆艺术基金会已经运行差不多十年了，这个家族对于 20 世纪艺术产生的影响力已经变得和他们祖辈当年在采矿业获取的财富一样巨大了。"本世纪艺术画廊"开幕之夜，佩姬特意戴上两只不一样的耳环，据称一只是法国超现实主义画家伊夫·唐吉（Yves Tanguy）的作品，另一只是美国活动雕塑创始者考尔德（Alexander Calder）的作品。她在自传中回忆，这么做，是想让自己对超现实主义和抽象主义不偏不倚——幽默之中，不无骄傲。不过此时的佩姬，已经担得起这份骄傲，原因之一当然是"二战"期间，佩姬把欧洲的立体主义、超现实主义、未来主义和抽象主义介绍到了美国，但是，就开创性而言，日后为她在战后艺术领域带来巨大声誉并树立牢固地位的，还是她回到纽约之后的艺术资助行动。她发现并资助了一批当时并不为人所知的年轻艺术家，在这些人里面，就有成为美国抽象表现主义的代表人物，也可以说是美国战后艺术运动代表人物的罗斯科（Mark Rothko）和波洛克（Jackson Pollack）。1947 年，佩姬关闭了纽约的画廊，重新返回欧洲。1948 年，佩姬又因她在欧洲艺术界的影响力，被邀请在第二十四届威尼斯双年展上展示她的收藏。她把这一批美国艺术家，尤其是抽象表现派的作品带到了威尼斯，在希腊国家馆里进行展览。她还在威尼斯为波洛克策划了他被欧洲文化艺术圈认识的第一个个展。

佩姬最终还是决定回到欧洲生活。她没有去故地巴黎或者伦敦，而是选择了威尼斯。后来，她从老友手中买下了运河边的这座 19 世纪的宅邸，又把一生的藏品都搬来这里。大约是从 1951 年开始，佩姬就试着在每年夏天把自己的收藏向公众开放两个月。到 1960 年以后，她也不再购买新的收藏了，开始考虑在哪里永久展示自己拥有的这些艺术品。她陆续地把藏画租借给美国和欧洲的各大博物馆展览，也包括她叔叔所罗门在纽约第五大道落成的古根海姆博物馆。

佩姬在威尼斯生活了三十年。这个来自纽约的女人成了威尼斯人熟悉的"女公爵"，因她的财富、她的放纵不羁，也因她有一艘很古老的、在威尼斯也独一无二的贡多拉。她经常身着华服，深夜独自划它到运河里游荡。

橘园女主人

> 多梅尼卡以美貌和心计掌控着 20 世纪欧洲最丰厚的现代艺术私人收藏之一，佐以财富、谋杀和爱情。

巴黎市立现代艺术博物馆在 2010 年 5 月曾有五幅名画遭窃，毕加索和马蒂斯的作品都在其中，当时的报道说损失超过 6 亿美元，整个法国博物馆界为安保漏洞一时惶惶不安，有类似收藏的那些馆尤其紧张。在巴黎，说到现代绘画收藏，殷实程度能排入前三位的就是奥赛、橘园以及这家市立现代艺术博物馆。它们之间距离不远，都在塞纳河的左右两岸，也都是公立博物馆。三家里面以橘园的冠名显得比较特别，在它大门上方刻有长长的一行字——"橘园美术馆和保罗·纪尧姆、让·瓦尔特的收藏"（Musée de l'Orangerie et la Collection de Paul Guillaume et Jean Walter）。欧美的公立博物馆大多数都纳有私人捐赠，馆内展厅也经常以捐赠人的名字来命名，不过像橘园这样，把收藏人的名字直接写进馆名的仍很少见。

比起其他两馆，橘园给人的感觉是小而私密。它和卢浮宫的杜伊勒里花园相邻，19 世纪落成时是用作皇家温室的，用来存放杜伊勒里花园的柑橘树，后来在 20 世纪初成为展馆。橘园现在的地位主要来自印象派画家莫奈的作品，馆里有两个圆形展厅，专门用来展示莫奈生前捐赠给法国政府的大幅组画《睡莲》，一共八张，连接起来长度近百米。这两个厅营造出来的观展情境在全世界的博物馆里也是仅有。2000年后，橘园宣布闭馆整修，而且竟然一修就是六年，直到2006年才重新开放。法国媒体曾在报道中回应过观众的疑问，说这个马拉松式的修缮是为了给这八件镇馆之宝琢磨出最完美的自然光源。真实情形如何不得而知，但六年闭门谢客的结果是让它对访客的诱惑变得越来越大。

橘园里另有一部分说不清道不明的隐秘，来自大门上留有名字的那位捐赠人保罗·纪尧姆及其遗孀多梅尼卡（Domenica）。2010年，法国电视五台在名牌节目"博物馆之夜"中开讲橘园旧事，片名即为《多梅尼卡》，并在片中称她为"艺术魔女"。多梅尼卡的名字虽然没有被刻到大门上，但她生前对橘园的影响力其实要在这两个留了名的男性之上，她可以说是橘园半壁江山的真正女主人。

多梅尼卡在1920年与巴黎大艺术商人保罗·纪尧姆结婚，之前，她只是来巴黎谋生的南部小镇的漂亮女孩——朱丽叶·拉卡兹（Juliette Lacaze）。保罗·纪尧姆遇到她时已经相当富有，他在巴黎最好的地段拥有六百五十平方米的豪宅，开了一家现代艺术画廊，个人藏画品阶堪比美术馆。纪尧姆在艺术收藏领域的发迹一半归于运气。年轻时，他在一家汽车修理行里做事，和艺术的唯一关联是家住蒙马特，离毕加索那些穷艺术家混迹的"洗衣船"很近。1911年的某天，他在运给修理行的一船橡胶货品中偶然发现了一批发错地址的非洲木雕，非常喜欢。他特地为这些木雕布置了一个展示橱窗，来往的路人都能看见。那个时期，原始艺术在巴黎文化圈里是很时髦的话题，画家毕加索和诗人阿波利奈尔也都为之着迷，后来甚至因此陷入一桩有关卢浮宫偷盗案的丑闻里。总之，修车行里的这个小小的橱窗展帮助纪尧姆结识了阿波利奈尔，他由此进入了毕加索他们的"洗衣船"社交圈。后来，纪尧姆自己开了一家小画廊，经营阿波利奈尔推荐的一些年轻画家的作品。他为莫迪利亚尼做经纪人，也开始买入已经有了名气的毕加索、马蒂斯和安德烈·德朗等人的作品。到"一战"结束的时候，现代艺术在巴黎渐成气候。纪尧姆开始有机会和美国人做生意，成为大收藏家阿尔伯特·巴恩斯（Albert C. Barnes）的供应商。他在这个圈子里变得越来越有话语权，莫迪利亚尼为他画了一幅小像，题名《新领航员》。"新领航员"娶了以美貌著称的拉卡兹，从此将其昵称为多梅尼卡。现在橘园里展有她的两幅肖像：一幅是阿波利奈尔的女友、画家玛丽·洛朗森所作，是玛丽一贯的风格，画中的多梅尼卡面目不清；另一幅是安德烈·德朗为她画的半身像，那张脸精致到无可挑剔，看上去冷傲又艳魅。

《多梅尼卡》讲述的后半部分故事逐渐走向了连环悬疑。1932 年，多梅尼卡在旅行中遇到了巴黎著名建筑师让·瓦尔特，他们成了并不秘密的情人。令他人不解的第一个疑团是，纪尧姆对这种关系抱一种暧昧的态度，他会和妻子一起到瓦尔特家中做客，甚至小住。两个巴黎名人像朋友一样来往，从未交恶。两年后，四十三岁的纪尧姆因为一次普通的盲肠炎发作被拖延了治疗，最后因腹膜炎和败血症死在手术台上。一些年后，有人开始怀疑纪尧姆当年是死于谋杀，但并没有找到证据。片中只是讲了几件相对确凿的相关推测：纪尧姆在死前，有段时间曾对妻子表达过不满，提出更改遗嘱并剥夺她的财产继承权，将自己所有的藏品捐赠给国家博物馆。但最后纪尧姆还是手下留情了，他将全部收藏捐赠给了卢浮宫，但为多梅尼卡保留了"用益权"，即她只要活着，就可以合法保管和使用这些财产，其中包括出售藏品的权利。纪尧姆留给她的名画有一百四十多幅，包括雷诺阿、塞尚、卢梭的作品，立体派时期的毕加索和马蒂斯的作品——现在藏于纽约 MoMa、被视为馆中珍品的马蒂斯的《钢琴课》就曾是其一。

　　带着这些名画，多梅尼卡嫁给了瓦尔特。建筑师瓦尔特此时也已成为亿万富翁。他在 30 年代到摩洛哥买下了一座铅矿，开采后发现矿藏量远比原来勘测的多，就这样一夜暴富了。那么，瓦尔特的名字最终能刻上橘园的大门，是因为他在成为有钱人之后也拥有大量收藏吗？不，只是因为他对多梅尼卡的慷慨。

　　多梅尼卡身上虽然笼罩着谋杀疑云，但她并非无脑美女，在艺术品收藏的眼光和手腕上，她深受纪尧姆熏陶，并且颇有自己的主张。她不喜欢纪尧姆留给她的毕加索那些过于前卫的画作，就毫不留恋地挑出来卖掉，然后买进她自己偏爱的雷诺阿和塞尚的作品，补充到收藏里面。她出手比从前更为阔绰，在拍卖行里不断创下成交纪录，至少有三件画作的价格至今还被拍卖市场作为阶段性的纪录留存在册：莫奈的《阿尔让特伊》，塞尚的《红岩》以及《苹果与饼干》。1952 年，为了争夺《苹果与饼干》这幅画作，她当时出了一个令所有竞买人都望而止步的天价——

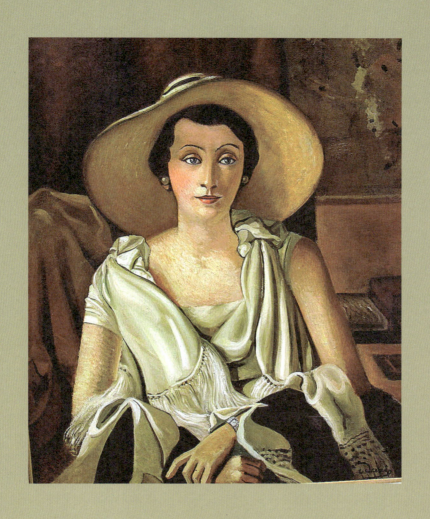

画家安德烈·德朗为多梅尼卡画的半身像

三千三百万法郎。她在金钱上的支持者主要是瓦尔特，这也是为什么在二十多年后，当多梅尼卡将收藏品送进橘园时，她在约定中最坚持的条款就是将瓦尔特的名字和纪尧姆并列。

这样看起来，多梅尼卡对瓦尔特真的情深义重？不，纪录片又抛出了第二个疑团。多梅尼卡在她和瓦尔特的十六年婚姻中又有了新的情人——医生拉库尔。1957年，纪尧姆的死亡场景重现：某个周日，在与家人共进午餐之后，瓦尔特照老习惯出门买报纸，一辆原本停靠在路边的汽车突然开出来，将他撞倒。多梅尼卡拒绝打电话叫救护车，坚持让她的医生情人拉库尔开车送去医院，结果，瓦尔特死于途中。再次有人提出谋杀的质疑，但和十几年前一样，仍然没有证据。

多梅尼卡又成了寡居者，并且更加富有。1959年，一家报纸以头版大标题宣称她是坐拥六十亿法郎资产的女人。报纸上不断出现关于她的丑闻，主角是她、养子、情人拉库尔医生和弟弟让·拉卡兹。纪尧姆死后，多梅尼卡曾假装怀孕，从一个专门向上流社会出售婴儿和出生证书的人贩手中买来一个男孩，用这个办法来应对可能存在的剥夺她财产继承权的遗嘱。当她得知自己还拥有"用益权"后，养子对她而言就可有可无了，反倒成为她和弟弟处置财产的障碍了。据说，养子两次被企图谋杀或陷害，犯罪嫌疑人先后指证拉库尔和让·拉卡兹，两人一度入狱，最后却又获判无罪。《多梅尼卡》一片援引了一种说法：当时的法国文化部部长马尔罗和多梅尼卡有过谈判，以赠让全部收藏给国家作为交换，豁免她被指控谋杀的罪名。这当然是传言。而传言的背景是，1959年和1963年，法国文化部确实和多梅尼卡先后签下两个合同，后者同意把一百四十四幅名画赠给国家，有生之年继续享有"用益权"。赠让并非无偿捐赠。第一个合同，法国政府为获赠藏品估算的金额为三亿法郎。第二份合同至今没有披露数目。比照巴黎市立现代艺术博物馆丢五件画估价六亿美元来换算，即便是在五十年前，法国文化部当时用相当于五百七十万欧元的价格交换一百四十四幅名画也是划算的。

保罗·纪尧姆曾留下遗嘱，希望他的收藏能够被送进卢浮宫，但那里没有位置可以留给现代绘画，于是旁边的橘园成了最好的替代选择。橘园美术馆落成后，多梅尼卡正式提出用纪尧姆和瓦尔特来命名的要求。这是为纪念两个爱过她的男人，还是为了赎罪？没有人知道她内心深处真正的想法。多梅尼卡也并没有全盘赠让，而是为自己保留了一些收藏。她一直活到1977年。就因为有这些藏品留在身边，在去世之前，她身边从来不缺殷勤的拍卖经纪人鞍前马后地效劳。这是多梅尼卡一生最后的胜算。

美术馆里的"巴黎王后"

> 在对 20 世纪早期这段艺术史的记述中，她已经不仅是给艺术家以灵感的缪斯了，而是团体里的灵魂人物。报纸记者送给米希亚一个别名——'巴黎王后'。

2012 年 9 月，巴黎奥赛博物馆刚刚结束一个大展。比较特别的是，画展的主角不是某个艺术家，其主题是关于一个名叫米希亚（Misia）的女人的一生。在展览前言里，她被介绍为"20世纪初，法国美好年代的著名艺术缪斯和赞助人"。

在这之前，纽约犹太博物馆为法国纳比画派代表画家爱德华·维亚尔举办了回顾展，在他的那些人物画里，观众反复看到一个女人，那是他的"缪斯"，即这位米希亚。

平时，维亚尔的作品主要收藏在巴黎奥赛博物馆的二层，那里有一个展室，陈列的都是纳比画派的作品：爱德华·维亚尔、费利克斯·瓦洛东（Félix Vallotton）、皮埃尔·博纳尔、莫里斯·德尼……这些人都是米希亚的密友，在他们的画里不难找到和米希亚有关的描述。

米希亚的本名已经很少被人记得：Marie Sophie Olga Zénaïde Godebska。这串长长的名字显示她有一部分血统来自东欧：她的雕塑家父亲是波兰人，音乐家母亲则来自比利时的一个大提琴世家。米希亚出生在圣彼得堡，随外祖母在比利时生活，接受的是老欧洲式的教育。她从小习琴，拥有出众的钢琴天分，足以胜任以钢琴家的身份在舞台上演奏。不过，她把自己一生的舞台设定为"沙龙"。有几幅画作，都描绘了同一个场面：米希亚坐在家中的钢琴前，被朋友们亲密地环绕。

嫁给《白色杂志》的创办人之一塔迪·纳坦松（Thadee Natanson）是二十一岁的米希亚作为"艺术缪斯"的开始。

《白色杂志》对当时的巴黎文化界颇具影响力。它以文学和艺术评论为主，普鲁斯特、阿波利奈尔、纪德、马拉美等人都乐于为它撰稿。杂志是由纳坦松兄弟三人共同创办的，但真正的话事人其实是塔迪·纳坦松。他是纳比画派在理论上的推行者，触觉敏锐又长袖善舞，在他身边聚集了巴黎那个时期几乎所有被看好的前卫艺术家、作家和诗人。米希亚成为纳坦松夫人后，并未参与《白色杂志》的编辑工作，但她是个天生的沙龙主人，懂得如何帮助丈夫款待他的朋友们。没多久，她就成了丈夫和他身边那个圈子之间的完美黏合剂。从奥赛博物馆那些画作上可以看到，围在她家钢琴边的面孔里有画家雷诺阿、诗人马拉美、作曲家德彪西。从能找见的一两张黑白照来看，米希亚有高贵的气质和容貌，谈吐也一定出众。经常到访的年轻画家，维亚尔、博纳尔和瓦洛东等人对她倾倒不已，各人都有多幅画作以米希亚为模特。纳比画派是由维亚尔、博纳尔和几个朋友发起成立的，他们提出绘画不要遵循中心透视法，而要诗意地描绘生活。纳比画派在艺术圈里活跃的时间不长，1900 年左右即宣告解散了，而这几年正好是他们时常聚在纳坦松和米希亚家中的一段美好时光。维亚尔为米希亚画了系列肖像画，取名《照相簿》——米希亚身穿白裙，美丽的面容被鬓发半掩，这是诱惑的《米希亚的颈》；她穿红衣，那是《穿红色睡衣的米希亚》。博纳尔的画作里也有《弹琴的米希亚》《吃早餐的米希亚》。至于瓦洛东，《梳妆台边的米希亚》是他被人多次谈论的代表作。在这些画面上，年轻画家们对模特的倾慕之情几乎是不加掩饰的，米希亚就是他们的诗意。

更早成名的洛特雷克在结识塔迪·纳坦松后，也很快进了他的亲密朋友圈。此时的洛特雷克已经画出了浮世绘风格的红磨坊演出海报。在那个时期的巴黎，他和博纳尔被视为最好的海报设计师，炙手可热。1895 年，纳坦松邀请洛特雷克为《白色杂志》画一张海报，洛特雷克把海报绘成了《米希亚》。这张作品后来作为海报艺术的经典被收藏在博物馆里。

纳比画派解散之后，米希亚和纳坦松的艺术派对也在同一时期散场了。纳坦松另有所爱，米希亚的再婚对象则是报业大亨阿尔弗雷德·爱德华。米希亚的社交地位当然并未坠落，她再次成功打理出了对巴黎上流人士最具吸引力的沙龙。但没过多久，报业大亨移情于一位女演员，米希亚结束了她的第二次婚姻。她分得大笔财产，以这次失败的婚姻完成了角色转换，成为巴黎最慷慨的艺术资助人。

米希亚的资助对象，是佳吉列夫的俄罗斯现代芭蕾舞团。在 20 世纪早期，这个舞团实属巴黎一个奇特的文化联合体：萨蒂（Satie）作曲、编曲，毕加索画布景，科克托写剧本，阿波利

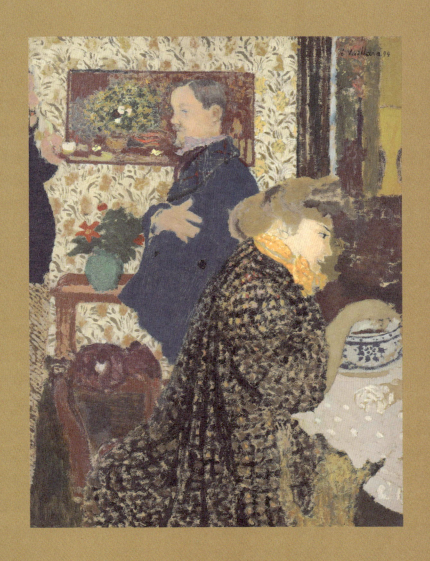

爱德华·维亚尔笔下的米希亚

奈尔写评论。他们从法国演到摩纳哥、意大利、西班牙，搅起一次次风波，直至在激烈的批评声中建立起人们对现代艺术的好奇、围观和认知。而舞团在创作与巡演上的这些花销，绝大部分都来自米希亚的资助。

1908 年，米希亚遇见了来自加泰罗尼亚的画家塞特（José Maria Sert）。这次婚姻把她再度带回艺术圈，只是她身边的艺术家已经换了一拨了。同样是来自西班牙，塞特不像毕加索如明星一般为人所知，但在他的家乡加泰罗尼亚，这位画家享有很高的声望，至今他的作品还被挂在巴塞罗那市政厅里，和这座古老建筑一起接受参观者的拜访。而且，塞特也是一位收藏家。前两年，圆明园铜兔首和铜鼠首的拍卖被炒得沸然，送拍人是时装大师伊夫·圣洛朗和他的伴侣皮埃尔·贝尔热，但两件中国文物的前任收藏者却是这位塞特。总之，在第一次世界大战开始前后，这对夫妇在当时的巴黎艺术界举足轻重。

米希亚在卢浮宫旁边有一处寓所，这里成了俄罗斯现代舞团的据点，许多轰动巴黎乃至欧洲的前卫演出，其观念和编排都是在这里讨论成形的。这个据点也吸引着那些闯荡巴黎、特立独行的妙人。米希亚和香奈儿相识后便把尚未成名的设计师引荐给了佳吉列夫，介绍她为舞团设计演出服，由此开始，香奈儿成了这个联合体里最活跃的人物。

米希亚的名字和佳吉列夫的舞团互为一体，在对 20 世纪早期这段艺术史的记述中，她已经不仅是给艺术家以灵感的缪斯了，而是团体里的灵魂人物。报纸记者送给米希亚一个别名——"巴黎王后"。站在当下来看这样一个米希亚的故事，复杂的社会体系被隐藏了，我们可能更多看到的是她的美貌、金钱和幸运。不过，能够从一个被艺术家们凝视的对象成就为一个站在他们身后、目标坚定并倾其所有地将时人谩骂的艺术推向下一个时代的人，这不单纯是美貌和金钱所能达至的人生。米希亚拥有自由的生活，也选择了自由创造的意志。

1929 年，佳吉列夫在威尼斯去世，这其实也是米希亚向她的时代告别的序幕。她和塞特没能一起终老，还是同样的剧情，她的丈夫爱上了别的女人，她平静地结束了婚姻。1950 年，孤独的"王后"在巴黎寓所里去世。

香奈儿曾说自己没有什么女性密友，但米希亚是与她终生保持厚谊的人。在米希亚死后，香奈儿说，米希亚是她此生中唯一遇见的天才女性。

收藏是一场美妙的冒险

> '对于那些有愿望了解现代艺术的人来说,我们的收藏慢慢成了巴黎的一景。'莱奥对他们兄妹的艺术眼光充满了自信。

    1902 年,一个名叫莱奥·斯泰因(Leo Stein)的美国人搬到巴黎,住进了花园街 27 号。这个地址后来在各种名人回忆录里被提及,它诞生了 20 世纪早期巴黎最受欢迎的艺术沙龙之一,为现代艺术史造神无数。伍迪·艾伦的电影《午夜巴黎》就有一个段落是男主穿越时光后跟着海明威去造访花园街 27 号。

    不过,令这个地址出名的人并不是莱奥,而是他的妹妹格特鲁德·斯泰因(Gertrude Stein)。人们后来都将格特鲁德视为花园街 27 号的女主人,但她实际上是在 1903 年才搬来和哥哥同住的,本来计划在巴黎写作,但很快被莱奥影响,对现代艺术发生了兴趣。

    兄妹俩经常拜访一家叫作沃拉尔的画廊,也喜欢去卢森堡美术馆,欣赏印象派画作。莱奥在沃拉尔画廊买下了他的第一幅塞尚作品《引水渠风景》。1903 年,雕塑家罗丹和画家雷诺阿为那些落选法国官方沙龙展的艺术家举办了第一届"巴黎秋季艺术

《戴帽子的女人》，马蒂斯

沙龙"，莱奥和格特鲁德就在第一批观众中。他们虽然什么画也没买，但马蒂斯的画作给莱奥留下了深刻印象。这是马蒂斯和斯泰因一家未来亲密关系的开始。

在1904年的秋季沙龙上，兄妹俩买走一幅《拿扇子的塞尚夫人》，这幅画后来一直由格特鲁德收藏，直至1943年才变换主人，现在它被收藏在苏黎世布尔勒基金会。在1905年的沙龙上，他们购买了马蒂斯的《戴帽子的女人》。这幅画被视为"野兽派"在巴黎的正式亮相，展出后引来一片吵嚷，几成学院派眼里的丑闻。但是，莱奥毫不犹豫地买下了它，并以这幅画为契机建立起自己对前卫艺术的收藏。等到在1907年买下《蓝色人体》时，莱奥已经在花园街27号集合了那个时期马蒂斯的几乎全部重要画作。"他是第一个看到马蒂斯是天才的人"，时隔一个世纪再看，他的所作所为堪称是一场收藏的冒险。

兄妹两个是巨富之子吗？并不是，斯泰因家族是一个普通的移民家庭，19世纪中期，从德国巴伐利亚迁移到美国的巴尔的摩。这个家族的第一代在南北战争期间依靠军服生意实现了美国梦，第二代把公司开到了匹兹堡。莱奥和格特鲁德兄妹属于第三代，是五个孩子中年纪最小的两个。他们的父亲是个生意人，却不怎么安于平淡的生活，格特鲁德两岁时，他把美国的生意转让给了弟弟，带着全家搬到了维也纳，然后是巴黎，在两座有19世纪文化中心之称的城市里享受了几年精致闲散的欧洲有产生活。之后，他们的父亲又做了一个决定，举家搬回美国，定居加州奥克兰。虽然不安分，他们的父亲却是那种能够轻松嗅到金钱味道的人，在去世前，他还是给孩子们攒下了一大笔资产——因为预判到了旧金山快速的城市扩张，他不失时机地投资了有轨电车公司。这个家里的长子米盖尔·斯泰因和他们的父亲一样天生精明，在父母去世后，他带四个弟妹搬到旧金山，并做了两件事情：联合有轨电车公司的其他几家股东注资"缆车公司"；用父亲留下的遗产，在黄金地段购置数栋房产。成名后的格特鲁德回忆，正是米盖尔为家人置下的这些房产让他们兄妹得以在巴黎寓居多年而生活无虞。这样看来，如果说是远在美国西海岸的新兴城市的发展对 20 世纪初发生在巴黎的现代艺术运动给予了一份支持，也不算无稽之谈。

格特鲁德比莱奥小两岁，在精神上和哥哥非常亲密。当年她入读拉德克利夫女子学院，选择师从美国心理学之父威廉·詹姆斯，为的就是追随在哈佛大学旁听实验心理学的莱奥。詹姆斯的"感知"理论，对兄妹俩都影响至深。他们对欧洲现代主义艺术的超前接纳，某种程度上来自这一时期的训练。

莱奥环游世界一番后，也像他父亲当年一样，决定回到老欧洲生活。他先去了佛罗伦萨，留在那里研究文艺复兴早期的意大利绘画。就在那年夏天，他从收藏家勒塞（Charles A. Loeser）处偶然看到几幅塞尚的画，瞬间就被塞尚的色彩表现迷住了，从此开启了他对现代艺术的激情。莱奥跟朋友说，之前自己对文艺复兴早期绘画的所有研究和储备或许都是为了理解塞尚。"那个夏天，我和塞尚画作待在一起的时间远远超过了我去官方沙龙和皮蒂宫看画的时间。"莱奥在回忆录中这样写道。

毕加索很快将在有关斯泰因兄妹的回忆录里占据更为重要的位置。他们之间的交往始于 1905 年。那年春天，兄妹俩从画商萨戈（Sagot）手里买下了毕加索的两幅新作：《马戏演员之家与猴子》和《提花篮的女孩》。没过多久，他们被作家亨利－皮埃尔－罗谢（Henri-Pierre Roché，《祖与占》的作者，根据此书改编的电影为法国新浪潮的代表作）带去了毕加索的画室。毕加索那时还住在"洗衣船"，艺术上正处在从蓝色时期向粉红时期过渡的阶段。在穷画家和他当时的同居女友眼里，这是两个富有的美国人，看起来确实发自内心地喜欢艺术。"他们第一次造访就买了八百法郎的画，出人意料。"毕加索的女友费尔南多后来回忆说。她对妹妹格特鲁德的第一印象是"矮而胖，但脸部很美，线条高贵分明，眼睛睿智"，毕加索似乎也被格特鲁德气场强大的外形所吸引，主动提出为她画像，第二年，他画完了那幅著名的肖像：《格特鲁德·斯泰因》。

斯泰因兄妹也喜欢这个西班牙人，尤其是格特鲁德，甚至有人猜她一度爱上了毕加索。他们定期购买毕加索的油画和素描，这笔固定收入在那时帮了毕加索很多。

"对于那些有愿望了解现代艺术的人来说，我们的收藏慢慢成了巴黎的一景。"莱奥对他们兄妹的艺术眼光充满了自信。

他们的大哥米盖尔一家也即将成为斯泰因家族收藏事业中不可忽略的角色。1904 年，他携妻儿来到巴黎，定居在离花园街不远的女士街 58 号。这里迅速成为巴黎的另一个著名沙龙，风格比花园街 27 号更华丽，室内装饰着他们从旧金山跨海运来的中国古董和波斯地毯。米盖尔的妻子莎拉研习过意大利音乐和早期艺术，成了斯泰因兄妹的同好，开始鼓动丈夫购买现代艺术，而不是古典绘画和古董。

《格特鲁德·斯泰因》，毕加索

莎拉无条件地欣赏和支持马蒂斯，就像格特鲁德之于毕加索。2011 年，我在巴黎出差期间，遇见了大皇宫举办的大展"马蒂斯、塞尚、毕加索：斯泰因兄妹的冒险"。在其中一个展厅，两幅艺术家的自画像被并排陈列在一起：一幅是毕加索的，一幅是马蒂斯的，都画于 1906 年，收藏人分别是格特鲁德和莎拉。毕加索的这幅自画像后来被格特鲁德一直带在身边，从法国到意大利再到美国，直至她 1946 年去世。莎拉也始终如一地充当马蒂斯的赞助人。自 1907 年后，她就只收藏马蒂斯一人的作品了，并在美国帮他售画。其间，就是她促成著名摄影家爱德华·斯泰肯（Edward Steichen）举办了马蒂斯的第一个美国个展。

　　斯泰因兄妹都不是职业画商，他们待艺术家就像朋友。"在那个时候，几乎没有人知道何为现代艺术，博物馆没有陈列过现代艺术，大学里更没有关于现代艺术的课程"，而花园街 27 号，成了最有学术氛围的现代艺术的据点。它的墙上挂满了"巴黎最好的现代绘画"，屋子里被访客塞得满满的，每个周六，这里都聚集了毕加索、阿波利奈尔、雅各布等年轻艺术家、诗人，以及一帮旅居巴黎的外国作家、文艺批评家。

　　巴黎当时也还有其他一些名声很大的艺术沙龙，比如由斯特劳斯夫人主持的聚会，稍后期一点，有诺瓦耶夫人的家宴，但那些地方更多是供名流们社交的"蓝血沙龙"，而斯泰因兄妹则相对平民化，他们是把自己的家贡献出来，让它成为命运未知的现代艺术的展示空间和讨论场地。他们总是竭尽所能地为那些还在不确定的命运中奋斗的穷艺术家整合资源，即使有人只是为了吃饱肚子而来，那又有何不可？"有人整晚都没有离开过那个自助餐台。"毕加索的女友费尔南多对花园街27号的周六沙龙记过这么一笔。马蒂斯和毕加索是在斯泰因家才彼此认识的。通过这对兄妹的收藏，他们得以在第一时间看到对方的新作和正在试验的绘画风格。

莱奥把身边这些艺术家称为"现代艺术的支柱"，认为他们的"现代艺术"是和"新艺术"（New Art）完全不同质的东西。在1905年写给朋友的信中，莱奥说他看到了现代艺术即将带给世界一种完全不同以往的精神现代性，而不仅是技巧和风格的变化。他提到了"1870年后一代"这一概念，并列出了自己认同的四个伟大艺术家：马奈、雷诺阿、德加和塞尚。这份名单实则已经埋下了他和妹妹格特鲁德看待现代艺术的分歧：莱奥认为现代艺术应该建立在对古典伟大作品的继承上，格特鲁德则觉得两者可以完全分割甚至对立。当毕加索之外的以格里斯为代表的拼贴立体派在花园街27号的周六沙龙上出现时，莱奥嗤之以鼻，格特鲁德却对他们这种新的绘画方式充满了热情。她买下了胡安·格里斯的《花卉》，并始终收藏着，没有转手他人，直到去世。

花园街27号最好的场景在1910年后就慢慢消失不见了。马蒂斯签约青年伯恩海姆（Bernheim-Jeune）画廊，毕加索和德国画商坎魏勒合作，画家们的境遇都开始好转，订单多了起来，在周六沙龙露面的次数也比从前少了。斯泰因兄妹之间则有了猜忌和争执。莱奥以为自己是27号无可置疑的灵魂人物，但事实上，格特鲁德已经取代了他的位置。格特鲁德心怀写作梦想来到巴黎，她的写作进展也十分顺利。1909 年，她出版了风格前卫的《三种人生》（又译《三个女人》），小说获得了不错的评价，小说家也由此进入了巴黎文化艺术圈的核心。这种微妙的错位让兄妹俩不复往日亲密，渐渐地，他们已经极少一起出现在朋友们面前。

兄妹关系最后破裂的时间点是 1907 年，那一年，一个名叫艾丽斯·托克拉斯（Alice B. Toklas）的女人在花园街出现。托克拉斯出身于美国犹太中产家庭，在格特鲁德·斯泰因的后半生中，她是情人、生活秘书、工作秘书、文学评论人及厨师，在 27 号总管一切事物。1933 年，格特鲁德写了一本《艾丽斯自传》，但书中实际上更多地是在写她自己。大皇宫的展览中并没有明确提到这段同性关系，只是说到一个兄妹决裂的细节：1914 年 4 月，莱奥决定和妹妹分家，离开巴黎，定居佛罗伦萨。他在给朋友的信中说，自己没有带走任何一幅毕加索和马蒂斯的画作，只留下了两幅塞尚的作品和十六幅雷诺阿的作品。那个时代最富有激情的艺术收藏从此被一分为二，莱奥喟叹："我们赢了，我们又输了。"

因为缺钱，1921 年，莱奥将带走的雷诺阿画作全部转让给了阿尔伯特·巴恩斯。这是一个以制卖药品发家的美国收藏家，曾到花园路拜访过莱奥和格特鲁德。倾心于马蒂斯画作的莎拉，晚年为了帮孙辈偿还赌债，也把自己收藏的马蒂斯画作一件件售卖了。

斯泰因兄妹在巴黎时期的收藏，最后只剩下格特鲁德的部分保存得还比较完整。格特鲁德留下遗嘱，死后把全部收藏都委托给忠心陪伴她的艾丽斯·托克拉斯保管，唯有毕加索在"洗衣船"时期为她画的那幅肖像，被单独赠予了美国大都会博物馆。20 世纪 30 年代中期之后，格特鲁德和毕加索其实也日渐疏远，没再见过面。

收藏，收的也是时间和人情，到头来最见聚散离合。

弗里达和里维拉：
"既已如此，终将如此"

> 他们都是沉迷于戏剧化人生的人，命中注定是要共同抵抗外部世界的同盟。这种婚姻关系在 20 世纪早期的艺术圈里并不罕见：从令人晕眩的爱情展开，以和背叛共处为过程，终局是一起成就两个人的传奇。

隐藏的日记

迭戈　创始

迭戈　建设者

迭戈　我的孩子

迭戈　我的男友

迭戈　画家

迭戈　我的情人

迭戈 "我的丈夫"

迭戈　我的朋友

迭戈　我的母亲

迭戈　我的父亲

迭戈　我的儿子

　　　　　艺术是一场冒险

迭戈　我

迭戈　宇宙

单一中的多重

　　这是弗里达（Frida Kahlo）写给丈夫迭戈·里维拉（Diego Rivera）的诗，收在她著名的日记里。日记本生前从未示人，即使里维拉也不知道它的存在。一百七十页日记，写于弗里达人生中的最后十年：1944—1954。这十年也是她和丈夫里维拉离婚一年后又复合的时期。她用这些日记整理自己对爱人极其复杂的情感，也回忆童年，记录自己的绘画。弗里达去世后，这些日记早先被存放在墨西哥中央银行的保险箱里，后来交由弗里达·卡洛博物馆收藏。

　　对于想要了解这一对天才艺术家不同凡响又令人迷惑的婚姻状况的研究者，这本日记非常重要。比起写给朋友们的书信，弗里达的日记从常识来说更值得信赖：她一直在隐秘地书写，所以有可能是她真实程度更高的心理呈现。1995 年，这些日记被弗里达·卡洛博物馆授权公开出版。在此之前，除去帮她清理遗物的丈夫里维拉和极少数工作人员，只有美国艺术史家、传记作家海登·赫雷拉（Hayden Herrera）获允读过。为了写弗里达的传记，70 年代，海登曾专程前往墨西哥城郊科约阿坎（一个有着古老历史的居民区，是弗里达从小生活的地方，也是她最后去世的地方）。在弗里达故居，也就是现在的弗里达·卡洛博物馆，她读到了这本日记。1983 年，她完成了《弗里达·卡洛传》，书里首次引用了日记中的部分内容，因此被认为是了解弗里达生平和艺术的最可信的版本。上映于 2002 年的电影《弗里达》，其剧组就在诸多传记中选了海登这本来做改编。

从开头引用的那段诗句可以看到，弗里达心中的迭戈·里维拉是她一生中各种角色的"单一的多重"，是她的宇宙，甚至就是她的本体，唯独不再是一个真实意义上的丈夫——她为"我的丈夫"这个词加上了引号。相似的表述也出现在 1949 年的一段文字里面，墨西哥艺术学院为他们伟大的壁画家里维拉举办了大展，弗里达在画册的序言中写下这样一段："我不谈'我的丈夫'迭戈，因为那将是很可笑的事。迭戈从来不是，也将不会是任何人的'丈夫'。我也不谈情人迭戈，因为他的成就超越性的界限。"或许可以理解为，这是弗里达在用一种特别的方式赞颂里维拉的伟大，但如果对他们之前长达二十年的爱情和婚姻有所了解，便会敏感地体察到，在这么几行字之下埋伏了难以平息的隐痛。他们绝非弗里达·卡洛博物馆展示给观众的美满婚姻的拥有者。关于他们生活的真相，最亲密的朋友们也有大相径庭的讲述。

在开始写日记之前，弗里达以绘画来记述自己的生活。1943 年，弗里达给一幅自画像取名《迭戈在我脑海里》（又名《一个特旺纳人的自画像》），她把自己包裹在如新娘佩戴的花环一般圣洁的白色头巾里，只露出无表情的面部；丈夫迭戈被微缩成一个小小的半身像，镶嵌在眉心正中。1949 年，弗里达又画了一幅自画像，取名《迭戈和我》，丈夫仍被镶嵌在她的眉心和前额之间，只是在丈夫的额上多画了一只"永恒之眼"，也是第三只眼，而在她自己的脸上则多画了三颗泪珠。美丽的头巾不见了，一把

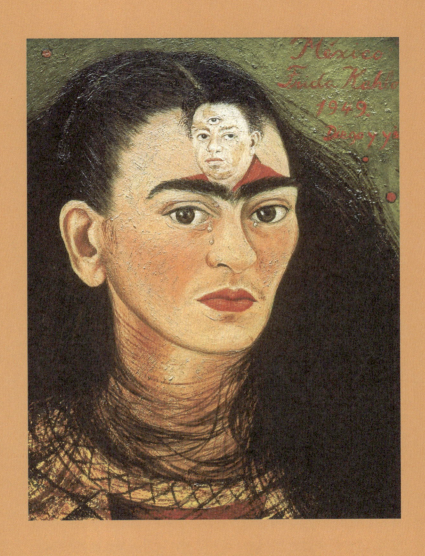

《迭戈和我》，弗里达

乱发缠绕在画面之上。这是他们复婚后的第九年，弗里达希望迭戈用"第三只眼"看到什么？是看见她难以言说的痛苦吗？

在这两幅画之间，她还画过另一幅《迭戈和弗里达》。在画面上，她将自己和迭戈的脸各取一半，再合二为一，并以缠绕的树根系在两人的脖颈处。现实中无法获得理想的爱情与婚姻，于是她寄望于古老的阿兹特克神话：奥梅特库特里和奥梅西华提合身为一体，成为所有生命的起源。

弗里达那些年自因于极深的困扰之中，没有一刻不在追问她和里维拉之间的关系，却永无答案。"我不能因为他的缺点而不爱他。"弗里达写道。但是，她对丈夫持续不断的不忠深感绝望。传记作者马奇（Gladys March）曾做过里维拉本人的口述，据他回忆，在他们复婚的时候，弗里达提出两个条件：对两人共住的房子，她用自己卖画所得来分担一半费用；两人之间不能再有性关系。里维拉只需留在弗里达的眉心，留在她的婚姻契约里。

那么，他们重新开始第二段婚姻的意义究竟是什么？或许只能做这样的推测，婚姻是他们可以在对方生命中担起最重要的角色的唯一通道。他们曾经试过关闭这条通道，但很快发现各自都变得不再完整，不再那么光彩夺目了。他们都是沉迷于戏剧化人生的人，命中注定是要共同抵抗外部世界的同盟——终其一生他们都追求重建印第安价值，有着势必成功的欲望。这种婚姻关系在 20 世纪早期的艺术圈里并不罕见：从令人晕眩的爱情展开，以和背叛共处为过程，终局是一起成就两个人的传奇。

作为一名女性，弗里达的传记作者海登·赫雷拉敏感地觉察到了这一点。她写道："从他们结婚的那一天起，弗里达和迭戈就开始在对方的生命剧情的展开过程中扮演重要的角色。穿上特旺纳服装是弗里达作为其展开迷人个性的自我创造的一部分，同时也是作为迭戈的完美的伴侣和陪衬。优雅、风情万种、美丽无比，她即是其硕大而丑陋的丈夫的装饰品——他那斯泰森毡帽上的孔雀毛。然而，当她愉快地为迭戈扮演一位印第安女仆的时候，其实是一种地道的手段和技巧。她并不改变自己的个性来迎合迭戈的期望；相反，她创造了这种高度个性化的风格来强化本来就是的那个自我，她知道迭戈也是喜欢的。最后，由于她的过度炫耀而使许多人都觉得这羽孔雀毛要比斯泰森毡帽更引人注目（更迷人）。"（《弗里达：传奇女画家的一生》，海登·赫雷拉著）

从弗里达 1931 年画的双人肖像《弗里达与迭戈·里维拉》中——这是他们夫妇被使用次数最多的一幅画像，海登看到了同样微妙的东西，那时弗里达正陪丈夫客居在旧金山："里维拉被画成是一个挥动着调色盘和画笔的大画家；弗里达则扮演着其最中意的角色，即这位天才钟爱的妻子……她像是中国玩偶一样要飘起来的样子，由巨大的配偶牵着她的手。……这肖像描绘了一位年轻女人——也许看上去有点胆怯，但同时也得意于她对别人的'掌握'——通过对伴侣的掌握而达到对世界的掌握。这使人想起墨西哥常见的一种类型：故意假装柔顺的妻子，实际上熟练而灵巧地支配了家里的一切，包括丈夫。"（《弗里达：传奇女画家的一生》）他们拉在一起的手被弗里达放在画面最中央的位置，海登认为，这对弗里达来说意味着婚姻契约的重要性，"她生存的支点即是那种成为他的贤妻的动机"。

激情的开始

海登推断，弗里达在第一次遇到里维拉时就知晓他是好色之徒，但"也许正是这一点吸引了她，也许她掉入了古老的自欺欺人的希望之中：'我将拥有他的爱，他将以另一种方式来爱我。'"

事实上，里维拉在墨西哥革命时代的巨大名气和领袖魅力对弗里达有着致命的吸引力。在还未见到画家之前，就读国立预科学校的弗里达就跟好友说，她一定会嫁给伟大的迭戈，为他生孩子。他们的年龄相差二十一岁。在弗里达出生的 1907 年，青年里维拉已经拿到在欧洲学习艺术的政府助学金，与毕加索、斯泰因兄妹、阿波利奈尔、爱伦堡等人在巴黎共享流动的艺术盛宴。回国后，里维拉受邀为墨西哥城的地标性公共建筑绘制巨型壁画，他将古老的印第安传统放进了纪念碑式的革命壁画里。于是，在这个因民族革命激荡不止的国家，他成了最知名的画家和政治活动家，印第安复兴运动以他和他的壁画为中心展开了。所有这些，都令弗里达向往。

关于里维拉和弗里达如何相遇，有多个版本，来自他们各自在不同时期的说法，多数时候，素材的添减都是为了让故事变得更浪漫。里维拉在自传《我的艺术，我的生活》中提到，他和弗里达第一次见面是在 1923 年，在国立预科学校的阶梯教室里。伟大的壁画家站在脚手架上描绘人类的起源，十六岁的女学生毫不畏惧地闯进教室，要求待在那里看他作画。在里维拉的记忆里，这个有着西班牙、印第安和德国血统的小女孩"眼神中闪烁着奇异的火光"。第二次见面是在 1928 年，里维拉在教育部大楼里创作壁画，站在脚手架上的他突然看到了一个少女，"浓密乌黑的眉毛在鼻子上方相接，像是乌鸦的一对翅膀，犹如两道黑色的弯弓，衬得那双棕色明眸秀美异常"。这是二十一岁的弗里达。里维拉并不知道，从十六岁到二十一岁这段时间，弗里达经历了一场惨烈的车祸：1925 年 9 月 17 日，一辆电车撞上了她和男友乘坐的公共汽车，金属扶手从她盆骨位置贯穿身体并穿过阴道，脊柱断为三截，锁骨和肋骨折断，盆骨和右腿分别有三处和十一处碎裂。她在医院躺了一个多月才活过来。从那以后，经历了三十多次外科手术，她的生活就变成了无休止地习惯疼痛。如何才能逃离被石膏胸衣禁锢在病床上的苦难？她开始画画，画画成为她唯一自由的天地。这些炼狱般的肉体磨难反而让弗里达的内心成长得坚定而激荡，她和里维拉在 1928 年的第二次相遇并非邂逅，而是她有意的设计。在得知四十二岁的壁画大师身边正短暂地缺少伴侣后，弗里达决心成为他的妻子。

弗里达在风格独特的绘画中显露出来的强大，让里维拉对这个看似柔弱的女孩产生了无法解释的情感，爱欲里面交织着对天才的赞叹和敬慕。在这方面，里维拉比罗丹和毕加索都要无私，终其一生，他没有停止过对弗里达的才华的呵护、赞美和推崇。弗里达这一时期的绘画也受里维拉的影响，逐渐找到方向，她说："迭戈给了我对待生活的革命的态度和对色彩的真实的感觉。"（《弗里达：传奇女画家的一生》）

尽管弗里达的父母对里维拉的年龄、肥胖的形象以及他共产党人的身份都不满意，觉得他们是"大象和鸽子间极不般配的结合"，但最终还是给了新人祝福。并不完全是被弗里达的不顾一切说服，也包括认可古老婚姻的重要前提：他们期待这个慷慨又富有的男人能为家中解决经济困难。后来，里维拉也确实做得很好。

1929 年 8 月，弗里达和里维拉在科约阿坎市政厅举行了婚礼。我们现在"看"到的那个弗里达，就"诞生"于这场婚礼之后。自那天起，她把自己套入里维拉喜欢的墨西哥特旺纳服装里，皈依于里维拉信仰的共产主义和墨西哥主义。深具标志意义的服装在她的自我形象和革命之间，和绘画之间，甚至和她的婚姻之间，都有了象征性。

婚姻的短暂休克

20 世纪 20 年代，墨西哥壁画运动曾在美洲尤其是美国产生过很大的影响，因此，1930 年底到 1933 年底，里维拉被邀请前往旧金山、底特律和纽约，在福特汽车、洛克菲勒中心这些现代工业的象征之地创作巨幅壁画。信奉共产主义的壁画家在美国西海岸的富人群中成了明星人物，连陪伴在他身边的弗里达也成了社交焦点人物。那段时间，无论到哪里，弗里达都穿着她"异乎寻常的墨西哥服装"。而里维拉也为妻子如此受关注而感到自豪，他记述弗里达在汽车大亨福特举办的舞会上怎样光彩照人，她"穿着墨西哥服装，看上去非常抢眼，不久就成了人们关注的中心人物"。但在旅行后期，即最后一年多，美国之行的愉快基调急转而下。在纽约，因为坚持把列宁肖像画进壁画，里维拉被请出了洛克菲勒中心，并且没有拿到约定的报酬。在经历了这场政治旋涡之后，他们的婚姻生活也出了问题：弗里达流产，里维拉和女助手、崇拜者偷情。弗里达厌恶透了纽约，为了要不要回墨西哥的问题，不断和里维拉争吵。

1933 年底，他们终于重新回到墨西哥城。里维拉建造了一栋形貌奇怪的新居，似乎预示着他们之间即将开启一种奇怪的相处模式。新居是两幢分开的房屋，中间由一座天桥连接，里维拉住进粉色的较大的房子里，弗里达住进了那幢蓝色的。天桥从她房子的大平顶通向她丈夫的大工作室，中间装了一道门。"里维拉夫妇分住的两幢房子由一架天桥相连，隐喻了他们之间那种独立和相对独立的奇怪关系。两幢住宅都属于迭戈。但当弗里达对其不满之时，她就将天桥这端的门紧锁，迫使他走下楼，跨过院子去敲前门。有一半的情况是仆人告之其妻拒绝他。里维拉就会急吼吼地冲上楼，再过天桥，在紧闭的门外求她原谅。"《弗里达：传奇女画家的一生》这样记述他们的日常起居。

正是在这幢奇怪的房子里，里维拉和弗里达的妹妹克里斯蒂娜有了私情，这段关系持续到 1935 年。在这期间，他将克里斯蒂娜、她的两个孩子，以及弗里达一起画进墨西哥国会大厦的壁画中。弗里达极其痛苦，她以一幅看起来血淋淋的画作为回应：《只是刺了几小刀》。故事来自墨西哥城一则社会新闻，某醉酒男杀死了他的女友，女人身体上布满伤口，凶手无动于衷地将手插放在口袋里，这些场面都成为她自己内心伤口的投射。于是，画面前的观众看到：床上死去的女人是一头短发的弗里达，凶手则和迭戈有着相似的面孔。弗里达跟朋友说，她自己几乎也要被生活谋杀了。她还说，自己一生中遭受了两大变故的折磨，其一是那场车祸，其二就是迭戈。

在遇见弗里达之前，里维拉有过两次婚姻、四个孩子、无数情人，但在里维拉和克里斯蒂娜的背叛事件发生后，弗里达受到了最深的伤害。她崇拜迭戈，她的任性一直屈服于他的任性，但在这以后，她想要改变他们在婚姻中的相处模式。她放大了自己当初征服迭戈的那种炽热和坚决，放纵自己去抓取性的自由，变成一个随时随地都在主动散发魅力的女人。1935 年，弗里达频繁地和年轻英俊的雕塑家伊桑姆·诺古奇约会，里维拉暴跳如雷，挥舞手枪威胁情敌。1936 年，她认识了在墨西哥政治避难的托洛茨基，他们有了短暂的婚外情——对于弗里达，或许报复心在这段关系里面占了很大比重，因为托洛茨基是里维拉的亲密朋友和政治偶像，她以伤害一段亲密关系来报复里维拉对她血缘关系的撕裂。这段感情据说只维持了几个星期，弗里达主动将对方的情书交给密友阅看，很满足于被这个政治伟人迷恋。电影《弗里达》和《托洛茨基》对这段故事都有提及。

关于弗里达所面对的对婚姻的幻灭，法国诺贝尔奖得主勒克莱齐奥在《迭戈和弗里达》一书中有比传记作者海登·赫雷拉更深层次的理解。他写道："迭戈和弗里达的感情破裂，绝不仅仅是夫妻二人生活的一个插曲，它彻底打破了种种伪装的面具。"按照勒克莱齐奥的叙述，从新婚时期到美国时期，弗里达一直在迭戈身边扮演阿兹特克公主这一浪漫角色，但墨西哥的社会现实其实从未离开过他们的生活。弗里达很清楚，她的迭戈和其他男人并无不同。他随时不忠，他和她的妹妹偷欢，那个时代的墨西哥女性在婚姻中共有此类厄运，这种厄运甚至也在迭戈的母亲身上上演过。迭戈不想失去弗里达，但他也无法停止游戏：他曾勾引过第一任妻子的好友，和第二个同居女友的妹妹偷情，和弗里达妹妹之间发生的不伦关系不过就是续集。勒克莱齐奥认为，迭戈无意间沿袭了墨西哥一个古老的习俗，即一个男人可以同时与姊妹几个结婚，所谓"左手的婚姻"；但他又是一个生活在20世纪初的革命艺术家——比起过去几个世纪，这个时代的人更迫切地表达出对浪漫爱情、亲密关系和共同幸福的理想化愿望，他渴求构成现代婚姻的最重要因素：爱情。弗里达是他最理想的爱情。

"而最让弗里达痛心的，倒并不是因为嫉妒——她一直都反对占有欲——而是因为她曾经笃信的恩爱夫妻的关系破裂。她和这个男人至此所经历的灵与肉的结合，在她看来应如血脉般强烈和持久，如今却烟消云散，消失殆尽。"（《迭戈和弗里达》）她逃离了那幢蓝房子，和里维拉分居了好几个月，虽然最终她还是回到了里维拉身边，表面上让生活重归轨道，但她在《一个开裂伤口的回忆》这幅画里袒露了这场婚姻的深刻裂痕：可怖的创伤遍布全身，如藤蔓一样缠绕她的回忆，她的脸上飘荡着梦游的神情。

他们之间这种令人筋疲力尽的拉锯持续了四年。1938年后，弗里达以在纽约举办首次个展为由再次离开了迭戈。1939年，在她从巴黎回到墨西哥城后不久，在里维拉的要求下，他们的婚姻关系宣告结束。然而一场意外的政治谋杀事件，给弗里达和里维拉已经死亡的婚姻带来了复活的机会。

重启婚姻

1940 年 8 月，托洛茨基在墨西哥城的他的办公室里被人用冰镐刺杀了。作为托洛茨基曾经最亲近的朋友，里维拉和弗里达分别被警方调查询问。他们共同的朋友、旧金山的埃劳塞医生劝弗里达去他那里治疗抑郁，此时，里维拉正好也在旧金山，为城市中学绘制壁画。他们见了面。埃劳塞医生认为离婚对弗里达的健康造成了极大伤害，建议里维拉考虑复合，以免她的状况继续恶化。在这之前，里维拉在见到弗里达之前就已经把身穿墨西哥服装的弗里达放在了他的壁画人物之中，说明爱情仍未完全消失。里维拉劝说弗里达重新嫁给他，这一年，他们在旧金山复婚，不久后一起回到科约阿坎。

在《迭戈和弗里达》中，勒克莱齐奥将他们的复合称为"爱情革命"的完成。也许他是想说，对婚姻和爱情，弗里达有了不同以往的态度。

里维拉仍旧在社交生活的中心，仍旧无休止地追逐女人，但也真实并深刻地爱恋弗里达；而弗里达，表面上已不再像从前那样表现出要占有迭戈全部感情世界的强烈欲望。她住在老房子里，过着近乎隐居的生活，除了绘画和迭戈，她和这个世界少有联系。对迭戈的全部的爱与痛，她仅仅诉诸画作和日记。她最后的解脱方式，就是抹去迭戈的性别，将他们的婚姻回归到古老的墨西哥神话所祭祀的形象——男女同体。以这样的方式，她的爱人就不再属于世俗的任何女人了。

"这个爱与恨的残忍游戏，弗里达与迭戈玩了很久，如今成了无止境的生命游戏。从虚无中夺取的每一分每一厘，都滋养了她，延续了她的实体，如同祭祀典礼中过于强烈的日光和血腥暴力。于是，弗里达成为了一个女神，进入恋人的躯体并占有了他，分享他的一切索取。"（《迭戈和弗里达》）

看似平静的最后十年，弗里达用绘画把婚姻变成了坚固的生活仪式和革命的象征，她的身体却像在日记中自述的那样，"四分五裂"。她在一年内做了六次手术，基本无法离开她的病床了。1953 年 4 月，她在囚禁了自己一生的钢制胸衣外套上了华丽的墨西哥民族服装，被丈夫和朋友用救护车接到了墨西哥城当代美术馆。她躺卧在一张床上，出席了为她举办的盛大的回顾画展。几个月后，弗里达再次接受了残酷的右腿截肢手术。1954 年 7 月 13 日，在度过四十七岁生日之后的第七天，她离开了人世。日记的最后一页，她为自己留下遗言："我希望离去是幸福的——我希望永远不再回来。"

在弗里达心中，理想的夫妻所拥有的爱情，应该像意大利女摄影师蒂娜·莫多蒂和墨西哥革命家胡里奥·安东尼奥·梅拉那样："爱，将他们的身体结合在一起，也将他们的思想在革命的绝对中连在了一起。"她和迭戈的第二段婚姻，某种意义上，是她对这一理想关系的竭尽全力的靠近。

香奈儿：以时尚诠释艺术

> 在这里，手稿、画作、摄影作品、贵重艺术品、珍本
> 文献、时装设计、香水甚至高级珠宝都汇聚一堂，来
> 描绘香奈儿独特的创意空间。这项展览就像一个大型
> 的多宝阁，向外界公开了由无数秘密、感情和创作所
> 构筑的世界，以及艺术精神与艺术品之间的连接。

模特比安卡·巴尔蒂（Branca Balti）身着香奈儿 2010 年春夏高级成衣、包裹头巾的造型图，和一件 15、16 世纪的石灰石雕像《伯纳丁》摆放在一起，陈列的方式显然在暗示，它们之间存在着某种关联。这件中古头像来自法国科雷兹省，是拉本茨艺术与历史博物馆的藏品，这样我们就明白了关联到底在哪里：科雷兹省有一座奥巴辛（Aubazine）修道院，那里收藏了香奈儿成为香奈儿之前的历史。

香奈儿的传记作者和研究者在这一点上已经达成共识：从十一岁到十八岁，被遗弃在奥巴辛修道院的七年铸造了香奈儿的美学宇宙："一种混合着简约、庄重和奢华的美：一方面是日常生活中素净的修女服和孤儿院童的黑袍白领连衣裙……弥撒时神职人员圣袍和法器的绚烂华美……"（《文化香奈儿》）

奥巴辛修道院属于严格肃穆的西都教派，研究者认为，可

以从修道院的建筑里找到香奈儿设计语言中的大量元素，如星星、月亮、太阳等有着宗教意味的神秘符号。此类的联想还包括：教堂地面用扁鹅卵石铺成的旧时图案，出现在她 1932 年的"Bijoux de Diamants"钻石珠宝展中；修道院通往小教堂的楼梯，被复制在她位于南法海滨的别墅 La Pausa 里；品牌的双 C 标志来自小教堂彩绘玻璃的启示，并且从 1921 年开始，这个图案出现在 N°5 香水的水晶瓶盖上以及她后来的一系列设计里。

如果不回过头去翻捡，这些早年经验里的细节其实都是隐秘而散落的。如果它们没有在香奈儿以后的经历中和现代艺术相遇并被不断激发，所谓香奈儿的美学宇宙恐怕也难以建筑成功，至少不会如此持久。

N°5 和现代艺术展"5×5=25"

香奈儿是在 20 世纪第一个十年里开始她的生意的：1910 年，她在巴黎开设了一家女帽店。她以在修道院里训练出来的手工缝制款式简洁耐看的帽子，生意大获成功。之后，她又开设了两家时装店，第一家就落地在名流出入的度假地多维尔。"香奈儿"这个品牌算是正式诞生了。

现代主义也在 20 世纪第一个十年掀起了一场美学革命。在巴黎，从毕加索的《亚维农少女》开始，绘画有了一种新的语言。来自法国南部的香奈儿几乎是被一种与生俱来的直觉所驱使，搭上了这一波万物生长的现代艺术的大势，就像她自己所宣称的：某一个世界即将消逝的同时，另一个世界也正在诞生。而她就在那个新的世界。

香奈儿和搅动这场革命的先锋们声气相通：毕加索、科克托、斯特拉文斯基、康定斯基、蒙德里安……她化繁为简的设计风格也成为这场革命的自觉的一部分。"直觉告诉香奈儿女士，'现代感'只能以'减法'来表现。她不是堆积累赘的装饰，而是除去所有令人不悦、分心和杂乱的元素。"

1921 年，N°5 香水问世。这是香奈儿请来调香师恩尼斯·鲍为她调制的一款人工合成的香水，她对外祭出的原沙皇宫廷御用调香师的名头，让鲍和他的香水都身价倍增。名字是一个数字，包装抛弃了古典的曲线而替之以方形瓶，象征了一种现代的简洁。有一种说法，恩尼斯·鲍试制的样品本来有两个系列，分别编号为 1—5 和 20—24，香奈儿选中第五款，宣布把发布会放在 5 月 5 日举行，并决定用 "5" 这个数字作为香水的名字。在有着深厚香水制造传统的法国，香水的名字和瓶身一样，以往都是梦幻和柔美的风格才受欢迎，所以，香奈儿这个看似简单的决定，在那个年代实在需要不被拘禁的想象力。

还有一种说法，香奈儿的生日其实是 8 月 5 日，所以她对 "5" 这个数字有偏爱。这可能是答案，但并不是唯一的。在 N°5 香水问世的这一年，另外还有两个与数字 "5" 相关的重要事件。一是结构主义艺术家罗钦科（Alexander Rodchenko）在莫斯特举办了绘画展 "5 × 5=25"。正是在那次展览之后，他放弃了绘画，像曼·雷一样，转而去探索现代主义摄影。罗钦科和香奈儿的交集是他的妻子瓦尔瓦拉·斯捷潘诺娃，这位流亡巴黎的女艺术家是香奈儿的朋友，以绘画中的几何线条著名，后来也为香奈儿设计过面料图案。

同一年，音乐家斯特拉文斯基在香奈儿借给他和家人寓居的 La Pausa 别墅里完成了一组名为《五指》的儿童钢琴曲。他在自传《我的生活纪事》中写道："1920 年末到 1921 年初的冬天，我寓居在 GARCHES 的那段日子里，谱写了好几首交响乐。那段期间，我还写了一组儿童小品，总名为《五指》组曲。这 8 首曲子旋律都很简单，右手五指在一个乐段，甚至整首乐曲中都弹着同样的琴键，不需要移位，而左手以最简洁的和弦或以对位法伴奏。"（《文化香奈儿》）这份乐曲的手稿，被收藏在瑞士巴塞尔 Paul Sacher 基金会斯特拉文斯基典藏中。基金会还收藏有毕加索写给作曲家的明信片，香奈儿和作曲家以及其他朋友在巴黎世界博览会上的合影，以及作曲家写给香奈儿的信。

罗钦科和斯特拉文斯基，他们的创作有没有影响到香奈儿对数字 5 的偏爱？这种联系是可能存在的。在香奈儿的生活圈里，画家、音乐家、诗人、编舞家、摄影师和电影制作人都是不可或缺的联合体，他们一起分享创作的激情与精神。直到 50 年代，香奈儿仍被人视为"当今仅有的创作'现代'而非'戏服'的设计师"。

Jersey 面料和立体主义

前面提到的诗人和剧作家让·科克托是香奈儿和现代艺术之间的一个连接。据一些名人回忆录里的记述，他是香奈儿热烈的爱慕者——至少，他的很多言语和文字表现出来的是这样，也是一众巴黎社交名人的密友，其中包括歌剧女王卡拉斯、电影明星玛琳·黛德丽，每个女人都曾领受到他一份令人陶醉的亲密关系，混合着爱情和友情。不过，在社交气度和艺术观念的分享上，香奈儿和他是棋逢对手的：他们都是凭天赋就能嗅到成功的天才，同时又懂得世故的戏码。

1954年，受在"二战"德据期间一些负面新闻的影响而谨言慎行了几年的香奈儿，宣布重返时尚界。科克托在法国《女性》杂志为她的复出造势，说：不论是对作家还是对艺术家，香奈儿女士都谦逊地隐身在阴影里，她在高级定制服装领域已经处于至高无上的地位，但她将她与毕加索、达利、斯特拉文斯基、勒韦迪以及"我"之间的友谊，看得比她在时尚界一言九鼎的崇高地位还要重。科克托曾送给香奈儿一幅版画，背后写给她几段话，开首一句即叩中香奈儿的心："时尚一时绚烂，正因如此，它令人如此动容。"

在20世纪20年代，佳吉列夫的芭蕾舞团在那些穷艺术家和上流社会之间建立起一个奇怪的通道，毕加索等人就在其中自由往返。1922年秋天，他们合作了改编自《安提戈涅》的舞剧，在蒙马特一个又小又破的戏院里推出，科克托写剧本，毕加索画布景，香奈儿设计戏服。1924年，他们三人再次合作了舞剧《蓝色列车》。

那时候，毕加索和布拉克发起的立体主义画派已经站在巴黎现代艺术的舞台中央，正在发起一场视觉革命。香奈儿在和画家的交往中，不断受到这种革命性的影响，包括取材于日常生活的素材、简单的色彩、拼贴割裂的效果。她在设计中采用了一种

Jersey 针织面料，以前从未有人将它用到女性时装里，因为那是用来做男性内衣的，香奈儿却用它设计了优雅的连衣裙、几何剪裁的套装，成功将诺曼底渔民的工作服引入中产阶级的衣橱。印在面料上的菱形图案，让人联想到立体主义绘画的几何结构。

1926 年，香奈儿与"美好时代"的繁复风格背道而驰的小黑裙开始风靡时装界。毕加索的情人、女摄影师多拉就回忆过，当她从布宜诺斯艾利斯来到巴黎的时候，满大街都飘荡着香奈儿的小黑裙。绉绸缝制、细长袖管，裙长及膝，美国版 *Vogue* 称小黑裙为"香奈儿版的福特车"，指它就像福特车一样成了行业标准："不管打造什么颜色的汽车，只要是黑色的就好。"香奈儿则用小黑裙创造了一种女性的现代主义姿态：自由舒适而不受束缚。"在我之前，没有人敢穿黑色。有四五年的时间我只设计黑色衣服，只是加上一个白色衣领。非常畅销，我也因此致富。不论电影女明星还是旅馆女服务员，每个人都穿着小黑裙。"

和很多对香奈儿感到好奇的人一样，我去参观过康朋街 31 号，这是香奈儿的寓所和工作室。楼梯空间是典型的立体主义风格，"墙面的镜子衍射出复杂的视觉映象，楼梯边缘每天重新粉刷成白色，空气中弥漫着 N°5 的香味。镜梯里的图像无穷尽地重复映射，愈缩愈小，直至消失于极远的未来……"（《文化香奈儿》）对镜子这种材料元素的迷恋，也是立体主义画家寻求解决绘画问题的符号之一。最早是在巴黎的"黄金分割展"上，格里斯展出的拼贴画《盥洗盆》用到了一块镜子碎片，极富创意的碎片于是被视为立体主义对绘画本身的"更严重的入侵"，显得异质而神秘。科克托和香奈儿也都是镜子元素的迷恋者，他们在一起经常谈论关于镜子的话题，离开现实，跨到镜子的另一面。工作室和店面在寓所的楼下，每当香奈儿发布最新一季的定制服装系列时，她都坐在镜梯的最上端。镜梯见证了不变的香奈儿的世界，这种风格给予女人身体和心性的自由，自身却遵循着构成和秩序。在这一点上，香奈儿确实像是一个不折不扣的立体主义者。她承认："是艺术家们让我知道了什么是严谨。"

科克托 1949 年写作出版了《法兰西皇后》一书，这也是香奈儿设计灵感的来源。他写的是 16 世纪的法国皇后、亨利二世的妻子凯瑟琳·德-美第奇。这位夫人似乎很让香奈儿着迷：她拥有一个双 C 徽章，香奈儿设计的品牌标志和它惊人的相似；她喜穿白色绉领装饰的黑色袍服，香奈儿也为小黑裙加上了白色衣领。香奈儿本人从未明确表达过她对皇后的仰慕，只是在 1936 年撰写的一篇文章中说道："生活在弗朗索瓦一世到路易十三年间的女性，常使我产生同情与钦佩的奇妙感觉，也许是因为她们有种无比简洁与肩负重任的伟大……"

对这些艺术家来说，香奈儿作为女人和朋友的迷人之处在于她表现出来的无所惧怕。1956 年，法国《快报》记者为重新出山的香奈儿写了一篇报道，尤其浓墨描述了她面对老去时的坦然。这位记者写到，看到大明星玛琳·黛德丽对着镜头双唇微张，想以此掩盖下垂的下巴，香奈儿不给情面地对她说道："这么做干什么？过了四十五岁，大家都老了。男人也不例外，只不过是女人风度好，没有告诉他们，其实他们已经满脸皱纹，头也秃了。过了四十五岁，重要的是这里还有些东西（指着自己的头和心）。心智衰老，我们才是真的老了，在百无聊赖中萎缩、衰老、死去。"

黑色线条和蒙德里安效应

香奈儿的花呢套装的黑色编结滚边，包装的黑色棱边，J12
的黑色表带……这些系列中醒目的黑色线条标示了后期的香奈
儿，它们都来自"蒙德里安效应"。

荷兰抽象画家蒙德里安以几何形体构成的"形式的美"，深
刻影响了同时期以及后代的设计和建筑。他的作品多以垂直线和
水平线、长方形和正方形的各种格子构成，将立体派绘画方式抽
象为音乐性的纯粹造型，最终脱离了立体派，创立了新造型主
义。20 世纪 50 年代，蒙德里安的绘画在西方引起巨大反响，一
如当年毕加索画出《亚维农少女》。从原色的运用到几何构图方
式，他为创意视觉领域提供了纯粹抽象的思考概念，形成了"蒙
德里安效应"。他在 1931 年完成的《双线条菱形组合》，以黑色
线条贯穿画面，这种简单的艺术法则被后期的香奈儿吸收，并挪
用到了花呢套装的经典线条风格里。1954 年，七十一岁时复出
的香奈儿正是以花呢镶边套装，珍珠项链，和棕色、黑色的浅口
皮鞋，在巴黎时装界重新立于不败之地。

香奈儿说过，要永远摘除，从不添加。女性夸张的胸部在
她眼里是"粗野的"，因为她不喜欢使女性苗条灵活的身体"动
物化"的一切，长头发、过于丰满的体型都在其列。她喜欢的是
抽象主义，这种将一切简化的奇妙游戏"有一股视觉鲜明的持续
性力量"。香奈儿偏爱恰到好处的精准，1924 年的一件旧事似乎

可为佐证。和她一起为佳吉列夫的舞团工作的女画家玛丽·洛朗森曾为她画了一幅肖像，却被香奈儿不客气地退了回去，她不喜欢洛朗森将她画成面目不清的样子，其实她很清楚这正是洛朗森为人喜爱的画风，但是，她不喜欢。

在现实中，蒙德里安是少有的曾如此深刻影响过香奈儿却从未和她有过交集的同时代人。其他那些帮助确立了香奈儿时装风格的艺术家，几乎都伴随有一段深刻的关系，比如诗人伊利亚兹特（Ilia Zdanevitch）之于 Jersey 面料及其几何图案。

1928 年，香奈儿成立"香奈儿织物公司"，她所使用的 Jersey 针织面料全部都是在这里设计出来的。面料上那些十分香奈儿风的图案，基本都来自伊利亚兹特的设计。伊利亚兹特流亡巴黎，是那个时代受人喜爱的出版商，能够拥有一本他出版的书是当时很多爱书人的梦想。他也是香奈儿的爱慕者和合作者，乐于为她设计织物的草图。受到立体主义风格启发而在设计中大量使用几何图案，香奈儿的这一风格，通过伊利亚兹特和艺术家斯捷潘诺娃在 30 年代得以确立。

隐藏的奢华和达利的麦穗

1947 年，达利画了《麦穗》送给香奈儿，画面上就只是独株麦穗。这幅作品收藏在康朋街 31 号的寓所里，没有装画框，放在米色麂皮沙发上方的书柜上。

达利夫妇和香奈儿有可能是在 30 年代末通过香奈儿的女性密友米希亚介绍相识的。1938 年，达利夫妇也像斯特拉文斯基一样，在香奈儿的 La Pausa 别墅里小住，并且在这期间完成了他的名作《无尽之谜》。

那时候，香奈儿已经是时装界女王，而达利也早画出了他最著名的油画之一——《那耳喀索斯的变形》，在超现实主义团体里占据核心位置。他和香奈儿彼此都被对方的"神秘与幻想"所吸引，而且，他们都很迷信于去发掘事物隐藏的含义。在康朋街的寓所里，香奈儿堆砌了各种符号、图腾和神兽，麦穗是其一，在她眼里，麦穗象征欣欣向荣和永不止息。她在寓所里收藏了好些 20 世纪的麦穗木雕，然后将 2 世纪埃及女性的葬礼面具和 6 世纪石灰岩菩萨头像并置于木雕前。她收藏了一些古籍，很多书脊上也能看到麦穗装饰。达利是因为看到了这些物品，才创作并题赠了那幅《麦穗》画作吗？还是说，因为拥有了达利这幅画，香奈儿才对麦穗这一意象有如此特别的关注？总之，麦穗像山茶花一样，成了香奈儿的经典标志，出现在她的许多设计中。"对于香奈儿女士来说，奢华的真谛隐藏于最小的细节。这几近个人主义、'为我独享'的极致奢华，是仅限于登堂入室者彼此分享的秘密。"

唯有米勒，
她在过一种超现实主义的人生

> ❝ 无论是幸或不幸，李·米勒的一生都将以其惊世骇俗之美而传世。❞

伦敦维多利亚和阿尔伯特博物馆举办的摄影展"李·米勒的艺术"，2008 年到了美国，在费城艺术博物馆展出后，由旧金山 MoMa 接棒，之后还会去法国巴黎。对一位去世多年的女摄影家，各世界级博物馆给予如此隆重的巡展，不多见。

第一次看到李·米勒（Lee Miller）的作品是在西班牙的巴塞罗那，我去毕加索博物馆采访，那里正好在做主题展"李·米勒：生活中的毕加索"。米勒拍摄的毕加索，都是黑白照片，毕加索的样子戏谑、平和，对镜头无所设防，就算不看展览的文字介绍也能感觉到，镜头后面那个女摄影师和他有着不同寻常的关系。关于米勒这个传奇人物，传说很多，一位美国艺术评论家的一段话令我印象深刻，大意是：男人们反复谈论超现实主义，唯有米勒，她在过一种超现实主义的人生。

米勒早期麻雀变凤凰的经历，简直就是好莱坞电影滥用的那种桥段，不过米勒多次向朋友们赌咒发誓说那都是真的。1926

年的某一天，纽约女孩米勒在横过马路时，为了躲闪汽车，不慎跌倒在路边的一位男士怀里，而此人正是 *Vogue* 的创办人康德·纳斯特（Condé Nast）。纳斯特看着这个一头浅金短发的女孩，觉得条件很不错，签下她做了 *Vogue* 的模特。初入行，她的摄影师就是爱德华·斯泰肯、乔治·霍伊宁根 - 许纳（George Hoyningen-Huene）、霍斯特（Horst P. Horst）这等人物，想不走红都难。

米勒对在摄影机前被人摆布的生活很快心生厌倦。她对斯泰肯说想学摄影，斯泰肯写了张字条，推荐她去巴黎投奔自己的好友曼·雷。在巴黎的那几年，米勒的通行证就是她生气勃勃的美貌。一位艺术经纪人在回忆文章里说起，有次路遇她，顶一头淡金色短发，随随便便走在大街上，那真是美得闪闪发光，让人睁不开眼睛。当米勒走到曼·雷面前，言称从不收学生的曼·雷立刻就忘了自己的规矩，米勒成了他的助手、模特和情人。

米勒原名伊丽莎白·米勒，到巴黎后她改成了中性化的"李"（Lee）。在男人一统天下的摄影界，米勒决心不计代价要为自己找到一席之地。很快，米勒就向曼·雷证明了自己的价值。在 20 世纪摄影史上有着长久影响的"中途曝光法"被视为曼·雷的发明，实际上是米勒和曼·雷一起试验出来的，甚至有一种说法，那其实是米勒的偶然所得。

从"超现实主义艺术家的女人"到"超现实主义女人"，米勒只用了不到一年时间。帮她完成这个质变的除了曼·雷，还有诗人科克托——他几乎无处不在。1930 年，米勒跟着曼·雷一起去了酒吧"屋顶上的公牛"，那是超现实主义艺术家的俱乐部。

在那里，她遇见了科克托，他正在筹拍电影《诗人之血》，要朋友们推荐美女为他扮演雕像《断臂维纳斯》，坐在曼·雷身边的米勒说："我可以。"米勒一生就拍了这么一部电影，但科克托让她因此成为超现实主义团体里的女神。曼·雷嫉妒得发昏，两人的感情开始恶化。关于米勒在和男性交往上的随心所欲，传记作家归结于童年创伤。在七岁时，米勒曾被父亲的朋友性侵。这件事情发生后，家人请了医生为米勒做心理治疗。为了去除她的心理阴影，医生要她记住：性和爱之间，没有任何关系。这是一种治疗方法，却也影响了她这一生对待感情的方式。

米勒回到纽约后成立了自己的摄影室。她和曼·雷不再是情人和合作伙伴，但他们终生都是朋友。

米勒成了纽约一流的摄影师，卓别林等大明星都很愿意站在她的镜头前面，摆出她想要的样子。但时尚摄影和人像摄影不是米勒的职业归宿，米勒最与众不同的一种人生要在几年后才会正式开始，中间都是幕间休息。1934年，正当米勒在时尚摄影界的成就接近顶峰的时候，她再次决定出走。米勒和一个会说法语的埃及富商结婚了，追随他去了开罗。可是让她找到激情的异域也迅速失却了吸引力，在埃及生活的三年，她几乎没拍出什么作品。米勒独自去巴黎旅行，1937年，她结识了英国艺术家、收藏家罗兰·彭罗斯（Roland Penrose）。在各自结束了前一段婚姻后，他们决定一起去伦敦。"二战"爆发时，他们正在开往英国的船上，没多久，他们的目的地伦敦就被希特勒的闪电空袭笼罩了。米勒不惧怕战争，相反，她在英国找到了自己最向往的位置：战地记者。米勒继续为 Vogue 工作，从伦敦站向纽约总部源源不断地发回大轰炸的图片和报道。

她生命中另一个重要的人此时出现了，他就是美国《生活》杂志的摄影名记者大卫·谢尔曼。谢尔曼在外貌和财富上与出身银行世家的彭罗斯都难相提并论，但米勒被他身上一种坚定和无畏的英雄气质强烈吸引。英国军队不接受女记者随军，但在谢尔曼的帮助下，米勒拿到了美军的战地记者身份，跟随军队进入欧洲战场。1942—1945 年，米勒是"二战"期间的战地女记者，她为 Vogue 报道了圣马洛被围、阿尔萨斯战役、诺曼底登陆、巴黎解放，最后，她跟着美军一直挺进德国境内，一路经历了攻占慕尼黑、解放达豪集中营等历史性时刻。米勒在达豪拍摄了大量照片，那是目击德国纳粹种族灭绝的最早一批证据，经 Vogue 发表后，震惊了全世界。

除了照片，米勒还用电报发回文字报道，她告诉读者：相信我，这些都是真的。因为她的出色工作，第一次，一本时尚杂志和战争现实有了连接。米勒对她身处的男性环境很满意，因为在战争面前，她一向厌恶的性别差异消失了，没人在意她的长相和身材，她的身份只有一个——战地摄影师。在慕尼黑，米勒和谢尔曼跟着美军冲进了希特勒的秘密住所。那一刻，这个总是突发奇想的女人走进浴室，迅速脱掉军服和军靴，躺进希特勒的浴缸，洗了一个超现实主义的澡。谢尔曼记录了这个历史画面，这是最有名的"二战"影像之一，李·米勒的名字也随这张照片在全世界传播开。解放巴黎那天，米勒跑去探望老朋友毕加索和科克托。当她走进毕加索的画室，毕加索大叫：你是我见到的第一个盟军。

毕加索的情人弗朗索瓦丝·吉洛在回忆录中曾说，和毕加索在一起的女人，都得像圣女贞德一样从早到晚身披盔甲："为了证明你的力量，你得一天24小时，全力以赴。"米勒就是毕加索欣赏的那种女人，拥有力量，不断从原有生活中出走，全力以赴去证明自己，所以，当那些情人一个个从毕加索身边消失时，朋友米勒始终还留在毕加索的生活中。有人写过一本《毕加索和他的女人们》，米勒的名字，和多拉、弗朗索瓦丝、杰奎琳等人一起出现在书中。毕加索为她画过六幅肖像，两人保持了三十多年的亲密交往，但他们并非普通意义上的那种情人。毕加索为米勒画像是在1937年，那时她在巴黎邂逅了收藏家彭罗斯，而这场邂逅导致了她和埃及富商丈夫的离婚。之后，米勒、彭罗斯和诗人艾吕雅夫妇一起去了蓝色海岸附近的穆然（Mougins）小镇拜访毕加索和多拉。他们每天待在一起，毕加索以她为模特的六幅肖像就是在那段时间画的，其中一幅还被彭罗斯买下收藏了。米勒作为摄影师，也利用这个难得的机会为毕加索拍了大量的生活照，拍他在画室工作，和朋友吃饭、交谈，享受日光浴和野餐，都是全然不同于其他摄影师镜头下的毕加索的形象。2007年6月，我在巴塞罗那毕加索博物馆遇到的那个展览，这些生动的照片便是其中的主体部分。50年代中期，米勒决定从摄影界退休，她最后一批作品仍然是拍摄毕加索：1958年，她带儿子安东尼从英国来到法国南部的戛纳，在毕加索的加利福尼亚别墅小住了一段。

　　这次旅行之后，她就没再离开过英国东萨塞克斯郡，在她的乡村农场过着近于隐居的生活。

其实，早在战争结束那一年，米勒已经出现了严重的心理问题。她最初表现出来的异常是，战争已然结束，但她拒绝离开战争环境。她假装从未收到过彭罗斯求她速回英国的电报，寻找各种借口要求杂志派她前往埃及继续战后报道。她就这样逃避了一年多。直到1946年，最了解她的谢尔曼发来一封极其简短的电报：回家。踌躇了将近两个星期，米勒回电：好。她终于回到伦敦，看起来回归了和平时代的正常生活。她和彭罗斯一起到美国旅行，看望了在战争期间到美国避难的马克斯·恩斯特、曼·雷等艺术圈的老朋友。生下儿子安东尼后，她在摇摆不定的两段情感之间做出了选择，她和彭罗斯结了婚，跟他搬到乡村生活。从1950年定居农场到1977年因癌症去世，在这将近三十年的时间里，米勒为自己曾经精彩的人生提早拉上了大幕。幕布后面只剩下酒精、麻醉药，以及反反复复的抑郁和狂躁。战争远去了，但那些近距离面对过的残酷的战争场面开始纠缠她。米勒试过很多办法来拯救自己越来越低落的生活，她一度沉迷厨艺，看上去很享受主妇角色。毕加索、恩斯特、亨利·摩尔……这些艺术家朋友都在某个恰当的时刻被热情邀请去参加聚会。她家厨房的灶台边，有两块陶砖还是毕加索为她烧绘的。在朋友们的回忆里，米勒有段时间反复试验配方，热衷于为客人烹调彩色食物，比如蓝色的意大利面条、粉色的花椰菜沙拉，毕加索曾经戏称她为"超现实主义厨子"。

　　然而，所有这些客厅游戏都无法救赎她。她被战争记忆折磨，严重依赖酒精，衰老得迅猛而彻底，让见证过她美好时代的朋友们感到绝望。曾经那么耀眼的米勒逐渐被农场之外的世界遗忘了，她的丈夫彭罗斯则比从前更成功、更富有了。他大量收藏毕加索和恩斯特的画作，在这一领域所具有的权威性一时无人比肩；英国战后一代艺术家（如弗朗西斯·培根）的作品也被纳入他的收藏。彭罗斯创办了英国现代艺术学院，甚至有了"英国现代艺术之父"这样的美誉。他在欧洲大陆做各种艺术旅行，不再关心米勒，或者如朋友们所猜测的，他下意识地想要逃离人生已经失控的妻子。

米勒的儿子安东尼在相当长一段时间里并不了解母亲曾经做过什么。她从不向安东尼提起巴黎往事、战地经历，好像那些是她的伤口，不能触碰。安东尼在回忆文章里写道：自懂事起，妈妈在他印象中就只是一个酗酒的、神经质的女人，每一天，她都充满了愤怒。在米勒去世之后，安东尼和妻子着手清理家中那个几乎无人进去的阁楼，结果，从杂物里翻找到一摞战地采访笔记，还有上万张底片，五百多张照片。他这才了解了关于母亲的一切。从发现战地笔记那天起，安东尼就对母亲的人生与过往着了迷，开始四处收集他能找到的资料，哪怕只是片言只语。几年后，他在农场建了一个"李·米勒档案馆"，那是儿子对母亲的永久纪念，也是一位男性对于女性可能拥有的决绝与力量有了理解。

玛丽·洛朗森和她那些决定性的相遇

❝ 她是为数不多的能被毕加索们平视的蒙马特女性之
一，她的作品在日后也成为女性主义研究者的主题。❞

2008 年是现代主义诗人阿波利奈尔去世九十周年纪念。在法国媒体上，向他致敬的文章，多半是在谈论 20 世纪初期他对马蒂斯和毕加索等人的艺术评论如何将现代绘画引向新的现代美学境界。在这些文章里面，不时也会出现一位女性的名字——玛丽·洛朗森（Marie Laurencin）。她曾经是阿波利奈尔的恋人，名诗《米拉波桥》就是为她而写的。不过，她和蒙马特时期那些游荡在艺术家之间的"缪斯"并不类同。她有点像稍后成名的美国战地摄影师李·米勒，是为数不多的能被毕加索们平视的蒙马特女性之一，她的作品在日后也成为女性主义研究者的主题。

玛丽·洛朗森的母亲早年在餐馆做侍应生，遇到了洛朗森的生父，一个有身份的官员，但在她出生后，此人和她从未相认。那个年代，即便是在巴黎，私生女也是受歧视的。好在洛朗森有一个要强的母亲，努力供养她，让她在享有自尊的环境中长大，成为自食其力的手艺人。洛朗森痴迷绘画，二十岁那年，她丢开画瓷器的工作，跑到学院派肖像画家亨伯特开办的艺术学院学画。在那里，与画家布拉克的相识是她人生中第一个决定性的相遇。不只是在绘画上受其影响，更重要的是，洛朗森通过布拉克认识了毕加索和阿波利奈尔，从此进入"洗衣船"的前卫艺术家小集团。

第二个决定性的相遇随后到来，诗人阿波利奈尔爱上了这个学画的小女孩，把她带入"洗衣船"的每一次重要聚会。在关于毕加索的传记中，有关这个艺术小集团的回忆，不少场景都会提到玛丽·洛朗森。比如，1908 年的某一天，"洗衣船"有一个历史性的聚会，毕加索买下了亨利·卢梭的《女人肖像》，然后在画室里举办了一个小小的庆祝会，格特鲁德·斯泰因、阿波利奈尔、安德烈·萨尔蒙……这些人都在聚会上出现了。这是老卢梭作为画家的开始，也是毕加索立体主义时期的正式开启。那天晚上，"玛丽·洛朗森喝醉了"，传记中有这样一笔，即便日后她不因绘画成名，也有了历史性的在场。

但洛朗森绝非满足于缪斯角色的女性。"洗衣船"时期，她和毕加索的情人费尔南多经常同时出现在聚会上，但她们的境况逐渐变得很不相同。费尔南多把自己的一切都依附于毕加索的情感领地，洛朗森却努力融入了这个艺术小团体的创造力之中。阿波利奈尔也是私生子，他和洛朗森对生活有着同样的敏感度和冒险精神，他们彼此并无依附关系，更多的是艺术上的共同探险。阿波利奈尔写诗，写艺术评论，洛朗森画画，朋友们对这一对的印象是，阿波利奈尔看起来非常享受他与洛朗森之间的恋情，为能征服佳人极端自豪。

1908 年，洛朗森完成了她的画作《一群艺术家》，并在阿波

艺术是一场冒险

利奈尔一个朋友的帮助下成功卖掉了这幅作品。这次出售对洛朗森非常重要，在蒙马特的圈子里，她从此不再单纯是诗人的情人，她的画家地位被确认了。这是一幅黑白基调的群像作品，画面上有站立的她和阿波利奈尔，坐着的毕加索和费尔南多，四个人看似静穆的表情下似有一股渴望随时就要喷发，这是对他们当时生活和创作状态的写照。之后，她画过各种版本的《一群艺术家》，出现在她画面上的都是阿波利奈尔身边的朋友，有诗人，有画家。洛朗森被归入立体主义画派，20世纪六七十年代，女性主义兴起之后，她又被艺评家淘挖出来，封为"女性立体主义"的代表。在这个过于亮闪闪的大标签之下，她的成就反而遭到某些人的轻视，认为她的名气不过是因为身为女人。

洛朗森的画风温和、唯美，在布拉克、毕加索等立体派画家的对照下，她和绘画传统的决裂显得不那么彻底。洛朗森的创作其实很难被界定属于哪个画派。她画油画少，作品多为水彩和彩蜡，画的对象又都是女人和孩子，多半睁着迷茫的黑眼睛，抱着猫或狗，体态、衣饰和背景都概括地只有色块。她高度近视，有人用这个原因解释她的画为什么总是略去细节，只剩下色调和氛围。她的调色板上通常只有几种颜料：黑、白、钴蓝、草绿、赭红。因为和阿波利奈尔在一起的缘故，她在文人圈里消磨的时间比在艺术圈里更多，这段经历无意间促成她去为朋友们的书稿画插画。她画自己喜欢的女人肖像、花卉、动物，这些略带装饰性的纯美画作在知识阶层很快受到喜爱。洛朗森成了巴黎20世纪早期最有名的插画家之一，她为三十多部诗歌、小说集作画，《爱丽丝漫游仙境》的法国版本的插画就是她的代表作。

大约 1913 年，洛朗森和阿波利奈尔分手，这又是一个历史性的"在场"，而这次是和卢浮宫的《蒙娜丽莎》被盗事件有关。1907 年，阿波利奈尔和毕加索从非法渠道买了两尊从卢浮宫出来的伊比利亚小雕像，《蒙娜丽莎》被盗事件发生后，他们在担惊受怕中想把雕像匿名还回去，结果，整件事被《巴黎日报》公之于众，阿波利奈尔名誉扫地，并被警方怀疑和国际文物盗窃集团有瓜葛，在监狱关了六天。以当时的道德观，与警方和法庭的这种牵扯是很难洗刷的污点，洛朗森不能接受这个事实，两人原本就存在的感情裂痕扩大到无法弥合，最终决裂。1914 年，阿波利奈尔应征入伍，朋友们相信他是急于挽回自己的声誉，就像中世纪的诗人请求决斗。这次分手，促进了法国现代诗歌史上的代表作之一《米拉波桥》的诞生——"让黑夜降临，让钟声敲响／时光流逝了，我依然在"。阿波利奈尔为洛朗森写下的诗句被永久地刻在了巴黎的米拉波桥桥头。

　　诗人和画家仍然在各自的领域里上升。1913 年，阿波利奈尔出版诗集，并发表了著名的艺术评论《论立体派画家》，他在文章中提到洛朗森，说她"就像莎乐美一样，使艺术得到了光辉的洗礼"。洛朗森也在这一年和毕加索、布拉克的画商保罗·罗森贝格签约。1923 年，洛朗森受邀为俄罗斯现代芭蕾舞团设计舞剧《牝鹿》的布景和服装，这通常被看成前卫艺术家的一种荣耀。在巴黎，请画家而不是舞美设计师来制作布景的风尚就是从佳吉列夫开始的。舞团老板佳吉列夫和前卫艺术家们一直过往密切，毕加索为他设计过布景，还娶了团里的舞蹈演员欧嘉。《牝鹿》极其成功，洛朗森更加有名了，连法兰西剧院都来邀请她设

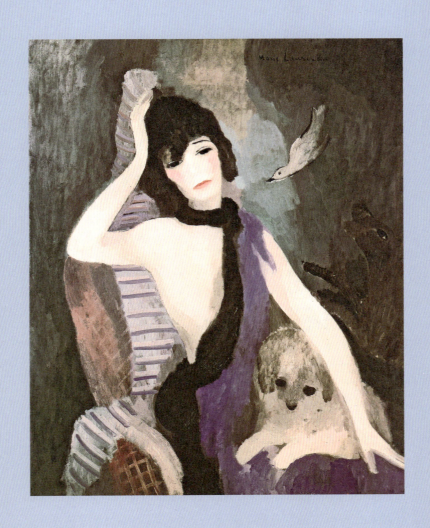

《香奈儿小姐的画像》，玛丽·洛朗森

计舞台布景，她在巴黎社交界也有了"牝鹿"这一昵称。为芭蕾舞团工作期间，洛朗森还完成了另一幅代表作《香奈儿小姐的画像》。当时，香奈儿正在为舞团的另一出剧目做服装设计，她约请洛朗森画像，画成之后却不太满意，认为洛朗森将她画得面目不清，把这幅肖像退给了画家。现在这幅画陈列于巴黎的橘园美术馆。橘园有名是因为里面收藏了莫奈的《睡莲》，但少有人知道，在橘园里还有一个小展厅是专门留给洛朗森的，《香奈儿小姐的画像》就陈列在里面。橘园的女主人多梅尼卡喜欢洛朗森的画，展厅前言里对洛朗森多溢美之词，评价她的画风介于毕加索和马蒂斯之间。早期洛朗森还略偏忧郁，进入 20 世纪 30 年代的成熟期后反倒明亮起来，有一种发自内心的对自然性别的认同和爱慕，这也是她区别于大多数女性艺术家的地方，在艺术表现上的柔情和接纳多过审视和尖锐，几乎看不到她的自我冲突。这也是女性主义研究者对她感到迷惑之处。

洛朗森写过一小段比自画像更传神的文字："喜欢奢华，生在巴黎觉得三生有幸。不喜欢闲聊、责骂和恭维。吃得快，走得快，画得很慢。"在 20 世纪早期成名于巴黎的那些女艺术家里，洛朗森算得上安度一生。她是前卫艺术家，但不落魄，也不太自寻烦恼，大半生过着靠谱的生活，就像她画中那些女人那样。晚年她在巴黎郊区的森林附近买下一套小公寓，由女管家陪伴着，享受完她喜欢的奢华。

余生平静的洛朗森真正忘记阿波利奈尔了吗？诗人已在 1918 年的大流感中死去。将近四十年后，洛朗森去世，生前留下遗嘱，请求将阿波利奈尔写给她的情书放在胸口一起下葬。

哭泣的多拉

> 多拉以主动的姿态进入毕加索的生活，但在对方强悍的生活立场和艺术立场之下，这种姿态迅速被消解和吞噬。

巴黎毕加索博物馆为期三个月的"毕加索—多拉·玛尔"主题展，第一次，没有单纯以"情人"境遇来呈现多拉。观众从二百五十幅摄影和绘画作品中看到的是 20 世纪 30 年代两位艺术家在平等人格意义上的交互：一位超现实主义女摄影家如何用自己的创作、思想、激情与大师冲撞，并最终以令人心碎的方式落幕。

曼·雷的弟子

20 世纪 30 年代，在巴黎的摄影圈里，多拉并非是一种陪衬。1926 年，当多拉从布宜诺斯艾利斯结束学业来到巴黎的时候，法国还处在美好年代，大街上飘荡着香奈儿的黑裙子和蕾丝花边帽，十九岁的多拉对此却毫无兴趣。她有来自法国北部城市图尔的母亲，是巴黎人眼里的"外省人"，她还有来自克罗地亚的父亲，身上这两种血液都让她厌弃巴黎空气里无所事事的奢靡。她迷恋摄影，一到巴黎就投奔到立体派画家安德烈·洛特（André Lhote）门下学习，同门师兄中有法国人布列松和匈牙利人布拉塞（Brassai）。过些年后，这两人一个成就了现实主义摄影的决定性瞬间，一个以《夜巴黎》确立了大师地位。她还认识了生命中最重要的导师曼·雷。他将多拉引进了超现实主义艺术家的圈子，从某种意义上，也将她推进了艺术史册。

有研究 20 世纪 30 年代巴黎摄影历史的学者认为，多拉有不弱于男人的"摄影的本能"，在人像、时尚和现实主义摄影报道上都有非常出色的作品。她的摄影风格在某些方面和布列松非常相似，感兴趣的主题则在两个看似冲突的方向：街头摄影和超现实主义图像。多拉移动在巴黎、伦敦和西班牙的街头拍摄，她虽为女性，却比布列松更锐利。从多拉的作品里面很少能看到温情的画面，布列松抓取的雨后轻快越过车站积水的男子影像，对于多拉来说已经太奢侈。她着迷的是用镜头营造一种痛感，那些让人不忍注视、难以带来愉悦的生活场景——贫民窟、失业者、残疾人，被社会主流视为下等身份的人——街头小贩、捡破烂的人、流浪歌手，才是多拉反复注视的对象。她倾向于阴郁的现实主义，这受到同时期法国先锋作家、哲学家乔治·巴塔耶（Georges Bataille）的观念的影响，充满"存在的悲剧性光辉"与"无穷无尽的嘲讽"。

在超现实主义圈子里，灵敏的多拉很快就掌握了游戏规则。她将镜头下的现实人物大胆变形，通过后期的拼接来完成某类冲突或者隐喻。她这一时期的代表作，像《云中眼》《老妇和孩子》

《托举女人双腿的手》，在超现实主义摄影历史上都是能被记下一笔的。

然后，她遇上了毕加索。

"我不是毕加索的情人，毕加索曾经是我的情人"

多拉的情感遭遇让人想起和罗丹纠缠了一生的女雕塑家卡米耶·克洛岱尔。她们都有令人倾心的天才、美貌、激情，最后也都与自己的心愿相违，只能作为一个历史纪念碑般伟大的男人的悲剧情人显影在艺术史上。毕加索一生有过两次婚姻、五个情人，唯有多拉，其结局在朋友看来到了令人心碎的地步。和毕加索决裂那年，多拉只有三十八岁，巴黎超现实主义圈子里的女神从此断绝一切社会交往，将自己幽闭在公寓里，靠心理治疗和宗教信仰度过了漫长的五十二年。

曼·雷为年轻时的多拉拍过一张黑白的面部特写，有人看过之后惊叹道，即便没有毕加索，这般美貌也足以令她留存后世。诗人保罗·克洛岱尔对姐姐卡米耶的描述，几乎也就是这张照片上的多拉："无可比拟的绝代佳人般的漂亮前额，美丽无双的深蓝色眼睛，性感却又倨傲倔强的大嘴……"

在引导人们重新发现卡米耶和多拉的过程中起到重要作用的都是女性目光。法国戏剧导演安妮·德尔贝（Anne Delbee）写了一本充满激情的文学传记《罗丹的情人》来寻找疯癫背后的天才、雕塑家卡米耶，而研究超现实主义艺术运动的学者玛丽·安·考斯（Mary Ann Caws）则首先对作为摄影家的多拉发生兴趣，多方搜集资料来还原她复杂的人生。

毕加索为他的历任情人画了大量画像，这里面，以玛丽·特蕾莎·华特和多拉为模特的最多。有研究者提到一个观点，即毕加索会通过画像这种方式和画像的过程，有意无意地对身边伴侣进行情绪控制和自我认同上的影响。他们发现了一个有意思的细节：玛丽的画像，毕加索都用了圆和曲线，而多拉的正好相反，画布上的多拉都是由直线和三角组成的。很有可能这就是毕加索对这两个人的潜在感受。玛丽平和，富有母性；多拉美得激烈，富有刚性。他被多拉诱惑，内心深处却有惧意。在多拉身上，毕加索看到了自己的影子，而这个影子的思想方式甚至比他更为陡峭和奇特。关于毕加索和多拉的相处，有文章提到毕加索觉得了解这个女人的心灵边界和思想极限是如此困难，这令他很不舒服却又有探索的欲望，所以他会因为矛盾而时常表现得愤怒。

在毕加索之前，多拉的生活里面已经有过许多将在不同层面影响艺术史书写的名字：她曾是乔治·巴塔耶的情人，曼·雷、布勒东和艾吕雅的密友。正是因为诗人艾吕雅的关系，毕加索才在双偶咖啡馆里见到了多拉，并且一眼就被她征服：这个年轻女人有一头浓密的黑发和碧蓝的眼睛，独自坐在桌边把玩小折刀。她将手摊开，以极快的速度反复将刀扎入指缝间，白手套里渗出血来……多拉本人没有写日记的习惯，难以考证在这般文字渲染之下的超现实场景是不是她精心设计的结果。不过，为多拉撰写传记的尼科尔·阿弗里尔（Nicole Avril）提到，当时多拉确实倾慕毕加索，并决心靠近他。

1936年，多拉二十九岁，毕加索五十五岁。毕加索正处于创作瓶颈期，油画停笔一年多，只是写诗、做雕塑，间或画些素描，多拉的出现给他带去了激情和灵感。多拉那时有着蓬勃的生命力，她在报纸上开摄影专栏，拍摄毕加索创作和生活的照片，专心做他的模特、消息来源，为毕加索传递新鲜的社会思潮。和当时大部分超现实主义艺术家一样，多拉是坚定的左派，她参加了著名的左派组织"十月"，也是反法西斯团体"反攻"的成员。巴黎毕加索博物馆馆长安妮·巴尔达萨里（Anne Baldassari）认为，毕加索对于西班牙内战的立场，以及他萌发创作巨画《格尔尼卡》的激情，都和多拉有很大关系。多拉在摄影观念上对于创痛、苦难主题的偏好，在毕加索该时期的绘画中也有明显的体现。

多拉是《格尔尼卡》的原型模特之一，这早已为人所知，现在人们想问的是，多拉参与创作了吗？从思想的角度，安妮认为答案是肯定的。当毕加索在他的画室里创作《格尔尼卡》时，多拉投入了全部热情，她用胶片记录每天的工作进展，每一张草稿的细微变化，这些宝贵的历史资料是这件伟大作品的诞生背景和最终组成。

安妮把多拉和毕加索相爱的过程形容为是一种"消耗"，这种状态并非世俗所理解的"摧毁"，而是无可避免的"同类相食"。多拉以主动的姿态进入毕加索的生活，但在对方强悍的生活立场和艺术立场之下，这种姿态迅速被消解和吞噬。1937年，毕加索画了肖像《哭泣的女人》，因为那段时间多拉确实经常哭泣。他们的同居关系在时好时坏中又持续了八年，当毕加索开始公然在她眼前追求年轻画家弗朗索瓦丝·吉洛时，他们的关系不可挽回地破裂了。1945 年，毕加索彻底抛弃了多拉，转而与小他四十岁的吉洛同居，并生下一儿一女。在旁观者的讲述以及当事人的自传里，吉洛都是毕加索的情人里唯一一个"幸存者"，在共同生活十年后，她带着两个孩子主动且坚决地离开了毕加索，余生里独立地实现了自己作为一个艺术家的价值。晚年，她的作品被纽约 MOMA 收藏。这是另外一个女性的故事了。

多拉却是矛盾的。在她身上，女权主义、激进的政治立场与意识深处以男性为中心所构建的两性关系，形成了无尽的冲突。对成功男性的征服欲，实则也是她臣服于男性社会的投名状——19 世纪末到 20 世纪早期，在社会结构和思想意识狂飙突进的环境之下，像多拉这样处在强烈自我冲突之中的女性并非少数。作为艺术家，多拉的独立人格始终不肯向毕加索的意志屈服，但作为情感关系中的女人，她其实早就被对方击溃了。这种被撕裂的痛苦跟随她一生。离开毕加索之后，多拉陷入重度抑郁，一度被送进精神病院。艾吕雅不忍见她遭受电疗摧残，想办法将她接了出来，送到精神分析学家拉康的诊所进行治疗。从此以后，多拉终生都是拉康的病人。她常年将自己幽闭在寓所里，因为她无法忍受在公众场合被人指点为"毕加索的情人"。1997 年 7 月 16 日，多拉在巴黎的寓所里去世。即便在垂暮将逝的日子里，多拉内心的冲突仍未结束，她请求身边的人记住一句话："我不是毕加索的情人，毕加索曾经是我的情人。"

第 四 辑

跟着艺术
去旅行

寻找维米尔

> 代尔夫特的画业不如四邻发达，即便如此，在维米尔
> 的时代，城里的画师也超过了一百位。在众多古典大
> 师里面，维米尔和他的画作，有着谜一样的吸引力。

在众多著名画家的故乡里面，维米尔（Johannes Vermeer，1632—1675）的家乡代尔夫特（Delft）却是让人不免有些沮丧的一个。维米尔从生到死都没有离开过这座城，代尔夫特却连一张他的原作、他使用过的实物都没能留下来。

代尔夫特给我这种初到此地的游客的第一印象，是一座被运河和小桥编织起来的古老小城，和威尼斯相似，只是更宁静，也比威尼斯微型许多。17世纪，它只有大约两万五千人。在荷兰语里，"代尔夫特"就是"挖凿"的意思。整个城位于海平面之下，是在开凿水道后排干沿海沼地建成的。走在卵石铺就的街道上，光这么想想就觉得非常神奇了。

在靠近老运河的一个路口，我遇到的第一个和维米尔有点关系的艺术作品是城市雕塑《倒牛奶的女仆》，这是1975年市政府请艺术家依照同名油画创作的，为的是纪念维米尔去世三百周年。在代尔夫特，这也是我所见到的还算"接近"维米尔的一件

《代尔夫特风景》，维米尔

作品，它毕竟是从绘画到雕塑的再创作。而在"维米尔之家"，可看的基本上只有几十幅原作的复制品，以及收藏它们的世界各大美术馆的名字，也就是这些画作的下落。

维米尔的画作本来就不多，而且多数散落在外，荷兰国内只留有七件：阿姆斯特丹国家博物馆里有四件，即《代尔夫特街景》《倒牛奶的女仆》《读信的蓝衣女子》《情书》；莫瑞泰斯皇家美术馆里有三件，即《戴珍珠耳环的少女》《代尔夫特风景》和《狄安娜和女神们》。其余二十几件，分别藏在纽约大都会博物馆、华盛顿国家画廊、爱尔兰国家画廊、德累斯顿国家博物馆、纽约弗里克私人美术馆、巴黎卢浮宫、奥地利艺术史博物馆、英国国家美术馆、英国皇室等。

在 17 世纪荷兰的黄金时期，画家比画商多，但几百年后只有伦勃朗、哈尔斯（Frans Hals）、维米尔被尊为荷兰绘画三杰。后世对伦勃朗、哈尔斯的研究成果丰富，传记作家已经把家底仔细翻完，而维米尔却留了太多谜团。在 19 世纪下半叶后，他对于艺术界、收藏界拥有超乎寻常的吸引力，除去画作本身的魅力，和难以打破的神秘感不能说没有关系。维米尔在 1675 年去世，之后有两百年的时间他都不被人提起，直到 1866 年，一位法国研究者关注到他并出版了他的第一本画集。为什么他在 19 世纪被再次发现？一种解释是，19 世纪下半叶，现代主义绘画开始兴起，维米尔的艺术价值得到重估。但艺术史家对他的研究仍然很难推进，只能从他死后家人申请破产的财产清单以及为数不多的作品中去寻找和分析。

维米尔在四十三岁时猝死，存世的画作非常稀少，现在公

《读信的蓝衣女子》，维米尔

认为真迹且无争议的仅有三十四幅，而且没有素描，没有自画像（伦勃朗的存世画作有六百五十多幅，哈尔斯有一百多幅）。"二战"末期，荷兰画家汉·凡·米格伦制造了"维米尔赝品事件"，此后，各大博物馆在鉴定方面更加谨慎。在《制造维米尔的人》一书中，美国作家乔纳森·洛佩兹（Jonathan Lopez）详细讲述了这个令收藏界惊悚的赝品故事。1937 年，米格伦以大约二十八万美元的价格卖出了他的第一幅伪作，从此，他将伪造名画的生涯持续到了 1945 年。他最著名的仿造成绩是维米尔的画作，其中数幅被他卖给德国纳粹，战后经由没收、拍卖、捐赠等途径流入各大博物馆，这让艺术史学者和鉴定专家们伤透了脑筋。其中有一幅《耶稣和他的门徒》，被米格伦作为维米尔早期的作品卖给了纳粹头目戈林，战后它被作为国家没收的珍品收藏于鹿特丹的布曼博物馆。战后米格伦被控叛国罪，在狱中他坦白了伪造维米尔画作的真相。但在米格伦去世后，有人开始质疑"伪造论"，认为那是米格伦当年为脱罪而编造的谎言，要求学界提供更科学的证伪。1968 年，一位美国化学家根据铅元素放射原理，以实验结果最终结束了这场争论。他证实米格伦卖出的画作的历史不过三十年，而不是原作该有的年份。

对维米尔开始职业画家生涯前的青少年时期，现在我们所知甚少，只知他父母名谁，住哪条街哪个门牌，至于他上过什么学校、跟谁学画、有无密友，几乎找不到有根据的历史资料。成为职业画家后，维米尔也没有什么故事流传，他和妻子生活了二十几年，生养了十一个孩子，与老岳母同住，一生都在发愁如何养家糊口。电影《戴珍珠耳环的少女》编排了他和画中女孩的爱情故事，但那只是后人看画后的猜测，并无佐证。

"维米尔之家"的主管西布朗·德·扬（Sybrand de Jong）陪我参观了代尔夫特的一部分。他告诉我，正如一些文章提到的，维米尔作画很慢。他的画尺幅并不大，一般都在 50 厘米 × 50 厘米左右，但他一年最多画两三件，收入仅几十荷兰盾，而当时一些生意繁忙的职业画家每年可收入几百荷兰盾。德·扬讲了一个故事：1663 年，一位法国外交官（也有说是一位法国贵族，这不矛盾，因为在 19 世纪以前，能够做外交官的基本都出身贵族或有上流社会的背景，比如鲁本斯，还有法国文豪夏多布里昂）造访代尔夫特，慕名去了维米尔的画室，但他在里面没有看到一幅维米尔的画。法国人按照画家本人的指点去了一个面包师家，总算看到了维米尔的一幅人物画，上面只画了一个人，但面包师告知的价格令法国人十分困惑——六百荷兰盾，这相当于法国人所了解的哈尔斯这种名家画作的市场价格的十倍。德·扬说，故事里这位面包师，应该就是他们当地人都知道的凡·布滕（Hendrick van Buyten）。18 世纪后从代尔夫特卖出去的维米尔的作品中有四幅来自此人。"那张画是他买的，还是维米尔用来赊账抵他的面包钱？这就不清楚了。"有人说维米尔生前从未真正售出过作品，德·扬说，这不是事实，"他的主顾都是代尔夫特本地人。比如有个叫彼得·凡·鲁蒂汶（Pieter van Ruijven）的富商，他在 1657—1675 年买走了维米尔的大部分画作，有二十多幅"。

一些艺术史家挖掘的资料也显示，面包师和富商确实是维米尔一生中有迹可循的两个赞助人，但对这位富商拥有他二十多幅作品这一说法人们还是存疑的，毕竟现在所知道的维米尔存世画作仅三十多件，而且据可查询的财产清单，他死后留在他妻子卡特莉娜手中的画作是十一件。

维米尔在他自己家二楼的房间里画画，没有经营作坊式的大画室，也没有记录显示存在过帮他代笔或完成商业订单的学生。如果这样，那么所有的画都是他亲手完成的，完完全全是维米尔的作品。这和伦勃朗、哈尔斯大为不同，这两位大师在生意鼎盛期都有为数不少的学生追随。维米尔那些描绘了迷人室内场景的画作大都在二楼这个房间里完成，所以，根据画面也能还原一部分他画室的环境。像在时间上十分接近的《在窗边读信的年轻女子》（德国德雷斯顿大师画廊藏）、《军官与面带笑容的女子》（纽约弗里克私人美术馆藏），比较画面上的房间、窗户、桌椅，几乎都是一样的。

代尔夫特的画业不如四邻发达，即便如此，在维米尔的时代，城里的画师也超过了一百位。在17世纪的荷兰，画师和其他手工业者一样也组织了行会来进行管理。代尔夫特有个圣路克手工艺人行会，维米尔的父亲是其中的成员。维米尔生长于家境中等的市民阶层，他父亲从事织品生意，兼经营酒馆，也做过画商。1653年，二十一岁的维米尔成婚，同年登记入册圣路克行会；1662年，年仅三十的他就被选为领导层的六位成员之一。维米尔从未离开过小城，也没给外地客人画过订单，不要说和前辈哈尔斯、伦勃朗的地位无法相比，与跟他同时代的画家相比也显得没有名气。但在代尔夫特本地，他的社会地位并不低。德·扬向我解释了圣路克行会的构成，这是当时代尔夫特城里最大的一个行会，除了画家，也接受玻璃匠、雕刻匠、金银器匠等手工业人员，"领导层由金银业、玻璃业、画业各派两个人组成，只有被行业公认为翘楚的人才有资格入选，而维米尔曾多次担任过行会的领导"。

维米尔还是代尔夫特市民卫队里面比较高位的成员。17世纪，圣路克行会将地址选在沃尔德街，街名至今没变，但原来的建筑在1833年已毁于大火。1876年，当地在原址上重新修建了小学，现在我看到的就是这所学校，已经被取名为"扬·维米尔小学"。

没有原作可看，来代尔夫特的人，比如我，就总不能免俗地想找到一点维米尔的生活痕迹——故居、画室，哪怕只是他画过的风景。

维米尔用一年的时间画了《代尔夫特街景》，这是他仅存的两幅室外风景之一。画上的那条街，现实中存在过吗？最早对寻找这条街感兴趣的是20世纪20年代代尔夫特市政厅里的一个档案员。此人考证，画中街道就是维米尔曾经住过的旧长堤区。可是，到了20世纪60年代，有人反驳了这种说法，因为旧长堤区是维米尔的岳母的家，维米尔后来才搬入，而他自己的家在现在的约瑟夫街25号，靠近"大市场"西面。还有人说，画上这条街其实是维米尔父母在他九岁时买下的那间麦哲伦旅舍的后街……统计下来，关于这条街的考证已有不下十种说法。我被领着转来转去，最终也没有看到和画中真正相似的街景。

维米尔出生的家、父母买下来经营的旅店、成家后的住处、画家公会的屋子，所有有过维米尔痕迹的地方，都已经消失在了19世纪。

最后，兜兜转转，我还是回到"大市场"，至少这可以证实是维米尔小时候经常活动的地方。"大市场"是当地人的叫法，其实也就是欧洲常见的那种教堂前面的小广场的大小。广场连接了"新教堂"和市政大厅。每个星期四，这里固定会有一次集市，从16世纪起一直保留到现在，据说几百年来只有战争让它短暂中断过，"大市场"的名字由此而来。很走运，我到代尔夫特的那天正好是星期四，"大市场"从上午就被水果摊、服装摊、小食摊塞得满满当当了。鱼摊前面的人最多，摊主从水槽里捞起一条条鲱鱼，粗粗清理一下就交到顾客手中。看当地人都是直接抓着鱼尾把一条鲱鱼整吞下去，跟玩杂耍、吞小刀似的，有点小魔幻。我很好奇，跟着买了一条，但我听取了热心摊主的建议，老老实实地采用了另一种比较保守的吃法：将鲱鱼夹进新鲜出炉的面包里，试探着咬下去……我感觉，在这一刻的代尔夫特，我多少拽住了一点点维米尔时代的风物人情。

维米尔另一幅描绘室外景观的画作是《代尔夫特风景》(也有人译为《代尔夫特一景》)，大约画于1660—1661年。这幅画在外流落多年，后由莫瑞泰斯皇家美术馆购回收藏。这幅画也曾经被普鲁斯特写进《追忆似水年华》里，作家描写了一位鉴赏家看到维米尔画作时是如何情不自禁的。我没有细读过《追忆似水年华》，这个细节来自一段我看过的文章的引述。这说明，在普鲁斯特生活的19世纪末20世纪初，维米尔对欧洲上流社会的文化圈已有一种神秘的吸引力了，是品位的象征了。

关于画中所描绘的现实风景的所在，没有什么争议，就是早晨七八点钟，代尔夫特西南城边那片河港。画面左边的港口被一致认为是建于 16 世纪的斯希丹港，而那艘船的航行路线，应该是驶往鹿特丹。岸边的 17 世纪老建筑，如今都不在了，斯希丹港也在 19 世纪新港口建成后被弃被毁，如今只剩下一个老城门。在画中隔着水面的那排建筑中，有一栋是荷属东印度公司代尔夫特事务所。对于 17 世纪的荷兰人，几乎可以说，每一个人的生活都直接或间接地与东印度公司的全球贸易有关，维米尔自然也不例外。以前我从没有特别注意过画中的那两艘船，但是最近我刚读过一本书，是汉学家卜正民撰写的《维米尔的帽子：17 世纪和全球化世界的黎明》，他对书中的一段特别画了重点，说维米尔这幅画上的船并非普通的船，而是两条"鲱鱼捕捞加工船"，这种船能在海上用盐处理鲱鱼，使其不至于过快变质，这样渔船就能在海上以更长时间的航程得到更多的渔获。为什么要特别让人注意这样两条船呢？卜正民解释说，维米尔生活的时期处在自 16 世纪中期开始的世纪"小冰期"（1550—1700），全球降温，导致挪威沿岸海域传统的鲱鱼场大面积封冻，于是鲱鱼场往南移向波罗的海，从而造福了荷兰渔民。鲱鱼捕捞船就是那段历史的标志。卜正民写道："捕捉、贩卖鲱鱼，让荷兰人有资本投注在其他风险事业上，特别是造船和海上贸易方面。那两艘鲱鱼捕捞加工船，正是维米尔为气候变迁留下的证据。"

我从代尔夫特城里乘船去往它有名的皇家瓷器工场参观，经过了这片水域。那是中午，坐在船上回看过去，天空低垂，画作里令人着迷的维米尔的云团，照旧安静地悬浮在代尔夫特的水面之上。

在伦勃朗的莱顿，思考何为艺术的自由

> 无论如何，我在莱顿的所见所闻都证明，青年伦勃朗是命运的胜出者。走在这座城里，和青年伦勃朗有点关系的地方，看起来都是一段段美好的记忆，找不出半点阴影。

位于莱顿的伦勃朗故居，原址靠近韦德斯提（Weddesteeg）堤岸，实际上，现在只剩下外墙上的一块象征性铜牌了："1606年7月15日，伦勃朗·范·莱茵出生于此。"他父母的木头老房子在17世纪就被一场大火烧掉了，重修后，又在20世纪初被毁。现在这幢红砖房，其实是1963—1980年再建的，并且有一种说法认为它很可能并没有忠实于17世纪建筑的原貌。

莱顿市区里还有一些17世纪面貌的老建筑，其中一部分被捐赠出来，或因各种原因收归了市政，做了学生之家、妇女之家、养老院等。只要不打搅住户，游人可以进去参观。当我迟疑地试探着把一扇老门"吱呀"推开的时候，我在心里暗示自己：看，你和几百年前伦勃朗时代的荷兰好像又接近了一点点。

伦勃朗是一个小磨坊主和面包师之女生下的第九个孩子。在他出生时，莱顿是荷兰第二大城市，有着较天主教更宽容自由

《夜巡》，伦勃朗

的新教氛围。十岁左右，伦勃朗被父母送进了城里的拉丁语学校，这所学校的门牌现在也还保留着。莱顿有全荷兰最古老的莱顿大学，而要进入这所大学，就读拉丁语学校就是必经之路，它的地位就像是莱顿大学的预科。我到莱顿的第二天就去参观了莱顿大学，虽然伦勃朗只在这里注册过，并未就读过，但这所学校在欧洲实在有名，它的植物园也实在有名。17世纪荷兰的摄政者阶层，其子弟往往就读两所大学——莱顿大学或乌得勒支大学，他们会被家庭要求学习法律，未来子承父业。

伦勃朗在拉丁语学校学习的主要科目有拉丁语、数学、历史，还有绘画。从拉丁语学校毕业后，他像其他同学一样到莱顿大学注册了，但后来的研究者认为，他很可能从来没去上过课。伦勃朗只喜欢画画，对于学习法律毫无兴趣，一向宠爱他的父母再次依从了他，把他送去城东一家学费昂贵的画室，跟随当地有名的画师雅各布·凡·斯瓦宁堡学习。

我顺利找到了这个斯瓦宁堡画室的旧址，对于现在的莱顿而言，这是被伦勃朗吸引而来的游客必然想要去看看的地方，并不过于介意画室还留存多少原貌。旧址在"新教堂"背后，朗格布鲁格（Langebrug）街89号。我能看到的是一幢夹在排房中的两层小楼，底层门面售卖着小工艺品。年轻的伦勃朗在这里学过三年的素描、人体解剖学和透视原理，"几乎每个见过他的人都称赞他是绘画天才"，莱顿的天才。

莱顿是一座怎样的城市？从阿姆斯特丹坐火车过来的我，最先感受到的就是安静。这是一座安静到几近透明的城市，新运河与旧运河，两条河不紧不慢地流过市区。有阳光的时候，人群就聚拢在水边的餐厅和咖啡馆里晒太阳。在河边的一家咖啡馆里，我遇到了一个来自维也纳的女孩，为了追随男友，她从阿姆斯特丹搬到莱顿已经两年了。她抱怨说，当地人虽好却太沉闷，日子每天都一样。

三百多年前，年轻的伦勃朗可能也有同感，莱顿的生活太沉闷了。离开斯瓦宁堡的画室后，1624 年，十八岁的伦勃朗被父亲送到阿姆斯特丹，拜历史题材画家彼得·拉斯特曼（Pieter Lastman）为师。他在那里只学习了半年，但进步神速。回到莱顿后，他与自己的同学、绣花工的儿子利芬斯（Jan Lievens）相约，自组了画室。两个年轻人很快就成为莱顿人眼中的天才。

在那个时期的欧洲，宗教虔诚在市民阶级的日常生活中占了很大比重，但这种虔诚是一种例行公事，不再追求超凡脱俗，而是看向内心。在经济腾飞的荷兰，尤其如此。荷兰共和国是宗教改革兴起后尼德兰自身分裂为二的结果：反抗西班牙新教的荷兰，以及忠于西班牙的以安特卫普为统治中心的天主教的佛兰德斯。阿诺尔德·豪泽尔在《艺术社会史》一书中认为，荷兰成为商业中心的原因"不是争取自由的美德，而是运气和偶然。得天独厚的海洋地理位置使荷兰天然地成为北欧和南欧贸易的中转国，一连串的战争迫使西班牙购买敌人的物资，腓力二世在 1596 年丧失支付能力，导致意大利和德国的银行纷纷破产，阿姆斯特丹由此成为欧洲的货币市场"。在荷兰，由商人和企业家组成的市民阶级取得了强势地位，控制着自治城市的摄政者阶层，包括市长、陪审员和市府议员。年轻时期的伦勃朗画了一系列《圣经》故事题材，受到莱顿市民阶级上层（大资产阶级和知识阶层）的欢迎，这有助于他的名气的传播。17 世纪 20 年代，乌得勒支的一位有名的法学家布歇尔（Aernout van Buchell）路过莱顿，他在日记中提到，当地人对一个磨坊主的儿子十分推崇。他所说的那个"磨坊主的儿子"就是伦勃朗，可见，二十多岁时的伦勃朗在当地已经受到很高评价了。

从伦勃朗开始学画到他自立开办画室的这些年里，购画需求在荷兰增长极快，大量绘画涌向荷兰市场，几乎每户人家——包括小市民和农民——都懂得要买画挂在墙上作为装饰。这既显得有身份，也是普通家庭能参与的存钱方式、投资渠道。16 世纪早期开始的宗教改革，尤其在北方国家的改革，如德国、荷兰和英国，打破了很多人想要成为大艺术家的梦想。随着新教的传播，他们失去了教堂壁画和祭坛画这个最大的订单来源，只能四处寻求宫廷画家的职位，这成为画家的希望，比如，汉斯·荷尔拜因就在英国王室谋到了固定的生活。

但是，绝大多数画家只能以接受肖像画、书籍插图的订单作为固定收入。就像面包师、磨坊主一样，画师也有自己的行会。据安特卫普一份行会资料记录，1560 年，该市从事绘画和版画的师傅的人数（300 人）就已经将近是面包师傅人数（169人）的两倍了。按照行业规范，画家原本只能在每年的公开交易市场上出售画作，但后来行会解散了，市场进入无序竞争，大多数画家转而在家里接待主顾，扩大名气就成了带来生意的重要途径。莱顿的经济以毛纺织业为主，和哈勒姆、阿姆斯特丹这些商贸中转枢纽相比，它的商业没有那么活跃，在全荷兰拥有声名的画家的数量相对较少。大多数莱顿人都习惯于从外省订制肖像画，比如，哈勒姆的肖像画家弗兰斯·哈尔斯生意就很兴隆。此人后来几乎未离开过哈勒姆，一个阿姆斯特丹人若要请他画像，需要往返几次去哈勒姆见他，这样一幅订制的肖像才能画成。等到伦勃朗在阿姆斯特丹成名之时，哈尔斯的画作仍然价格坚挺，依旧是荷兰最有号召力的肖像画家之一。

无论如何，我在莱顿的所见所闻都证明，青年伦勃朗是命运的胜出者。走在这座城里，和青年伦勃朗有点关系的地方，看起来都是一段段美好的记忆，找不出半点阴影。他被家乡万般厚待和宠爱。但是，对于年轻的、充满野心的天才们而言，"出走"是命中注定，犹如上帝的召唤。在父亲去世后，伦勃朗决定移居阿姆斯特丹。那一年，他有一幅版画自画像，我们可以看到，二十多岁的伦勃朗双眼盯视前方，激情将他的嘴部线条绷成了一张弓，他目光炯然，像是要把前运看到底。

伦勃朗并没能看清楚他后半生的命运，他不可能想到自己会在穷困和负债中死去，并且葬于教堂的无名墓地。这让我想起豪泽尔对意大利 16 世纪末的伟大画家卡拉瓦乔的评价。卡拉瓦乔服务的对象是教会，他一开始也获得了巨大成功，但后来的作品却因为毫不粉饰、不合惯例的自然主义而被认为缺乏伟大和高贵，他的作品一再被教会拒收。豪泽尔说，卡拉瓦乔是"中世纪以来第一个因为其艺术个性而遭到拒绝的大艺术家，正是那些让他同时代的人产生反感的东西，奠定了他日后的声誉"。（《艺术社会史》）这句话也适合用来讲述伦勃朗。

在艺术生产者和艺术消费者之间，需要一个桥梁——或者也可以说，是艺术命运的决定者。在中世纪，这个桥梁是教会；

在 16 世纪后半期到 18 世纪，是王室、美术学院和上流社会的沙龙；而在 18 世纪后半期至现当代，主要是美术馆、博物馆、画廊，以及艺术博览会共同形成的艺术评判和销售体系。那么，在伦勃朗的时代，在 17 世纪的荷兰，这个桥梁可以说是市民阶级。市民精神是那时的艺术的主要特征。根据豪泽尔的总结，我觉得可以简述为三个方面：一、历史画退居次要位置，表现真实日常生活的风俗画、肖像、风景画和静物画获得了独立价值并受到喜爱；二、有一种独特的新自然主义，有别于巴洛克绘画的英雄姿态；三、小型的家用版面绘画，尤其是简单的六英寸画成为典型形式，取代了意大利人和法国人所热衷的大型作品。大量私人订单取代了公共艺术项目订单。

既然如此，兼而承接了勃鲁盖尔和鲁本斯的伦勃朗，被视为荷兰自然主义代表的伦勃朗又为何得罪了市民阶级，失去了阿姆斯特丹市政厅的绘画工程订单呢？伦勃朗的这个命运转折，部分是因为市民阶级也有复杂的阶层分别，其中最高贵、最有钱的大资产阶级以及知识阶层，仍然保有古典主义—人文主义趣味，和市民—自然主义趣味处于对立状态。伦勃朗画《夜巡》，得罪的买主是半官方的市民团体——市民卫队。他们代表了市民阶级的上层，有更好的收入以及权势、地位，他们反感伦勃朗的个性和不合惯例。特别是在 17 世纪后半期，荷兰日益受到法国宫廷的影响，市民阶级逐渐向上层的古典主义趣味靠拢，豪泽尔将之称为"17 世纪后半期的贵族化大趋势"。

同时，伦勃朗的命运转变，与整个荷兰艺术交易市场的形势变化也大有关联。1666 年，法国艺术评论家费利比安（André

Félibien）在撰写《关于古今名画家的生平和作品的讲话》时，就已经对鲁本斯和伦勃朗的地位有了肯定性的论述。此时距离伦勃朗在穷困潦倒中去世还有三年。鲁本斯是佛兰德斯绘画和巴洛克艺术的代表。他服务于宫廷和教会，生活在贵族圈层，过着如同国王一般优渥的生活。据记载，他巅峰时期的挂单要价是每天一百荷兰盾。他的学生凡·戴克也一样，曾服务于英国斯图亚特王朝的查理一世的宫廷，深受王室喜爱，也深刻影响了英国的肖像绘画。

同为天才，身在新教世界荷兰的伦勃朗在世俗生活这一面输给了鲁本斯所拥抱的天主教旧世界。在鲁本斯去世之后的 17 世纪中期，荷兰的繁荣过了顶峰，绘画市场出现了严重的生产过剩，繁荣演变为危机，用今天时髦的词来形容就是"内卷"。虽然在 16 世纪中期画家们已经经历过一次艺术危机，但 17 世纪的变化却是极其剧烈的。比如，有资料记录，1641 年，一位名叫伊萨克·凡·奥斯塔德的画家，十三张画就只卖了二十七荷兰盾。伦勃朗是这场危机中最为后人唏嘘的牺牲品，但事实上，同样陷入贫穷的还有比他年长一辈的哈尔斯。哈尔斯在他的时代极负盛名，但晚年也只能依靠哈勒姆养老院的救济生活。关于哈尔斯和伦勃朗在画坛的地位，常有讨论。对于普通的艺术爱好者来说，伦勃朗更为人所熟悉与推崇，但在画家人群里，答案不会这么肯定。同为荷兰人的凡·高就很喜爱哈尔斯。哈尔斯画过一幅《哈勒姆养老院的女管事们》，有研究者将凡·高的早期作品《食土豆者》与这幅画中一个女管事的双手的局部进行比较，很明显，凡·高从明暗、色彩到构图都在研究与模仿哈尔斯。我认识的一位画家朋友说，他在看到哈尔斯的画之后，对伦勃朗的痴迷就减弱了许多。但即便如哈尔斯这般声名显赫，繁荣过后，收入也朝不保夕。

在南方国家，和伦勃朗几乎同时代的大画家，还有法国的普桑和西班牙的委拉斯开兹。普桑供职于法国王室控制的学院，而委拉斯开兹则在菲利普四世国王的宫廷中有一席之地。他为国王和王室成员画了大量肖像，由国王资助前往意大利研究文艺复兴诸大师的绘画，并始终受到王室尊敬。在后世的画家眼里，委拉斯开兹是影响了现代艺术的艺术家，毕加索曾反复摹画他的代表作《宫娥》，这些作品在巴塞罗那的毕加索博物馆里有一个专门的展室来做陈列。

我和朋友曾聊起，比照几位服务于宫廷的画家和在市场中求生存的伦勃朗的命运，何为艺术的自由其实难以简单言说。豪泽尔在书中正好也感慨于同样的问题，他写道，对于艺术家而言，不管是专制社会还是自由社会，都没有绝对的保险；前者少自由，后者不安全。有的艺术家只有生活在自由的环境中才觉得安全，但也有艺术家只有感觉到安全的时候才能自由呼吸。这是永无最好答案的选择。

现实的阿尔勒，凡·高的阿尔勒

> 这里有麦田、灌木、码头、吊桥和驳船，凡·高觉得很像老家北布拉班特，却没有令他厌恶的沉闷和压抑，是一个具有理想色彩的、阳光充足的'荷兰'。

朗格洛瓦桥

站在古罗马竞技场遗址的最高处，可以俯瞰罗讷河流过阿尔勒，将城腹划为两半。老城这边屋群低矮紧密，当地人说这是为了抵挡春天里令人畏惧的密史脱拉季风。淡黄色的外墙、赭红的屋顶，窄小曲折的石子路街巷，这种景象在地中海一带十分常见，没有阳光时，低沉的天空也会因此给人和暖的错觉。

我们乘坐 TGV 沿巴黎—马赛线南下，沿途仅有两三个停靠，阿尔勒是其中之一。巴黎通往马赛的铁路干线，在凡·高的时代已途经阿尔勒。

凡·高到达阿尔勒的时间是 1888 年 2 月，这座以阳光丰沛著称的城市罕见地下了一场大雪。意料之外的寒冷貌似也没有兜头浇灭画家对南部的热切。凡·高画了他到阿尔勒后的第一幅油画——《雪景》，明亮清澈，看起来像一个愉悦的梦境。

在凡·高之前，还没有哪个画家选阿尔勒来常住。后印象派画家们聚集在巴黎郊区的几个镇子，像西涅克（Signac）和修拉（Seurat）落脚的阿涅尔，有田野风景，离巴黎的画商也不远。南法也一直吸引着画家，但对外来者而言有魅力的是那些更容易呼朋引伴的地方。塞尚在他的老家艾克斯－普罗旺斯隐居，中世纪时那里曾是省府，后来则是有名的大学城。雷诺阿有段时间住在度假胜地蓝色海岸。蒙蒂切利（Monticelli）选择了南法最大的港口城市马赛。

所以，美国传记作者艾伯特·卢宾分析说，凡·高可能是被他喜欢的作家都德诱惑到阿尔勒来的。在长篇小说《达拉斯贡城的达达兰》里，出生在普罗旺斯的都德写过这片地区上的浓烈的景物和人情风俗。这部小说，还有《磨坊文札》都令凡·高相当着迷。当他对巴黎感到极度失望之后，也许就想到了乐土"达拉斯贡"和"阿尔勒的姑娘"。另有一种说法，阿尔勒之行是画家洛特雷克给凡·高的建议。

在古罗马时期，阿尔勒也曾是通往欧洲北部的交通要道上的必经地。为了标记自己的统治，恺撒在这里复制了一座微缩版的罗马城，圆形竞技场、圆形剧场、异教徒墓园、隐修院，以及圣托罗菲姆教堂精美的罗马回廊……罗马遗迹分布在这座小城的各个角落。又因了一段宗教故事，阿尔勒成为千百年来欧洲朝圣者徒步苦行的必经一站。就在离阿尔勒大约五十公里的地方，有个名叫滨海圣玛丽（Saintes-Maries-de-la-Mer）的渔村，现在也是著名旅游地。

而对凡·高来说，除了对明艳阳光的期待，这座小城与他还很快有了另一层的亲近：这里有麦田、灌木、码头、吊桥和驳船，凡·高觉得很像老家北布拉班特，却没有令他厌恶的沉闷和压抑，是一个具有理想色彩的、阳光充足的"荷兰"。来到阿尔勒后，凡·高去郊外画了《朗格洛瓦桥和洗衣妇》，后来人们习惯称之为《阿尔勒的朗格洛瓦桥》。在写给弟弟提奥（Theo）的信中，凡·高的心情也和画面一样，被强烈的色彩填满了："今天我带了15号画布来工作。这是座吊桥，上面有行走的马车，被湛蓝的天空映衬着——河水也像天空一样蓝，橙黄色的河岸长满了青草，身穿短上衣的洗衣妇们戴了花花绿绿的帽子。"

　　车开至阿尔勒郊野，我们看到的是这座老桥的20世纪仿制品。原址真的就在这里吗？让人踟蹰。周遭景物单调，赭褐色的桥身和画面上那座明黄色的曳桥反差如此大。当然，桥上不会有梦幻马车，桥下也没有洗衣妇，这里现在是仅有游客才会来访的郊野。离曳桥不远处竖了一块景牌，上面放了原作的印刷复制品，色彩失真。就算阿尔勒的阳光像一百二十五年前那样如期而至，我们眼前这条干涸的水道也断难像画面上的运河那样"像天空一样蓝"。

　　我想起阿尔勒故事里的另一位主人公高更。高更曾说，身在阿尔勒的凡·高，"尽管一切杂乱无章，尽管一片混乱，画布上仍是光彩夺目的，他的言谈也是"（《此前此后》，保罗·高更著）。在抵制疾病、痛苦和孤独的过程中，被激发出来的凶猛的创造力令凡·高其实再造了一个独属于画布和颜料的阿尔勒：明黄色的曳桥，普鲁士蓝的丝柏，紫罗蓝色的田野，星空旋转着蓝

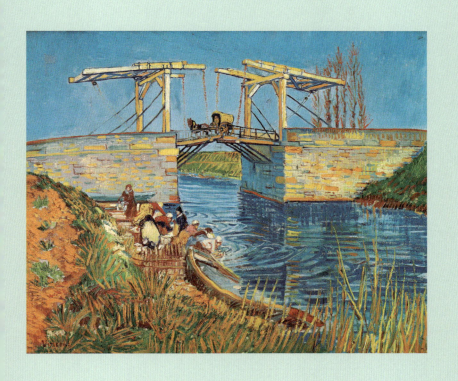

《阿尔勒的朗格洛瓦桥》，凡·高

色和绿色。

凡·高这一生，总共画了十年画，住过十一个地方，但只有最后三年住过的阿尔勒（Arles）、圣雷米（Saint Rémy）和奥维尔（Auvers-sur-Oise）与"凡·高"这个名字形成了某种不可剥离的关系。我想是因为凡·高在生命最后三年终于找到了自己的绘画"语法"，当这三个地方被他按照自己的"语法"重新叙述以后，就再难复原了。观光客不必埋怨当地游览手册言必称凡·高，如果你都没有把阿尔勒从旅行目的地的名单里删除，并对寻找凡·高的故事有所期待，又怎么能够要求当地人不去极力丰富那些和凡·高有关的一切想象？咖啡馆用他的名字，药店用他的名字；站在古罗马竞技场的遗迹前面，"凡·高"还是会和湮灭的历史一起在场——画作《阿尔勒竞技场》的复制品就被竖立在入口处的小广场上，画面上满是围观斗牛的 1888 年的阿尔勒人。在古竞技场对面，是一家家售卖旅游纪念品的小店。咖啡馆、餐馆、旅馆，这里的每一所房屋都像是刚被当地人从凡·高的画里挪放出来的。他们将他的画印到桌布、杯垫、餐巾、钥匙链、明信片等一切可以出售的日常物上，再将自家的门窗刷成紫罗兰、湖绿、钴蓝或玫红，冲撞着观光客的视线。

在市中心，唯一可以让我们暂时忘记凡·高的地方，可能就是圆形古罗马剧场了。它距离竞技场不远，是半圆形阶梯式，大约可容纳八千名观众，现在仍是阿尔勒每年举办音乐会和戏剧表演的主要场所。在阿尔勒几乎画过一切的凡·高，好像没有画过它。

蒙马儒尔修道院

进城之前，我们先转道去了废弃已久的蒙马儒尔修道院遗址。到的时候已是傍晚，可供参观的几处都紧闭了大门，我们稍微走近，就有鸦群被惊起，在空中盘飞。10世纪中叶，这里还是一片被沼泽地包围的峭壁岩石，直到古老的天主教隐修会——本笃会——的修士们开始在峭壁之上建造最初的隐修居所。经过之后几个世纪的不断加修，这里成了普罗旺斯地区极有势力的修道院，欧洲朝圣者皆闻其名，蒙马儒尔也因为贸易往来而变得富有。现在我们看到的蒙马儒尔基址，上面有11世纪的古老隐修居所、12世纪的隐修院、14世纪的巡逻塔楼、18世纪的圣母修道院。它们残缺着，但仍旧静穆撼人。

凡·高在给提奥的信中说了蒙马儒尔多么美："你不知道我看到了多么美的东西！那荒山上有座废弃了的修道院，它其实不很显眼，藏匿在冬青、雪松以及灰绿色的橄榄树后。"

从蒙马儒尔到阿尔勒城区，开车只需十来分钟，但凡·高那时候总是步行前往，大约花费一个小时。他往往去了就待上一整天。修道院的名胜，是在它围墙外峻峭的石头上修凿的墓穴，僧侣死后便安葬在这些墓穴中。但当年吸引凡·高的并不是宗教，而是丘陵周围荒凉壮丽的景物。他反复画过有关蒙马儒尔的素描，《蒙马儒尔的废墟》《蒙马儒尔的橄榄树》《蒙马儒尔的荒山》，以及《火车穿过田野的蒙马儒尔风光》。1888年，当普罗旺斯最美的夏季来临，凡·高完成了一幅以蒙马儒尔为背景的油画——《拉克罗平原上的收割》，现在这幅画被收藏于阿姆斯特丹的凡·高美术馆。

来到阿尔勒之前，凡·高磕磕绊绊却如朝圣一般坚定的画家生涯已经坚持了八年。1880年，凡·高二十七岁，他决定放弃福音布道生涯，去成为一个画家。他在荷兰和比利时访师，觉得自己从此"像一只换了羽毛的鸟"。他那身为新教牧师的父亲却说："他经过深思熟虑，却似乎选择了一条最艰难的路。"1880—1885年被研究者称为凡·高的北方时期，受荷兰画家哈尔斯、伦勃朗和法国巴比松派的米勒的影响，他画昏暗的景物，画低垂头颅的底层人——农民、矿工、木匠、老者，用那种厚实的深褐色颜料覆盖画布。这些画作中，像不那么被人熟悉的描绘矿工妻子们的艰辛生活的《负重者》（1881）和广为流传的《食土豆者》（1885），都"具有新奇的技巧和道德上的教益"。1886年，凡·高中断他在安特卫普美术学院的学习，到巴黎投奔弟弟提奥。提奥在当时欧洲最大的连锁画廊古比尔公司做经纪人。凡·高在开始他的牧师生涯之前，其实也曾有六年受雇于古比尔公司，先后在它的海牙分部和伦敦分部做事。后来，在伦敦期间，因为他对房东的女儿产生了无望的爱恋，一蹶不振而遭解雇。在巴黎，提奥把他负责的画店变成了印象派画家聚会的中心，凡·高因此而认识了毕沙罗、西涅克，稍晚一些出现在他面前的修拉，此外还有尚未出名的年轻画家保罗·高更和埃米尔·贝尔纳（Émile Bernard）。凡·高在巴黎住了两年，其间画了大约两百幅油画、四十幅素描和十幅水彩。他受毕沙罗等点彩画派画家影响，画面上明亮的光感和丰富的色彩逐渐替代了他在北方时期的昏灰。此时，麦田和向日葵开始在他的画里出现了，他有了《四朵剪下的向日葵》和《两朵剪下的向日葵》，它们跟随他，从巴黎来到了阿尔勒，一个每年夏季都会被无数向日葵花田染成金黄的地方。

他是蒙马儒尔山下的艺术朝圣者吗？无论如何，在阿尔勒如隐修者一般苦苦作画的凡·高，曾一遍遍跋涉而来，悉心感受蒙马儒尔的草木、废墟、果园、麦田。至少可以说，蒙马儒尔是他精神世界的短暂的避难所。

"黄房子"

旅游者都想去拉马丁广场找《黄房子》里的"黄房子"，其实它早就不存在了，现下不过是复制品，就像运河上的那座朗格洛瓦桥。

据说，"黄房子"毁于"二战"的炮火，后来阿尔勒市政府依照凡·高的画和当地老人的回忆择址重建了一个。原址现在空余老拉马丁广场了。新的"黄房子"里面也不再有住户了，变成了咖啡馆和纪念品店。几年前，我在伦勃朗的家乡莱顿所见的景象也是如此，他家老屋和屋前的磨坊早被拆毁了，现在供人参观的都是仿造复原，所幸还在原址。

拉马丁广场很靠近市中心，有店铺，有集市，现在也是城里最热闹的地方之一。凡·高到阿尔勒三个月后，就开始着手实现创办艺术家联盟——"南方画室"的愿望。他热情地邀请高更南下，并在信中天真地许诺要请高更来做南方画室的负责人。在旅馆住了两个多月的凡·高，在拉马丁广场边找到了一个安放未

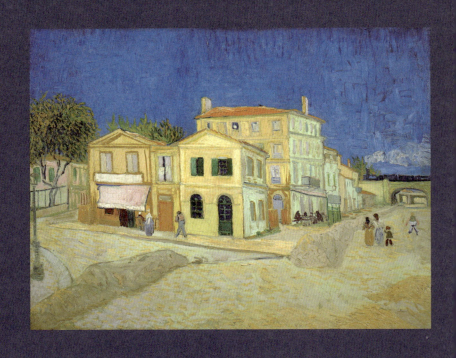

《黄房子》, 凡·高

来画室的地方。那是一栋形状狭长的两层楼房，有两个独立入口，凡·高租下了它右侧的四个房间，并用黄色油漆刷新了外壁，让它变得异常醒目。他为自己和尚未到来的高更各安排了两间卧室，买了两张一模一样的"乡村式样的卧床，大的双人床"；楼下是他们的工作间，备有充足的画布、颜料。

凡·高对"黄房子"和卧室都感到满意，他写信告诉提奥："水泥地板被我用嫣红的油漆刷了一遍，至于墙壁，还是用清淡的紫罗兰色比较好。床靠右侧，依着墙根，对面则摆了两张椅子和一个茶几，这三件东西统统是新鲜的黄油色——似乎还带点甜香味。被套是樱桃红的，床单和枕头是鸡蛋黄，其中略微调了点儿香木橼绿进去……"除此之外，还有"铁锈绿的窗户"和"丁香紫色的门"。9月，高更没有来，他画了《文森特在阿尔勒的房子》，后来被习惯性地称为《黄房子》；10月，高更到来的几天前，他画了《文森特在阿尔勒的卧室》——现在我们可以在三个不同的美术馆看到《卧室》的三个版本：原作尺寸为 72 厘米 ×90 厘米，被公认为是最好的一幅，凡·高曾将它邮寄给在巴黎的提奥，现收藏在阿姆斯特丹的凡·高博物馆。第二个版本是他在圣雷米疗养期间，按照提奥的建议，凭记忆复制于 1889 年暮冬的那一幅，画幅稍大，有 73.6 厘米 ×92.3 厘米，色彩和构图也做了调整，目前被芝加哥艺术博物馆收藏。巴黎奥赛博物馆里收藏的是第三个版本，是凡·高送给母亲和妹妹的礼物，画幅仅有 56 厘米 ×74 厘米，色彩不如前两幅鲜亮，但看起来非常特别。凡·高在圣雷米医院里写信给提奥说，《卧室》是他在阿尔勒的最好的作品。

《文森特在阿尔勒的卧室》，凡·高

每月十五法郎的房屋租金，加上购置家具和画材的耗费，凡·高在五个月里花掉了八百多法郎，是普通工人小半年的收入，而这些钱全部来自提奥的资助。他们商议了一个方式，提奥每月寄给凡·高一百五十法郎，凡·高则将作品交其售卖。但现实情况却是凡·高的作品在当时少有人问津。事实上，提奥是以这样的方式在资助凡·高的生活和创作，包括他的"南方画室"之梦。

凡·高不断给高更写信，催他早点从布列塔尼南下。在五个多月不确定的等待中，凡·高更加焦虑不安，但仍以令人惊讶的速度画画。《花瓶里的十四朵向日葵》《夜间的露天咖啡馆》《黄房子》《罗讷河上的星空》《卧室》《播种者》，这些日后的伟大作品相继画于8月—10月。他甚至计划用自己最偏爱的向日葵静物系列来装饰高更的卧室，画十二幅，挂满每一面墙。

高更自述，他迟迟没有动身的原因有很多，当时他在布列塔尼的阿旺桥，与贝尔纳一起实践他们所信仰的象征主义。几年后，他们的创作和生活确实也成就了现代艺术史上的"阿旺桥画派"。高更写道："或许是因为我刚刚开始的写生将我拴在这个地方，或许是出于一种模糊的本能，我预见到某种不正常的东西，我坚持了很长时间没去。直到有一天，折服于文森特的热情、真挚的友情，我上路了。"（《此前此后》）不过，凡·高的研究者指出，高更最终动身南下是因为他在阿旺桥的经济状况变得非常糟糕。

高更到达阿尔勒是在10月的一个凌晨。下火车后，他坐在夜间咖啡馆等到天色大亮才去叫醒凡·高。咖啡馆老板认出了素未谋面的高更，因为之前凡·高把高更寄来的自画像拿给老板看过。从这个细节可以看出，凡·高期盼朋友到来的心情是何等急切，已到了必须和外人分享的程度。而高更，在回忆录里对见面的情形写得十分平淡，甚至，有那么一点轻慢："我去叫醒文森特的时候既不是太早，也不是太晚。那一天都用在了安置我的东西、长聊、散步——以便能够欣赏阿尔勒和阿尔勒女人的美丽——上面，顺便说一下，我没能下决心为阿尔勒的女人而疯狂。"（《此前此后》）

不过，他还是被凡·高的向日葵震慑了。第一眼，《花瓶里的十四朵向日葵》就抓住了他的眼睛。高更写道：镶着紫色圆环的向日葵在一片金色的背景前兀然傲立着，大部分花梗浸没在一只鹅黄的陶壶中，托着陶壶的桌子也被染成了黄色……总之，一切都沐浴在金黄色之中，一切都生气勃勃，说真的，"我"被这种感觉迷住了。

写作回忆录的时候，高更身在远离法国本土的大溪地岛，孤独地画画、经受病痛；而那时，凡·高离世已经十二年。1903年，高更死在岛上。又过了十几年，回忆录在法国公开出版。高更在阿尔勒的六十二天到底发生了什么，凡·高为何割耳，高更为何不辞而别？凡·高的书信、高更本人的回忆、他们各自传记作者的推测……对此都有不同版本的还原，但也都不是那么清晰无疑。在出事前，凡·高在写给提奥的一封信里提到他和高更同去蒙特利尔博物馆看过展览；高更的讲述，掺杂着辩解、怨艾、刻薄、逃避等诸多情绪，但他还是不能彻底逃离凡·高。回忆录写到凡·高的地方，只要不谈及阿尔勒，高更的语气并不十分冷漠。在《玫瑰色的虾子》那个章节里，高更写到了凡·高在巴黎蒙马特栖身时的状况："开始下雪了，冬天来了。……在这些人中间，有一个非常怕冷的人，穿着奇怪的服装，急忙向另一条街走去。这个人裹着山羊皮外套，戴了一顶毛皮帽子（也许是兔毛），红棕色的胡子一根根竖着，像个牧羊人。"（《此前此后》）那是他在 1886 年的那个冬天对凡·高的印象。他们偶尔会约在唐居伊老爹的画店会面，凡·高是那里的常客。但发生在阿尔勒的事却是永远的谜团。他们在阿尔勒的暮秋见面，在冬季来临之前，热情就彻底冷却了，不断发生争吵。凡·高在 1888 年 12 月 23 日写道："我觉得高更一点也不适应阿尔勒这个绝好的小镇，不适应供我们在其中作画的黄房子，尤其不适应和我在一起生活。"这天，凡·高画了一幅非常阴郁的向日葵，之后因为讨论伦勃朗，他和高更再次发生争吵。凡·高崩溃了，拿刀威胁高更，并在这个夜晚割下了自己的左耳。第二天早晨，当他被人送进阿尔勒疗养院时，同样心力交瘁的高更逃离了这个被他咒骂为"南方最肮脏的洞穴"的地方。之后两人再没有见过面。

凡·高一个人在阿尔勒又住了半年，精神状况时好时坏。房东不愿再把"黄房子"租给他了，周围的邻居也想驱逐他，他被迫再次住进阿尔勒疗养院。在有所好转的日子里，他重新拿起画板和笔，创作了《阿尔勒疗养院的花园》。此后，凡·高一直辗转于精神病院之间。1889 年 5 月，他从阿尔勒搬到圣雷米，住进了由修道院改建的圣保罗精神病院。1890 年 5 月，他离开了法国南部，被提奥安排到巴黎西北的奥维尔镇接受治疗，直到两个月后的 7 月 27 日，他将一粒子弹射进胸膛。

夜间咖啡馆

夜间咖啡馆仍在集市广场的一角，如果我们愿意相信，那它就是画中的咖啡馆，其外观给人感觉还是基本保持了原貌。

凡·高在搬进他的"黄房子"前，有好几个月都在这间咖啡馆里过夜，因为它通宵营业，老板夫妇待人也算和善。现在咖啡馆早已数度变换主人，可是因为有了《夜间咖啡馆》和《夜间的露天咖啡馆》两幅名作，人们对它依旧抱有百年不变的好奇。

"提奥，你不是一直说想看鼎鼎大名的夜间咖啡馆里头是什么样子吗？我特地画了这么一幅送给你。其实，光看这儿的露天座还好，到了里面可就真不怎么样了。什么人都有！住不起客栈、被拒之门外的流浪汉，不正经也不漂亮却故作正经又特别爱打扮的女人，面黄肌瘦、喝了几碗酒就醉得不省人事的疯人，都可以在这儿找到栖身之地。"凡·高写这封信的时候，精神状况在焦灼和爆发的边缘。他用近于愤怒的语句为提奥描绘咖啡馆的内饰怎样地俗艳难耐："酒糟色和石青色，血红色和橄榄绿，都表现出了令人畏惧的激情，再加上生硬的蓝绿色以及刺眼的孔雀石绿，你是不是觉得仿佛置身于魔鬼的硫黄火炉之中了？没错，就是这种气息，地狱的气息，漩涡一般在这里盘桓着，每个人，每个人都在其中难以自拔……"

我们站在门口，小雨细细密密，黄色篷布下的露天座还和画上一样，但没有客人，白色的圆桌和橙红色的椅子被随意摞在一起。店里出来一个中年男子，把我们带进了室内。可能是旅游旺季还没到的缘故，店里很冷清。这种款待游客的地方，当地人通常是不大肯来光顾的。有人说，这咖啡馆在 20 世纪 90 年代初按照原貌重建了一次，果然，里面的装饰风格和凡·高当年在信中所述很相近，都有种古怪的品位：橄榄绿台面搭配血红色的拼嵌式吧台，大理石柱是石青色的，天花板上的手绘就像被硫黄熏烤过。并不高大的空间被隔出一个跃层，颇为压抑。我们各点了一杯咖啡，放弃了要在这里吃午餐的念头。

敦实黝黑的中年男子说他就是老板，他是阿尔勒人，十年前接手经营咖啡馆。他又指指门边低头玩电脑的年轻女孩说，她是前任老板的女儿。老板不画画，也不是艺术爱好者，从前酷爱打猎，现在国家禁猎了，他也就歇了。"咖啡馆生意还不错，再过半个月会变得很拥挤，不管怎么样，来阿尔勒看凡·高的人都会想坐下来喝一杯。"老板很笃定。

我们比原计划更早地离开了，没有看到夜间的露天咖啡馆。不知道在没有星星的夜空下，煤气灯还能不能把路面照亮。

两个塞尚画室

❝ 当我在艾克斯时，觉得还有其他好地方，现在我在此，却怀念艾克斯。❞

　　亚尔克河穿越了艾克斯－普罗旺斯（以下简称艾克斯）附近的山谷，两岸多是红土地，松树也多，河岸线因此看起来比罗讷河更为洗练。

　　这里是"现代艺术之父"保罗·塞尚的家乡，因为他，亚尔克河谷和艾克斯的风景在 19 世纪后变得更为人知。大作家埃米尔·左拉的童年也是在这度过的，他和塞尚是少年同学，也是死党，经常结伴到亚尔克河谷钓鱼、游泳、狩猎。多年后，从巴黎回到艾克斯隐居的塞尚仍喜欢来这河谷，站在那个高架铁路桥上，绘画远处的圣维克多山。

　　我们刚刚离开阿尔勒城。在寻迹了凡·高的各种浓烈之后，看艾克斯就觉得到处都随和，闲淡，波澜不兴。

　　塞尚出生在 1839 年，那时的艾克斯在记述里已经像今天一样朴素。比起马赛，艾克斯没有那股子喧嚣和蓬勃的大城市的劲头，但艾克斯其实有更加古老的历史。中世纪后期，这座城市曾为普罗旺斯地区的首府，重要性远在马赛之上。1409 年，国王下令在这里开办了法国最早的大学之一：艾克斯－马赛大学，艾克斯因此至今有"大学城"之誉，年轻学生聚在咖啡馆里做课堂讨论是艾克斯很常见的街景，这种氛围和朗格多克地区的"大学城"蒙彼利埃很相似。蒙彼利埃有一座成立于 13 世纪的蒙彼利埃大学，那天我们在城里随便走走，在街头一个小咖啡馆里坐下，不到半小时，就进来两拨大学生围桌讨论，咖啡馆外面还挂了一块小牌，注明这里是固定的学习场地。

塞尚考入艾克斯－马赛大学念法学时，他父亲早已从一个制帽商人成功晋身为银行家，家里颇有资产。左拉在写给他们一位共同朋友的信里埋怨塞尚有浪费癖，"一有钱，就习惯在就寝前急着把钱花完"，这大概是他从小养成的习惯。塞尚后来执意舍弃法学，到巴黎去学艺术，银行家父亲每月供给他一百五十法郎生活费。对于一个年轻学生来说，这是相当优渥的待遇了。有一次，塞尚大约是从艾克斯写信向左拉抱怨父亲阻拦他到巴黎学画的事情，已经先随家人搬到巴黎的左拉回信安慰他，并模仿塞尚父亲的口气说："一拿起画笔，父亲就会对你说，儿子啊，考虑将来的事情吧！有钱就有吃的，空有天才会死人啊！"即便父亲在塞尚和他朋友的眼里是如此古板、俗气的形象，他还是应允了塞尚去巴黎的要求，并一直供养他画画。1886 年，老塞尚去世，他在遗嘱中给家人安排了年金和遗产的分割，塞尚从中继承了巨额财产，还有一栋树林里的大房子。我们谈论塞尚，总有他生活困苦的印象，其实，他虽然在绘画之路上一直孤独探索且大半生都不被时人理解，但在现实生活中还是比较安稳的。

塞尚给艾克斯留下两个画室。第一个画室位于艾克斯西郊一个名为雅斯－德－布芳（Jas-de-Bouffan）的地方。老塞尚在此购置了度假屋，包含一栋18世纪的老房子和十五公顷的田地，当地人称之为"布芳农庄"。有十几年，塞尚在巴黎和艾克斯之间不断折返，曾去布芳农庄画过不少的风景与肖像。后来，老塞尚夫妇搬到布芳农庄长住，这样一来，塞尚每次从巴黎回到老家也就住在那里。老塞尚去世后，布芳农庄作为遗产留给了塞尚。1859—1899年，在这四十年里，他断续地在这里画了三十九幅油画、十七幅水彩。

塞尚在巴黎总是过得别别扭扭，而每次不顺心了，他就想跑回艾克斯，跟现在年轻人要逃离北上广回老家躺平一样。他曾跟左拉抱怨，哪怕回去做个小店员，也比在巴黎强。1861年秋天，从艾克斯搬去巴黎才半年左右，塞尚就第一次从巴黎逃回了艾克斯，并且好像下决心要留在家乡过日子。他白天到老塞尚的银行里朝九晚五，晚上去艾克斯一所素描学校里画画，大约这样过了一年。但最终，他还是选择重新回到了巴黎。在这次返回前，他写信向左拉透露自己内心最理想的状态是：到巴黎学习，然后退隐到普罗旺斯专心画画，这样就可以不受各种流派的影响了。1863—1866年，塞尚在巴黎画了不少普罗旺斯的风景，包括对亚尔克河谷的描绘，完全凭回忆画的。在他这一时期的画布上，天空通常都是低沉的，黄褐色的丘陵和暗绿色的树让整个画面都沉郁下来，灰色背景统驭着自然。塞尚经常跟朋友们说这样一句话："对我而言，未来的天空全然黑暗。"他画的也是南部，却与凡·高画笔下那个在阳光下金黄耀目的阿尔勒完全不同。

我们到达艾克斯这天，眼前所见正是这种塞尚式的普罗旺斯——整座城市被灰色统驭，有一种压迫感。被四排高大梧桐拥抱着的米拉波林荫大道确实很美，但说它是"法国最漂亮的大街"却让人不太领略得到。这一带原来是中世纪的城墙，17世纪时，市政府拆掉了废墟改建大马路，把这里变成了艾克斯象征性的市景，也是市民生活的中心。我们以西头的狮子喷泉为起点，一路步行到雷恩国王喷泉，据介绍，这就是当年老城墙的长度。以林荫大道为界，北面是原来城墙里侧的老城，窄巷小街，遍布老咖啡馆、老宅邸和罗马时期遗迹。中世纪早期起建的圣索沃尔大教堂也在老城这一侧，1906年，塞尚的葬礼就是在这座教堂里举行的。

有位名叫安东尼·吉勒莫的画家曾在1866年跟塞尚一起回到艾克斯小住过一段时间。他写信给左拉，赞美这座城市："一个月以来，我都在艾克斯，我可以向你保证，这个地中海的雅典，对我而言，不觉得时间漫长。美好的时间，美丽的地方，一些同人与他谈论绘画与构建一些昔日被摧毁的理论。"这次回乡，塞尚停留了两个月，《父亲的肖像》和《家庭晚宴》就是这个时期的作品。1867年，他返回巴黎，后来又再次回到艾克斯。为了追求他心中所想的那种艺术，此后有将近十年，塞尚一直处于两地往返的生活状态里，不断地逃离艾克斯，又不断地逃离巴黎。晚年时，在写给画家埃米尔·贝尔纳的信中，塞尚这样形容他对这种创作拉锯的感受："我缓慢工作着。自然对我是如此复杂，所能获得的进步却无限……品位是最好的裁判，然而拥有者稀少。实际上，艺术只与极少数人对话而已。"

在老城区的布勒贡（Boulegon）街23号，塞尚家有一处住宅，里面有个极小的工作室，如果进城住几天，塞尚也会像其他艾克斯人一样，每天去米拉波大道散步。他的母亲住在米拉波大道 30 号，1897 年，在母亲去世前的最后三个月，塞尚每天晚上都去探望，陪她一起用餐。这套住宅位于米拉波大道南侧，它对面街口就有艾克斯最受欢迎的老牌咖啡馆——"两个男孩"（Deux Garcons），当地人和观光客都喜欢去那里消磨时间。

在他母亲去世后，塞尚和妹夫在财产处置方面发生了分歧，塞尚决定出售自己名下的布芳农庄。1899 年，农庄被卖给路易·格拉内尔，后来格拉内尔又转手给了女婿柯尔西医生，现在农庄门前的公交车站还取自最后这位所有者的名字——Corsy。后来，艾克斯市政府从柯尔西家族手里买下布芳农庄，作为塞尚故居向公众开放参观。

就在卖掉布芳农庄的 1899 年，在某收藏大家的遗物拍卖中，塞尚的画作《自缢者之家》以六千二百法郎成交，他的画在巴黎变得很受追捧了。1895 年 11 月，他在沃拉尔画廊的个展也获得了极大的成功。毕沙罗、雷诺阿、德加、贝尔纳，这些同行无不被作品中"洗练的野人魅力"所震撼。不过，即便已获得盛名，塞尚对巴黎依旧无所留恋，大部分时间他隐居在艾克斯，并决定要买地重盖画室。

1901 年，塞尚在艾克斯北面的洛维（Lauves）丘陵买下一小块土地，第二年，一座两层楼房在林中落成。出了家门，走不多远就可看到他喜爱的圣维克多山。塞尚经常独自爬到洛维丘陵的最高处，绘画《从洛维看见的圣维克多山》。生命的最后四年里，他在洛维画室创作了很多肖像和静物，晚年有十几幅杰作都诞生

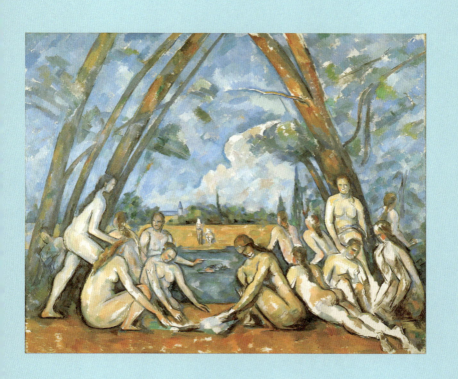

《大浴女》，保罗·塞尚

在这个画室里——《大浴女》《画室花园》《园丁瓦利耶》等以及他最后的几幅静物。洛维的房屋被艾克斯—马赛大学接管后，像布芳农庄一样以原貌对外开放，就是我们现在都能去参观的塞尚画室。

画室占据了二楼的全部空间，北侧开出大玻璃窗，几乎整面墙大，是塞尚指导工人亲自改造的，以便接纳外部充足又柔和的光线；视野也因此开阔，天气晴好时，透过窗前的小树林，可以望见远处田地和再远处的一角圣维克多山。不过作为参观者，我们无法太靠近窗边，能看到的只是近处的一丛绿树。

身在画室中，能充分感受到塞尚对光线的痴迷。南北向都有窗户，某些时刻光线会在画室里交汇；对南侧的推窗，塞尚有时会以布帘遮挡，以改变光感。画室里并没有作品陈列，但据介绍是完整保留了画家生前最后一天的工作场景的：散落在角落的画框，打开的画架和画板，还有我们从他静物画里经常看到的供他描绘的各种器物：桌布、小爱神石膏像、绿色小壶、绿色小罐、蓝色玻璃水壶、骷髅头模型……我能想象他的样子，怎样专注地研究这些器物之上的光感。画室里还有一个白色烟斗，样子曾先后在《抽烟斗的人》和《玩牌者》里面出现过，也不清楚是否是原物。

因为塞尚而大名鼎鼎的圣维克多山，位于艾克斯城东北，最近的一处山麓离城区有十几公里远。以旅游者的眼光来看，这座孤山海拔仅千米，线条也过于工整而少峭拔，但塞尚钟爱它，尤其爱它和周围灰色岩群所形成的线条、光影。他无数次远眺——从不同角度、不同距离，在不同季节画它。有时他会独自

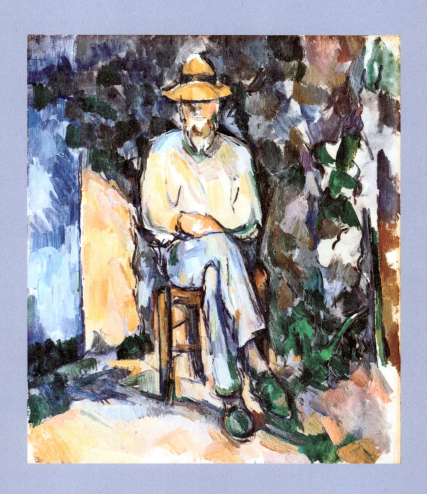

《园丁瓦利耶》，保罗·塞尚

步行去往山脚下的村庄，写生，登山，观察巨石。在写给朋友尼玛·科斯特的信中他提到某次愉快的远足："去了水车人家那里，在'草房'住宿，有美酒，受到亲切招待。"

无论如何，圣维克多山是画家终其一生的主题，在各大博物馆和私人收藏里保存的《圣维克多山》目前所知是八十七幅，其中四十四幅是油画，四十三幅是水彩。

塞尚晚年写信给朋友说："当我在艾克斯时，觉得还有其他好地方，现在我在此，却怀念艾克斯。"这应该是他心里对艾克斯最真实的复杂情感。

谁的毕加索？

"" 世界发生了这么多变化，人们对毕加索却有恒定的景
慕与好奇。""

数年前我到过巴塞罗那，没有进毕加索博物馆。已经按图
索骥找到那条蒙卡答（Montcada）窄街，门口看不见尾的长队却
让人犹豫。在毕加索和哥特旧城之间，行程仓促的我最终决定省
下排队那点时间，返回老城再多逛几圈。那两年，多次去过巴黎
的毕加索博物馆，也常路过他在蒙马特时期栖身的"洗衣船"一
带，自以为看过了面目比较完整的毕加索，对错过参观巴塞罗那
的这家博物馆并不太觉得遗憾。当时我认为，毕加索在巴黎生
活了七十多年，属于巴黎、属于法国更多，西班牙对他不过是
来处。

这次在西班牙的采访，一路要寻访的却正是这个来处。巴
塞罗那、马德里、马拉加，从北到南，从毕加索西班牙生活的结
尾逆行回到他人生的源头。毕加索身上和画中所弥漫的浓烈的地
中海气息，像底片被缓慢地显影，在我眼前越来越清楚地呈现出
细节。

还记得爱伦堡在回忆录《人，岁月，生活》中这样描述他

认识的毕加索："有时有人问我，'毕加索'这个字该怎么念才算正确——重音是在最后一个音节还是在倒数第二个音节，也就是说，他是西班牙人还是法国人？当然是西班牙人——这有他的外貌和性格、严峻的现实主义、高度的热情以及深刻而危险的讽刺为证。"走完全部行程，我对这段话有了不同于从前的理解。

巴塞罗那：对"四只猫"的告别

　　毕加索博物馆门口依旧是看不见尾的长队。想起前些时候和一位佳士得拍卖行的专家谈起现代艺术市场，他感叹，收藏家的口味变来变去，雷诺阿、莫奈也有从市场最高端下落的时候，唯有毕加索例外，他可能是百年来唯一能在高价位上坚挺不倒、永远制造收藏热点的艺术家。——确实，世界发生了这么多变化，人们对毕加索却有恒定的景慕与好奇，而这似乎更多来自距离感：读懂他或者他的作品并不是轻而易举的事情。爱伦堡也说过，写毕加索之所以这么难以下笔，原因就在于无论你写什么，它们都是既真实而又不真实的。他说："我还没有见过一个转变得如此迅速、同时又那么坚定而忠于自己的人。"

　　去参观博物馆的前一天，我们还采访了近郊的 Torres 酒庄。其媒体总监是个法国人，闲聊天时，他建议我们一定要参观巴塞罗那的毕加索博物馆，"在巴黎，你看见的是毕加索的伟大作品。在巴塞罗那，你看见的是毕加索的人生"。

　　博物馆建筑是一座 15 世纪的宅邸，窗棂和廊柱有华丽的哥特式纹饰，走进去很幽深，中庭的阳光却明亮。风格类似的老宅在蒙卡答街上有几家，只是规模不如它。1963年，毕加索青年时代的密友，也是他家族的传记作者萨巴特斯（Sabartés）在巴塞罗那市政府的资助下将它向公众开放，展品以他的私人收藏为主，再加上毕加索一些朋友们的捐赠。由于毕加索和当时执政的佛朗哥独裁政府是死对头，为了减少麻烦，博物馆在很长时间里都以"萨巴特斯收藏馆"的名字出现。1970年，毕加索为博物馆捐赠了一千七百多件作品，都是他家人在巴塞罗那的收藏，于是，这座馆立刻就成了馆藏毕加索作品的第一号。现在，里面日常的展示作品有三千六百多件，基本上将毕加索青年时代，即1895—1900、1901—1905年的绘画全部收藏了，其中包括两件珍贵的早期作品——《最初的圣餐》与《科学与仁慈》。对于毕加索的研究者来说，这两件油画埋藏了艺术家风格转变过程中极其丰富的线索。

1895年，十四岁的毕加索随父亲何塞·鲁伊斯迁往巴塞罗那，并考入了巴塞罗那的美术学院。拮据谋生的父亲竟然想办法为儿子租到一间独立的画室，位置就在他每天从美术学院回家的那条路上。在属于自己的画室里，毕加索完成了三件作品：《最初的圣餐》《留平头的自画像》，以及第一次完整呈现学院派训练成果的巨幅油画《科学与仁慈》。《最初的圣餐》获选参加巴塞罗那第三届美术和工业展，和加泰罗尼亚地区一些颇为知名的艺术家的作品挂在一起，标价一千五百比塞塔，但最终没有如毕加索所期望的那样得到奖项，也无买家问津。报纸上的评论文章有几句提到这位少年画家，称他为"新人"，肯定他的画作"局部轮廓线条分明"。我们现在在毕加索博物馆的第七展厅可以看到这幅画，浓烈的宗教氛围，熟练并且控制自如的古典技法，难以相信毕加索那年不过十五岁。

第八展厅的主角是《科学与仁慈》。这是毕加索在西班牙绘画界的扬名之作，先是被推荐参加了马德里大众美术展，然后在马拉加省际展览会上获得一枚金奖。他以父亲为模特，在画面上描绘了一个为病人把脉的医生角色，代表"科学"。后来研究者分析说，毕加索在这幅画上移植了十年前的恐惧记忆，他年仅七岁的妹妹孔奇塔夭折于白喉病。这幅画的获奖成了家族的骄傲，毕加索的叔叔将它在家里挂了多年，之后又被毕加索的妹妹洛拉收藏。法国作家皮埃尔·戴在他的《毕加索传》里提到，1899年，毕加索画了同样主题的作品《最后时刻》。他用了当时市面上最大尺幅的 120 厘米 × 120 厘米的画布，在"四只猫"小团体为他筹办的第一次个展上展出。这也是毕加索此生中最后一幅全然学院风格的画作。

"四只猫"是个小咖啡馆，就像巴黎左岸的花神咖啡馆一样，早已经成为艺术爱好者和游客们的朝圣之地。我们也去喝了杯咖啡。看着满墙怀旧的老版画和老照片，同事开玩笑地互问，是否和毕加索们有了灵魂对话。"四只猫"身处闹市，从加泰罗尼亚广场转入天使路，左边第三个小巷口上就是了，并不像传言中那么难找。下午 6 点还不是巴塞罗那人聚在一起吃喝聊天的时间，他们的晚餐一般会在八九点开始，酒馆的夜生活就更晚了。传记中描述的"四只猫"永远烟雾缭绕，充满高谈阔论，门外脏乱不堪，矮檐下飘荡着弗拉门戈的舞曲……这些景象全无踪影了。它的门脸不大，但比市区里的多数咖啡馆都精致，旧得矜持，门口竖立着毕加索当年画的著名菜单（当然是复制品），乍看之下我还以为是洛特雷克的作品——在 19 世纪末，巴黎氛围和洛特雷克画风，正是加泰罗尼亚的年轻艺术家们所追逐和模仿的。说到底，"四只猫"也是这股法国风刮起来的。老板是画家、诗人佩雷·罗梅乌（Père Romeu），为他出主意的是一个名叫米格尔·乌特里略（Miguel Utrillo）的朋友，此人混过巴黎蒙马特，在被洛特雷克画进现代艺术史的"黑猫"俱乐部当过侍应生，咖啡馆取名"四只猫"，也算是一种致敬。

"四只猫"在 19 世纪末的加泰罗尼亚就是现代主义的大本营。客人们都谈论着虚无、独立、无政府主义和现代主义运动，口号是"遵循不正常的、前所未闻的生活"。毕加索是由诗人卡萨吉玛斯带进"四只猫"的，并成为那里的常客。他的传记作者认为，艺术家未来性格中诡秘的一个侧面——喜欢建立极少数人的亲密小圈子，喜欢那些暗号式的称呼、暗语和术语——正是从这段时期开始显现的。毕加索在"四只猫"时期只有十八九岁，但他很快成为一群年轻人簇拥的核心人物，这个小团体包括帕利亚雷斯（关系最亲密的美院同学）、卡萨吉玛斯、萨巴特斯、索托兄弟和维达尔，他们团结在一起，时不时地挑战以画家拉蒙·卡萨斯为领袖的成名人物。现在的"四只猫"，里间成了豪华餐厅，外间还是咖啡馆，零星坐了几桌，看起来都是慕名的游客。向年轻侍应生打听百年前的人和事，个个茫然。经理像是本地老人，却惜字如金，从柜台取来宣传小册子递给我们，不肯多说一句话，估计也是常年被游客问烦了。和巴黎的花神、洛东达等咖啡馆一样，在这里，游客驱逐了艺术家和诗人，留下的只有逸事。左侧墙壁上挂着那张有名的老海报，两个白衣男子骑一辆双人自行车，其中一个是佩雷·罗梅乌，另一个便是当年酒馆集会的"灵魂"拉蒙·卡萨斯；下面那些小幅的复制品，多为炭笔画和水彩肖像，多幅出自毕加索之手，被画的人有皮乔特、卡萨吉玛斯，也有自画像。1900 年 2 月，毕加索的"小集团"为他在"四只猫"的地下长廊里面举办了首次个人画展，一共一百五十幅展品。我们现在看到的这些素描，其真迹当年都在里面。画展并不成功，但它是毕加索对西班牙生活、对学院派绘画的最后告别仪式。1900 年 10 月，毕加索和卡萨吉玛斯头也不回地奔向巴黎。

马德里：圣费尔南多皇家美术学院

不止一本传记用了"贫乏""沮丧"来形容少年毕加索在马德里的经历。持不同看法的仿佛只有萨巴特斯，他是毕加索此次马德里之行结交的终生密友，也是未来的巴塞罗那毕加索博物馆的馆长。萨巴特斯认为，毕加索前去马德里是寻求自己的结论："马德里意味着逃避和探险：远离平庸，发现未知。"如他所说，未来的毕加索是在马德里打上了戳记。

去马德里发生在"四只猫"时期之前。毕加索遵父命参加了圣费尔南多皇家美术学院的入学考试，高分上榜。他对这所受人仰视的学院却充满轻蔑。向往巴黎和慕尼黑，这个念头从马德里开始滋生，之后在"四只猫"小集团的聚会上不断被强化。

从外观看，圣费尔南多皇家美术学院和老欧洲那些古老的大学极其一致。原建筑是银行大楼，在市中心闹中取静，外形规矩气派，符合毕加索眼中的矫饰风格。我们进去参观了它的藏画。这里陈列的是16—19世纪的西班牙古典绘画，有戈雅等大师的代表作。毕加索入学后，不到两年，因为传染上猩红热而中止学业，之后他便迫不及待地离开了这个格格不入的地方。他在信中向朋友抱怨上课多么无聊，除了去学校提供的画室，他几乎放弃了所有课程，宁愿一个人在普拉多美术馆里游荡。这是毕加索第一次对普拉多美术馆有了自己的感受，而不是像小时候那样在父亲的引导下观看。依然是写给朋友的信，我们可以从中看到他的趣味："委拉斯开兹是第一流的，格列柯的头像很了不起……"他在马德里画得比在巴塞罗那上学期间少，只是临摹过委拉斯开兹的《菲利普四世》，画过一些小幅风景，其中的一部分，我们在巴塞罗那毕加索博物馆里看过。但在马德里的毕加索开始预示他画法的"变形"，这不排除来自格列柯的影响——在那个时代，模仿格列柯本来就意味着前卫的画风。普拉多美术馆留给他的印记，在巴黎时期仍强烈地显现出来。比如，1957年，毕加索以五十八幅立体主义风格的系列油画，创造性地摹画了委拉斯开兹的名作《宫娥》，作为他向大师的致敬。1968年，毕加索将这个系列捐赠给了巴塞罗那毕加索博物馆。那天，这个展室是我流连最久的地方。

马拉加：属于毕加索的城市

我们坐上火车，从马德里南下塞维利亚，一路回到了毕加

毕加索创造性地摹画了委拉斯开兹的名作《宫娥》，这是其中之一

索的童年——马拉加。是的，一切都如事先读到的描述，这里长满了婆娑的林木，亚热带的鲜花盛开着，海在很近的地方，山也近。在塞维利亚和马拉加之间，大片丘陵缓慢地绵延开来，任由向日葵、麦田、橄榄林分割成各样奇怪的色块。曾经远离现代社会的古老港口马拉加，现在是一个繁华的旅游城市，我们和"毕加索"在街头不断相遇——他的故居，他的博物馆，他的画被制成一面墙那么大，一幅幅高悬在街头。

毕加索故居正对老城区最热闹的梅塞德广场。传记提及，在他小时候，广场上种满梧桐树，鸽子成群落在树上。如今，鸽子还在，梧桐已经没有几棵了。游人坐在喷泉边上歇脚的时候，就看得到毕加索小时候住过的房间，绿色的窗户非常醒目。故居一共四层，只开放了底层和一楼，展示少量毕加索的后期作品。靠街那个房间里，有毕加索接受洗礼时穿过的白色婴儿服，小时候的几本练习册、小纸头，他家人用过的几件旧家具。左侧墙上有几幅鲁伊斯先生的小幅素描，线条一丝不苟。鲁伊斯先生在照片上看起来那么温和，完全没有安达卢西亚人的热烈。他谨慎善良的目光让我相信，在儿子魔鬼般的绘画天才面前，这位当地艺术学校的绘画老师、市立博物馆的馆长，真的会像传记中记述的那样，放弃颜料和画笔，把一切奉献给儿子，并在儿子面前一天天矮下去，成为他蔑视和摧毁传统秩序的替代品。

毕加索在十岁前没有离开过马拉加，他从父亲那里继承下来的是对斗牛和鸽子的迷恋。在八九岁时，他完成了第一幅油画作品，画的是他跟父亲在斗牛场上看见过的骑马斗牛士，色彩强烈得"令人窒息"。斗牛和鸽子这两种意象，在他后来的绘画中从未间断过。

第二天，我们坐上长途汽车，想去看看龙达的古斗牛场。地图上显示两地相距不过五十公里，最终却是三个小时翻山越岭的旅程。我和同事张皇地坐在半句英语也不会说的当地人中间，眼看车入密林，开始盘山，像是倒回了一个世纪。突然间，我好像理解了法国作家皮埃尔·戴对毕加索的那句评价：我们若不考虑他只是一位生在19世纪的安达卢西亚男人，就永远不可能探究他的感官世界、他的性欲以及他最终的艺术表现。1891年，十岁的毕加索跟随家人搬往拉科鲁尼亚，离开马拉加时走的海路，经过直布罗陀海峡，沿着大西洋海岸，一路往北。十四岁那年夏天，他和家人在迁居巴塞罗那之前回了一趟马拉加，度完这次长假以后，毕加索再没有回过老家。巴塞罗那、马德里、巴黎，毕加索被层层覆盖，底色仍是马拉加，是安达卢西亚。

　　　　　艺术是一场冒险

达利的世界 "蜜比血甜"

> 毕加索、米罗、达利是西班牙为 20 世纪现代艺术贡献的三位天才，他们先后成名于巴黎。

从巴塞罗那开车到菲格拉斯将近两小时，但小城离法国边境只有十五公里。进到达利剧院博物馆之前，我们在外面的达利广场吃了一顿午餐，边吃边看，先被三座重复的雕像迷惑了：除了用轮胎做成的底座高度不同，这是三个一模一样的古典石膏像，像一串回声，从广场不同的方向呼应彼此。这个沉思的长袍老头是谁？他和达利有关系吗？向博物馆的工作人员请教后被告知，那是 19 世纪法国画家梅索尼埃（Jean Louis Ernst Meissonier），是达利最推崇的学院派画家。梅索尼埃在 19 世纪的法国画坛地位神圣，旧贵新贵都曾以能高价订购他一幅画为荣。但雕像并非出自达利，而是出自法国雕塑家安东尼·梅尔西，达利买来后做了局部的挪用，加入了现代主义元素。1979 年，达利在巴黎蓬皮杜国家艺术文化中心举办个展，曾把雕像放置在一摞轮胎上展示，也就是今天广场上我们看到的样子。梅索尼埃以严谨闻名，属于画马先养马的那种人，与他同时期的马奈、库尔贝，在创作观念上都与他水火不容。达利是法国超现实主义团体的重要成员，作品一向放诞不经，他却以各种方式告诉别人自己最仰慕的画家是梅索尼埃。在广场中央那座梅索尼埃雕像的底部，达利刻了一句话：没有加拉（达利的妻子）和达利，它不会在此地。这么看来，被达利奉若神明的，其实还是他自己。

菲格拉斯是达利的故乡，这也是我们转到小城一游的原因。1904 年，达利出生在蒙图利奥路的一幢三层小楼里，位于帕梅尔广场的拐角处。他父亲是个律师，这和毕加索的出身很相似：有人情味的小城，正对着热闹广场的家，父辈有体面的职业。故居那栋楼被拆掉了，旧址现在是座平房，立有一块纪念碑，1961 年，达利亲自参加了这块碑的落成庆典。对于授予他神圣光环的仪式，达利一向来者不拒。

从灵魂到身体，达利和他的菲格拉斯都很亲密。1948 年，他和加拉在美国躲避战争八年之后，迫不及待要回到的欧洲故地，不是让他成名天下的巴黎，而是西班牙加泰罗尼亚的利加特港。达利内心并不是真的喜欢巴黎，这是他和同样来自西班牙的毕加索之间的差别。作家爱伦堡曾说，要让毕加索离开法国是办不到的，对于毕加索，西班牙和法国都是故乡。达利的现实故乡和精神故乡却永远只是加泰罗尼亚。自从 1948 年回到老家后，他和加拉再没有离开过此地。达利为自己生活过的这两处地方做过一个比照：法国是世界上最富有理性的国家，而他萨尔瓦多·达利则出生于西班牙这个最疯狂而又最神秘的国度。他视巴黎为"理性、丑怪"的中心，一切都混乱不堪。

但在 20 世纪 20 年代，巴黎曾是达利的向往之地，就像 1900 年的毕加索、1915 年的米罗一样。布勒东在巴黎打出"超

《记忆的永恒》，达利 © 高品图像

现实主义"旗号的 20 年代早期，这一运动的未来主将达利还是个学生，被马德里圣费尔南多皇家美术学院破格录取后，他在学院学习古典绘画。尽管 17 世纪的荷兰画家维米尔在他眼里是至高无上的，但年轻的达利对印象派、立体主义、未来主义也都产生了兴趣，并且结交了洛尔卡、布努埃尔等思想前卫的朋友。1927 年对于达利是决定性的。这一年，他画出了自己第一幅具有一些超现实主义元素的作品：《蜜比血甜》，并且，据说仅用三天时间，与布努埃尔合作写出了名为《一条安达鲁狗》的剧本。1926 年，他第一次去了一直向往的巴黎，见到了自己崇拜的西班牙老乡毕加索和米罗。三年后，他正式由米罗介绍，进入到巴黎的超现实主义团体，并很快成了这个圈子里的活跃人物：他和布努埃尔共同制作的电影《一条安达鲁狗》比预想的更加轰动，而他的绘画风格也飞快地成熟起来。

在达利眼里，有无理性是凡夫俗子和天才之间的分界，而缺乏理性的人才是上帝青睐的旷世奇才，所以他从未间断过在艺术与生活中的角色扮演。他把自己装扮成非理性的达利，《萨尔瓦多·达利的秘密生活》（又译《我的秘密生活》）就是他为自己写下的"圣经"。在书中，他以弗洛伊德学说为模板，帮助建构了"往事"和"细节"，诱导那些传记作家们进入达利所讲述的达利。在几本关于达利的书里可以看到，作者无不追根溯源，用一个达利声称从未见过就夭折了的哥哥（名字也叫萨尔瓦多）来解释画家未来疯狂性格的源头。少有人能跳出达利为他们设置的圈套，因为故事里隐藏的巫性、铺张的神秘正是多数读者所期待的。"要想使产生于梦幻状态的无意识意象发挥其最大的潜力，就必须以完全有意识的方式来表达它们。"达利这样阐释他对于超现实主义绘画的理解。这也可以视作他对人生的注解，迷惑他人，必先迷惑自己。

此刻，我们眼前的剧院博物馆就是达利为观众制造的现实迷宫。等到参观者走出他亲手设计建造的这座博物馆，基本上都接受了一个达利所阐释的达利。如果说毕加索随意挥霍他的天才，那么达利可以说从不浪费他的天才。有一次，达利受邀到米兰参加一个在皇家宫殿举行的艺术展，见朋友蒙特里拉伯爵买下这座宫殿后用于各种展览和交谊，他很心动。达利想起了菲格拉斯，那里有家毁于一场大火的市政剧院，他觉得在剧院旧址上建一个专门展示自己作品的艺术中心会很完美。他完全是以达利式的风格去游说菲格拉斯市政府的，他让所有聆听者都相信：这座剧院的宿命就是成为达利博物馆，因为他平生第一个个展就是在剧院的前厅举行的。

1964 年，达利接受美国《时代》周刊采访时宣布他的博物馆已经开始动工，但事实上要到几年后，菲格拉斯市政府才正式通过对这个博物馆的工程提议。1970 年，达利的博物馆终于开工了，达利请到了巴塞罗那毕加索博物馆的设计师拉米斯（Joaquim de Ros i Ramis）来负责整座剧院的翻修。达利把剧院博物馆当作是他最后的杰作，落成后的十几年里，他反复调整博物馆的内部装饰，修修改改，直到他于 1989 年 1 月 23 日去世。

走进这个博物馆的第一分钟，我就有种感觉，像是进入了魔幻和巫术的世界。我想起了达利在布勒东宣布将他从超现实主义团体除名之后的反击，他说"超现实主义就是我"。此刻身处博物馆，会觉得"这就是超现实主义"。到处可见蚂蚁、蟋蟀、木杈、流淌的时钟、提琴，还有他的女人加拉。他为贵宾室的天顶画取名《风的宫殿》，达利和加拉在观众头顶上并肩眺望安普尔旦大平原。另一个展厅的天顶画上，达利和加拉的头颅一并消失在渺远的云层中……在这座建筑里，达利制造了无数的达利符号，引诱人去破解。

1982 年，陪伴他几十年的加拉病逝，被安葬在达利送给她的普博尔古堡的墓地。之后达利就再也无法作画了。他把自己幽闭在古堡里面过了两年与世隔绝的生活，直到他在古堡的一次意外火灾中受伤才搬到剧院博物馆近旁的一套公寓里，直至去世。那个以绘画和传言所建造的被称为"加拉·萨尔瓦多·达利"的疯狂小宇宙，留在了关于 20 世纪艺术的大传奇里。

从巴黎到维也纳，
咖啡馆的另一种逛法

> 19 世纪，从库尔贝到马奈，他们经常出入的就是这类咖啡馆。它们是从精英文化向公共文化的过渡地带，某种程度上也是法国现代社会日渐形成的特征之一。

一直想再去一次维也纳，到斯班咖啡馆（Café Sperl）看看。这家咖啡馆吸引我的倒不是它的老历史和好甜点——在老欧洲，找到一家保有 19 世纪原貌的咖啡馆其实没有多大难度，而是因为我读到过一个有关这家咖啡馆的小故事：他们有几张老旧的白色大理石咖啡桌，附近有美术学院的学生常来这里消磨时间，就在桌面上随手涂画些街景和人物像。店主也不干涉，慢慢成了惯例，吸引客人专程来这里欣赏。学生随手画，客人现场看，等人散去，画也被抹去，等第二天再重新来过。据说，后来有些成名的艺术家偶尔也会加入，在桌面上即兴留下作品，几个小时后，同样听凭它们消失。

已经忘记是在什么地方从什么书里读到的这些文字，讲述的到底是过去还是仍在发生的事，其中有没有夸张的成分？如果真有这番景象，该是多么有意思的现场行为艺术。比起观念的先锋的"偶发"，大肆张扬的"非出售"，在斯班咖啡馆里发生的这些艺术可要有趣得多。比如，近些年以现场排演作品在国际上获得极大关注的德国艺术家提诺·赛格尔（Tino Sehgal），一直强调说自己的创作不涉及任何有形的物质，事先没有文本，过程中也不以任何正式的方式记录，但他毕竟还是会向收藏家、美术馆出售作品方案，并可以在不同展览中复制自己的表演。相形之下，在这个咖啡馆里发生的绘画行为才是更加纯粹、更加彻底的"反物质"艺术。

艺术和咖啡馆，其实故事很多。在西方文化和艺术自现代以降的演变过程中，咖啡馆充当的角色一直是特殊且值得细究的。

17—18 世纪咖啡馆的关键词：哲学

咖啡馆的出现，比图书馆、大剧院和百货公司这些公共场所都要早。巴黎卡纳瓦莱博物馆里收藏了一幅铜版画，绘的是 18 世纪巴黎咖啡馆里自由热烈的谈话气氛。有个作家叫路易·塞巴斯蒂安－梅西耶，著有《巴黎图景》（Le Tableau de Paris），里面谈到了 18 世纪末巴黎六七百家咖啡馆的典型景象。"不断有人谈论国家大事。"梅西耶写道。

摄政咖啡馆（Café de La Régence）、皇宫酒窖（Caveau du Palais Royal）、普寇（Le Procope）、康蒂（Le Conti）等都是这一类，被时人叫作"哲学咖啡馆"，经常出现在这些地点的有下棋的人和冒险家，也有文人和学者。

普寇咖啡馆是巴黎最早的一家咖啡馆，1686 年开在巴黎左岸，一条靠近圣日耳曼大道的小巷里。时间上它可能晚于意大利的一两家古老咖啡馆，不过它创造了奢华的大理石和镜面的装饰风格，在欧洲引领了 18 世纪最时髦的咖啡馆形态，维也纳、柏林、威尼斯等城市纷纷效法。伏尔泰是这里的常客。18 世纪在法国人眼里就是"伏尔泰的时代"，过气之后，也留下一些时代的纪念物，比如那些垂垂老去却仍然留在城堡里用旧制沙龙款待各路人物的女主人；还有各种基本徒留虚名的"哲学咖啡馆"。虽然作家梅西耶描述的是社会事务以及知识阶层如何利用咖啡馆这类新兴公共空间形成一股强大的政治势力，但在艺术领域其实也是同样的情形，咖啡馆代替沙龙展逐渐成为艺术生活的主角。

沙龙曾经诞生了最早的艺术批评，在 18 世纪中叶正式形成，是 18 世纪法国哲学的组成部分，代表人物则是百科全书的编纂者狄德罗。从 1759 年开始，连续数年，狄德罗对官方沙龙展的画作发表评论文章。这些臧否文字，通过他们上层社会小圈子的夫人沙龙以及他经常活动的街头咖啡馆同时传播出去，影响大到可以左右一个时期的美学方向。

沙龙展由皇家绘画雕塑院，也就是我们所说的"学院"负责举办，地点基本固定在卢浮宫方形油画大厅，就是现在展览《蒙娜丽莎》的那个厅，每两年一次，从 8 月底延续到初秋。其后，一些批评性文字会通过各种媒介——报纸和小册子——传播到社会上，并迅速成为公众舆论的焦点，这是 18 世纪末艺术生活的重大事件。进入 19 世纪以后，诗人波德莱尔论德拉克洛瓦、作家左拉论马奈、思想家蒲鲁东论库尔贝，这些大文人的艺术评论大都在这样一种氛围下面世。

所以，整个 18 世纪后半叶法国文化的特点就是"文人社会"，如狄德罗所说，"争论气氛热烈"。法国大革命从制度上消灭了贵族阶层，而由上层社会的沙龙文化到平民社会的"哲学咖啡馆"，完成的是旧式王权文化向现代精英文化的过渡。

不过，启蒙时代的精英还是会明确区分"公众"与"民众"这两个概念。前者指具有独立意见的个体，主要是新兴资产阶级、小商人、手工业者；后者指平民、乞丐、穷人、游民、农民等。所以，出现在 18 世纪的"哲学咖啡馆"里的人，主要是公众，而不是民众。

19—20 世纪咖啡馆的关键词：艺术

有一幅画作《朗波诺的咖啡馆》，被收藏在巴黎历史博物馆（也称巴黎卡纳瓦莱博物馆）中。"郎波诺"确有其人，是 18 世纪巴黎一家时髦咖啡馆的老板，曾被巴尔扎克作为人物原型写进了小说。他经营的这个咖啡馆，和前面列举的三家哲学咖啡馆大不一样，氛围类似小酒馆，里面有各色人等，不乏贩夫走卒、妓女、流浪者。这类咖啡馆是公众的，也是民众的，热闹又喧嚣。19 世纪，从库尔贝到马奈，他们经常出入的就是这类咖啡馆。它们是从精英文化向公共文化的过渡地带，某种程度上也是法国现代社会日渐形成的特征之一。

巴黎允许咖啡馆申请在门前扩充临时室外场地的规定将巴黎的咖啡馆文化又向前推了一大步。现在去巴黎，仍会被这景观

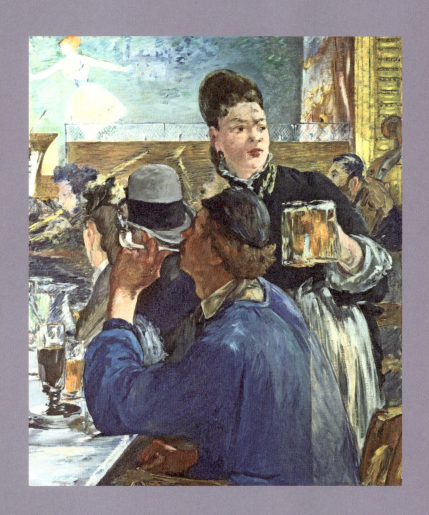

《咖啡馆一角》，马奈

强烈吸引。街头咖啡馆都在门前有一小块延伸出来的露台区，桌椅被摆放出来，陌生人紧紧地挨坐在一起，旁若无人地晒着太阳，看着街景，咖啡不过是陪伴闲坐的道具。摄影师杜瓦诺曾说，他爱巴黎，因为巴黎是一个适合步行的城市。这种感受，和随处可见的街头咖啡座带来的大众性平等不无关系，城市也因此有了细密而生动的表情。

具有现代性特征的公共社会的出现，还有另外几个主要标志：一是博物馆。1793 年，作为推翻王权的标志之一，卢浮宫最早被开放给公众。19 世纪末，巴黎的博物馆达到了约六百个，它们成了"大百科全书的意图和民族意识的追回""艺术和民主思想联姻的场所"。其他几个标志还有公共图书馆（19 世纪中期已有三百多个市政图书馆）、大剧院和百货公司。巴黎最早的百货公司 Bon marché 后来作为新生事物，被解读为"大众性平等和可见性消费"的代言人。

像咖啡馆这样类似公众集合地的场所，在巴黎市中心还有新桥（le Pont Neuf）和王宫广场（Palais Roal）。在启蒙时期及后面的两个世纪，这两个地点被书摊、时装屋、表演场和公共论坛包围着。新桥连接市政厅和左岸生活区，20 世纪 80 年代，因为一部电影（朱丽叶·比诺什主演的《新桥恋人》）而被世界各地的法国电影爱好者所熟悉。它实则是塞纳河上历史最古老的一座桥，名字里取这个"新"字，只不过因为它是巴黎人前所未见的第一座桥。王宫广场位于法兰西剧院旁，环绕它的长廊里则仍由咖啡馆和服装店盘踞着，但中心的方形广场，现在也是当代艺术家希望能去"驻场"的地方，任何一个新的装置、雕塑的展示或者行为艺术事件的发生，几乎都会吸引艺术界的关注。

不同于以精英文化为特征的18世纪艺术，19世纪法国艺术的特征是向公众文化和画廊市场敞开，在其中起到大众传播作用的主要角色是艺术评论家和画商。我们能找到一些非常有趣的数字：1835年沙龙展的评选制度仍然使得很多学院以外的画家落选，但其实已经不那么学院了。据记载，至少在数量上，那届沙龙展出的作品有2536件，卢浮宫大厅的拥挤程度和仓库放货物的景象差不多，每天参观者过万，总数超过百万。1848年，因为革命的发生，那届沙龙展取消了评委，结果展出的作品多达4598件，将卢浮宫大厅挤爆了，跟集市一般熙攘。

库尔贝、马奈、莫奈、雷诺阿……现在我们这些艺术爱好者熟悉的艺术家，他们都曾是沙龙展的失意的落选者，也是艺术之咖啡馆时代的代表。库尔贝的朋友们——诗人波德莱尔、哲学家蒲鲁东、艺术批评家尚弗勒里、画家杜米埃等，他们日常聚在一个叫作布拉斯里·安德雷尔的小酒馆里，地点离库尔贝的画室很近，所以酒馆和画室都被看作是法国现实主义绘画的诞生地。1854—1855年，库尔贝完成了那幅有名的《画室》，形形色色的人物全部画在里面。他自己描述说，画面的右边是"艺术界的朋友们、工作者以及艺术爱好者"，有蒲鲁东、尚弗勒里、波德莱尔和他的情人等；左边是"一个平常的世界，人民、不幸、贫困、富有、被剥削以及剥削者"。如果放大了范围来理解，其实也是那个时期巴黎的各种咖啡馆和小酒馆里客人的身份面貌。

1870年，方丹·拉图尔也画了一幅《巴迪侬画室》，描绘的是马奈在他位于巴迪侬街的画室里作画，在他身旁围绕着作家左

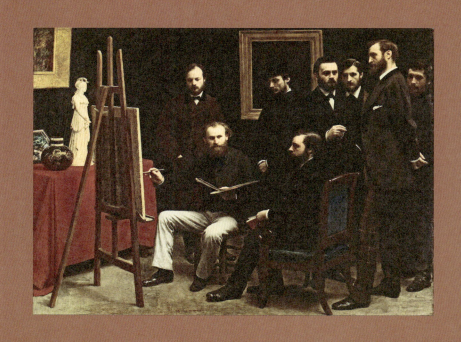

《巴迪侬画室》，方丹·拉图尔

拉，画家莫奈、雷诺阿以及其他几个朋友。这是盖尔波瓦咖啡馆里的小团体，未来的印象派绘画的核心成员。

拉图尔画这幅画的时候，马奈已经是巴黎最具争议的艺术家了。1863年，他展出了惊世骇俗的《草地上的午餐》，遭到了学院派人士的攻击与嘲笑，但也因这个事件，艺术世界的失意者和反叛者自动集合在了他的周围，除了雷诺阿和莫奈，还有德加、毕沙罗、巴齐耶等。雷诺阿随之提议将他们之前的聚会地点从近郊的枫丹白露转移到了离马奈画室很近的盖尔波瓦咖啡馆。每个周五的晚餐之前，画家们都会如约来到盖尔波瓦，雷诺阿、德加和西斯莱基本每次都在，马奈也总是在。马奈还经常带来一些作家、诗人和评论家，他们在讨论中抨击学院绘画的保守，也慢慢整理出自己的艺术主张，比如倡议取消沙龙评审团，建立一个独立的艺术家团体，可以不听命于官方学院组织，自由描绘自然和日常生活。在1873年，他们成立了"无名艺术家、画家、雕塑家和版画家协会"。

晚些时候，他们的聚会又从盖尔波瓦搬到了同在蒙马特脚下的新雅典咖啡馆。就是在这个新的地点，印象派对使用明亮色调和分色法等绘画观点达成了共识。德加在这个咖啡馆里画出了代表作之一《苦艾酒》。筹备1874年联合画展也是在这个咖啡馆里决定的。这是印象派举办的第一个公开展览，"印象派"这个名字也因这次画展中莫奈的画作《日出·印象》而来。所以，有艺术史家指出，在印象派的形成和发展中，咖啡馆扮演了相当于美术学院的角色。

马奈在1878—1879年也画了好些咖啡馆场景的画作，其中有三幅我们比较熟悉，画中场景多在"Café-Concert"，即音乐咖啡馆。他本来是想画一幅大画来描绘这个让他感兴趣的场所，但没能完成，最后成了几件小幅作品。19世纪晚期，音乐咖啡馆这种场所基本取代了伏尔泰时代流行的"哲学咖啡馆"，它们最早出现于维也纳，之后风靡欧洲各大都市。在维也纳，最有名的音乐咖啡馆有自己的驻场乐队，每周举办几次现场音乐会表演，演奏的曲目大多是舒伯特的小夜曲。再晚一些，施特劳斯父子的华尔兹圆舞曲开始流行于这种咖啡馆，从维也纳流行到柏林、罗马等地。所以，也可以说维也纳圆舞曲的时代是从咖啡馆里生长出来的。

但马奈画的巴黎的Café-Concert，与维也纳的又有些不同。巴黎人更钟爱他们的"法国香颂"（Chansons）而不是蓝色多瑙河的圆舞曲，他们的音乐咖啡馆更平民也更俚俗，在室内音乐会、歌曲演唱之外，还会有杂技表演和小喜剧，喧喧嚷嚷，十分欢乐。法国有一种独特的表演形式——Cabaret，相当于从头到尾一人说唱的独角戏，嬉笑怒骂，针砭时政，便是在当年的音乐咖啡馆里杂糅成型并流行至今的。20世纪中后期，几个著名歌手，如伊夫·蒙当、雅克·布雷尔，都在剧场做过这种表演。我们从马奈的画里可以看到19世纪音乐咖啡馆的日常，那些比肩而坐的顾客里，既有头戴正装礼帽、身穿鲸骨长裙的布尔乔亚男女，也有贩夫走卒模样之人，而咖啡馆墙上的装饰画，已经是德加的《舞女》的印刷品或洛特雷克的红磨坊大腿舞的海报了。

整个19世纪，法国艺术事实上已经完成了对现代巴黎的图像准备。画家们和小说家、诗人们一起，通过绘画、文学，将他

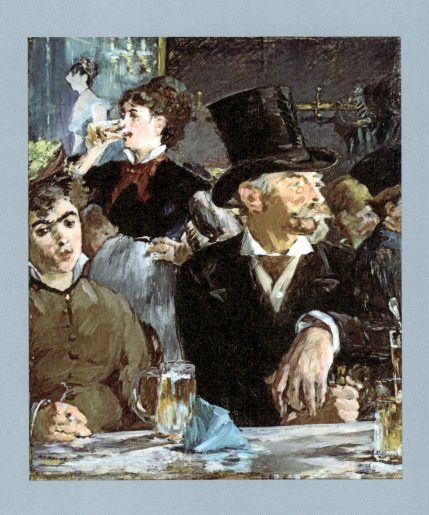

《咖啡馆音乐会》，马奈

们处在资产阶级边缘的自由生活呈现出来，向巴黎社会散布了一种"生活的艺术"，并使之成为法兰西现代文化的特征。画家们以新鲜且不拘形式的方法绘画日常生活，在这些画里，人们可以看到当时流行的郊游、野餐、露天音乐会、赛马场、小酒馆、马戏、餐厅、咖啡馆等，这些作品都为确认法国文化特质提供了图像"现场"。

在 19 世纪行将结束之时，印象派的光线、空气和色彩，以及滋养一众新生事物的咖啡馆文化，将革命的、暴力的、崇尚波拿巴英雄主义的法国首先从视觉上演变为一个浪漫的法国。它未必是全部的事实，但艺术以图像的方式呈现、收藏并确立了我们所认为的事实：法国是浪漫的同义词。

艺术是一场冒险

那些小而浪漫的博物馆

❝ 大和奢，不是博物馆的唯一选择。❞

那年夏天有过一趟不在计划之中的托斯卡纳之旅，最后，我拖着大箱子独自从佛罗伦萨赶火车到米兰再搭机回国。在米兰，有小半天的时间停留，我对这个城市完全陌生，发愁该怎么打发不长不短的几个小时。

把行李寄存完，我先去了离车站不远的米兰大教堂，接下来的参观愿望是圣玛利亚感恩教堂，但旅行指南提醒我这里是需要提前预约的，那达·芬奇的《最后的晚餐》肯定是无缘一睹了，剩下这点时间，从路程来看也不够去斯福尔扎城堡排队瞻看米开朗琪罗的《伦达尼尼的圣母哀痛耶稣》。

我在大教堂附近漫无目的地溜达，把那条曼佐尼大街来回仔细走了两遍。逛到第二遍时，我注意到路过的一栋两层老楼，胭脂色外墙，门脸不大，门牌上写着"波尔迪·佩佐利博物馆"（Museo Poldi Pezzoli）。后来才知道这座博物馆其实还比较有名，不过当时我对它还一无所知，结果，很意外地，我在这里收获了那次意大利之行中最感满足的部分。

馆很小，人很少，总共也就二十来个房间，介绍上面说是

19 世纪米兰的一位收藏家波尔迪·佩佐利的私宅，后捐给米兰市政府，1881 年在米兰世界博览会期间第一次作为博物馆对公众开放。佩佐利有贵族做派，网罗了那个时期很多大名头的艺术家来帮他的宅邸做设计和装饰。房间里的壁毯、雕像、家具，从巴洛克风到洛可可风，基本都原样保存下来了。他的绘画主要收藏在二楼，从 15 世纪到 19 世纪，一个一个房间地陈列出来。到米兰之前，我刚在佛罗伦萨二刷过乌菲兹美术馆，视觉记忆很饱和了，不过一进到这幢屋子，还是对佩佐利个人藏画的丰厚感到几分惊讶。先不提那几幅极有名的，像波拉伊奥罗（Pollaiuolo）的《女性肖像》、波提切利的《圣母子》，仅是若干 15、16 世纪的圣母子系列绘画就已相当动人了：有圣像般庄重的，有凝滞的、妩媚的、优雅的，有丰腴而充满母性的，同样的题材，不同时期、不同画派的方法和风格可以互为比照。我第一次在紧密的空间里和这么多圣母子像相对，距离又这样近，虽然身无信仰，整个人也有被洗礼的圣洁之感。

佩佐利收藏了一批文艺复兴盛期的威尼斯画派和佛罗伦萨画派的作品，不过，作为米兰公国人，他整体上更偏重北部绘画。藏品中有一幅帕多瓦画派的代表人物安德烈亚·曼特尼亚（Andrea Mantegna）的《圣母子》，在佩佐利入手前，曾是艺术史家乔瓦尼·莫雷利（Giovanni Morelli）的收藏。曼特尼亚生于 15 世纪，是意大利北部的文艺复兴画家，后来威尼斯画派吸取了他的风格。他在帕多瓦时期的主要作品是壁画，像《圣母子》这样的小幅木板作品并不多见，所以比较珍罕。曼特尼亚的画中也用到了大面积的蓝色，但和威尼斯画派的华丽、隆重不同，他用色是沉敛的，几乎看不到表面光亮。如果是在卢浮宫、乌菲兹这样的地方看画，身边总是挤满了急切等待上前一步的观众，很难悉心去体会这些微妙的东西。

在这里度过的两个小时，不夸张地说，让我忘掉了之前旅途中的所有不顺利，觉得辗转到米兰这一趟也值得了。所谓艺术的享受，可能就是这种过程吧，在一个可以完全支配的时间和空间，没有任何目的地放任精神和感官去漫游一场。在那些大博物馆里，我们总难免按图索骥地忙于寻找名作，读看各种介绍。涌来涌去的人潮中，做个闲逛闲赏的人何其难。在这种小博物馆里，人就放松了自己，面对一幅画大可不必非去知道所以然，喜欢了就坐下来，安安静静地饱读一番。

回想起来，与这种小博物馆的不期而遇曾有过不少惊喜。

在巴黎，每月第一个星期天，公立博物馆都免费开放，可以省下不少门票钱。在那里读书的时候，这种机会是很被珍惜的。我给自己排了一个时间表，每逢免费参观日，就脚步不停地尽可能多逛几个博物馆，两年下来看过了大半。不过，有那么几个现在有机会到巴黎还要一去再去的，其实都是偶然发现的小博物馆，不在那张疯狂的艺术朝圣时间表上。

蒙马特高地脚下，巴黎第九区一条僻静的小街上，有个浪漫生活博物馆（Musée de la Vie Romantique），是当年去朋友家时迷路误入的。这个馆十分小巧，从藏品来说还有点单调，因为常年陈列一些与作家乔治·桑（George Sand）有关的物品，包括她在巴黎生活时的家居陈设、藏书、绘画，她和钢琴家肖邦相爱时的信件等。博物馆改造自一栋两层的老房子，它除了做过乔治·桑的旧居，还曾经是一位 19 世纪荷裔法国画家阿里·舍费尔的画室。室外有一个小花园，从两侧环抱到屋后，里面种了许多紫藤，每到春夏季节盛开，小花园就开放为露天咖啡馆，坐在这里赏花、喝咖啡、晒太阳是件令人开心的事情。偶然发现这个博物馆后，去花园里坐坐对我的吸引力要大过参观里面那些藏品。

到这样的博物馆去参观，还可储备些八卦逸事，观展可能有意思许多。肖邦在和乔治·桑同居期间，他在巴黎交往最频密的好友、画家德拉克洛瓦经常来这里看他。德拉克洛瓦有写日记的习惯，他在日记里对他们的每次见面都有记述，为后来的传记作者们留下了许多可供考证的细节。比如，1838 年，他为热恋中的肖邦和乔治·桑画了一幅肖像。1847 年，他见证了肖邦和乔治·桑的分手。画家将分手的场景描写得就像小说中的情节：那天，肖邦收到乔治·桑的绝交信，直奔卢浮宫，找到了正在临摹伦勃朗画作的德拉克洛瓦，肖邦脸色苍白，将绝交信读给他听……诸如此类的记录还有不少。

从浪漫生活博物馆出来，过两个街口，再下段坡，路边就有一座古斯塔夫·莫罗博物馆（Musée Gustave Moreau），位于拉罗什富科大街 14 号。这是 19 世纪象征主义画家兼诗人古斯塔夫·莫罗的旧宅。莫罗在生前已经将这里做成了一间个人绘画馆，里面有巴黎保存最好的 19 世纪画室，完全呈现了一幅波希米亚式的艺术家生活图景；二楼的房间及陈设也保持了原貌，几乎可以视为一座 19 世纪法国的家具馆和装饰馆。莫罗在这栋屋子里生活了四十三年，收藏了大约一千二百幅油画和一万多幅素描，其中多数是他自己的作品——据说他是为数不多几个讨厌出售画作的画家之一，哪怕有人出很高的价格也难以说服他卖出一张画。在 1898 年去世前，莫罗立下遗嘱，将住宅和藏画一起捐给巴黎市政府，并委托助手亨利·鲁普（Henry Rupp）负责处理博物馆事务。在他去世后这一百来年，博物馆里的陈设基本没有变动。2000 年前后，我在巴黎租住的地方离这个街区不太远，常去的社区游泳馆也在这附近。偶然一次，我没有搭地铁去游泳馆，步行途中就发现了这间博物馆，并喜欢上了它。

在欧洲，这些小博物馆虽然规模和名气有限，但在单项收藏上的品质未必输给大馆。比如莫罗，他的代表作几乎全都留在自己这间画室里了。前两年奥赛博物馆策划关于"黑色浪漫主义"的大展，还从莫罗博物馆借展了好几幅经典作品。

最近常有朋友问我：去巴黎，停留时间不多，看什么博物馆好？以我和小博物馆偶遇的这些经历，我都会建议，如果去过了卢浮宫和奥赛，还剩下一点在巴黎随便逛逛的时间，不妨去找找这种隐匿在生活街区的小博物馆。比如，除了以上我介绍的这两个，在离蒙帕纳斯车站不远的街区还有个布德尔博物馆（Musée Bourdelle），是大雕塑家安托万·布德尔的旧工作室，在那里可以看到图像传播甚广的著名的贝多芬头像是如何从手稿、石膏稿到最后成为一件杰作的。如果正好想去逛逛左岸圣日耳曼德普雷区，慕名到花神咖啡馆或双偶咖啡馆找找萨特、波伏娃等人的踪迹，那就不如往里面的巷子里再多走几步，德拉克洛瓦博物馆就坐落在它们后面的一个街角上。德拉克洛瓦的名作，如《自由引导人民》，当然都在卢浮宫里，但在属于他自己的这个小楼里，除了他的画，还有他的生活，因此可以领略到比卢浮宫里那个属于宏大叙事的德拉克洛瓦更为真实、丰富的人物。

　　"美术馆是一个介于公众与私密之间的场所，我不希望它是一处陈列着密密麻麻的作品或是有大批观众涌入的嘈杂零乱的场所。我希望访客们能够感受到静谧、自然的空间，而且同时可以体会到建筑与作品之美。"日本建筑师安藤忠雄关于建造的这番描述，是我所偏爱的理想中的美术馆和博物馆之一种。大和奢，不是博物馆的唯一选择。

巴黎的"兔子洞"

> 当年闷闷住在阿涅尔的穷学生何曾想过，离家不过几公里的地方会有这样一个新印象主义绘画的发生地。

13 号线

在那幅将要作为主角的画出现之前，先说一段多年前的菜鸟经历。

在一个叫作阿涅尔的地方，我度过了刚到巴黎求学的半年。那里是郊区，在大巴黎地区的西北角，有多远呢？把地铁 13 号线坐到尽头还要再换乘两站公交。当我被从戴高乐机场直接送到阿涅尔的一间火柴盒公寓时，巴黎梦碎得稀里哗啦。

第二天，去索邦大学的语言学校注册。校区在著名的左岸，一出地铁，至少看起来有之前在书里见识过的关于巴黎的一切：生气勃勃的年轻男女夹着书本匆忙从你身边走过，路边鲜绿的花店摆放了紫色的椅子，甜品店的烘焙味道混合着咖啡馆里的香气，漫过整条街道……现在再去，这些可能都不算什么景致了，但那是十几年前，对一个初次出国并且刚被远郊经历猛烈打击过的人，那就是具有拯救力量的魔幻时刻。虽说没有可能像马尔克斯回忆的那样，能在圣米歇尔大道上幸运地向对面碰巧路过的海明威大师打声招呼，但后来真的也在奥德翁地铁站边上的咖啡座里见到过《精疲力尽》的贝尔蒙多，在一家手工皮具店里偶遇过张曼玉，那时她刚被香港媒体披露嫁给了法国导演奥利维耶，整个人很轻松的样子，细长、苍白，一张脸特别干净。

总之，可以想见，每次从索邦大学上完课回到住处，有多么嫌弃那个叫作阿涅尔的地方。之后那半年，我每天揣着一副好心情去上课，因为即将在光鲜的左岸度过一天，然后在傍晚回家的 13 号地铁里，心情再一点点黯淡下来，因为即将回到让人失望的现实。这种记忆太深刻了，以至于好几年以后，我每次到巴黎出差，对这条地铁线仍然抱有一种习惯性的排斥，尽可能避开需要坐它出行的路线。

现在要说到那幅画了。离开巴黎后，我回国继续做记者，经常写些文化艺术领域的报道。有天，在一本法国后印象派的画册里我翻到了乔治·修拉的名画：《大碗岛的星期天下午》。在对那幅画的介绍里，我看到了一个差不多快要忘记的地名：阿涅尔。我第一次知道，修拉在一个我印象中无趣到只有火柴盒公寓和横直街道的阿涅尔画了一幅这么美的点彩风景。

大碗岛

即便是被放在从马奈、莫奈、德加到凡·高、塞尚的这样一条 19 世纪末的艺术史线索里面，《大碗岛的星期天下午》这幅画作也是重要的，它被认为是新印象主义绘画的起点之作，现在被收藏在美国芝加哥艺术博物馆里。有研究者统计过，修拉用几百万个色彩点填满了不足 7 平方米的画布，画面上共有四十八个人物。他经常上岛，总是选在同一个地点写生，所以和这幅作品视角相似的小画，他还有好几件。画册介绍说，1884 年的早些时候，修拉还画过一幅《阿涅尔的浴场》，场景也在阿涅尔，大约是大碗岛附近的某个地方，这幅画现在属于英国国家美术馆。

这两幅画都是暖调，却并不让人觉得甜美，反而古怪地有一种寂灭感。修拉，还有他同时期的画家西涅克、凡·高都爱好去阿涅尔写生。在他们生活的时代，阿涅尔一带的塞纳河段是巴黎平民家庭周末去郊游的地方，优美的风景和面目丰富的人群也吸引了这些画家。大碗岛是一个比较特别的场所，它在 19 世纪末是巴黎人的避暑胜地，名声却不大好。曾有文章讲到这段历史，说盛夏时节到大碗岛上去度假的巴黎人多，妓女们便也随之聚集到那里揽客，所以在修拉的画里，有几个举着阳伞、穿着大蓬裙的窈窕女郎是以她们为原型的。劳工和中产人士在大碗岛上休憩，性交易也因此活跃，曾有老照片留下过当时警察上岛检查的场景。修拉的画中人物虽多，却都被画家以精确的几何图形安置在一种奇妙的秩序中，其间，右侧阴影下站了一个手牵宠物猴子的时髦妇女，有研究者指出她可能是一位高级交际花的形象。如果不了解这些历史背景，在画布上，其实只会看到画家以圆点和纯色留下的他对光和影的感受与表达。

当年闷闷住在阿涅尔的穷学生何曾想过，离家不过几公里的地方会有这样一个新印象主义绘画的发生地。

兔子洞

2014 年春天，我被派遣去写杜拉斯百年诞辰的报道，在巴黎待了十来天。中间有一个周末，朋友提议去塞纳河边钓鱼烧烤。把车开出巴黎市区半个多小时后，我开始觉得眼前的街道似曾相识，一问，原来目的地是阿涅尔。就这么机缘巧合地，我回了一趟从未想过要再见的阿涅尔，还真的见到了修拉在《大碗岛的星期天下午》上画的那座桥。

朋友把车开下主路，停在离桥墩不远的一段河岸空地上，告诉我们这是他经常来钓鱼的"秘密花园"，不过他完全不知道这里也是那些画家们写生的地点。我们在一棵大树的阴影下支起烧烤架、钓鱼竿，开始喝酒、聊天。七八米外有个亚裔男孩，开了辆旧雷诺两厢，他坐在打开的后备厢里，守着他的鱼竿，中间过来跟我们借了一次火，此后就一直默默地。另一侧，远远停了辆小面包车，几个阿拉伯少年在旁边烧烤，车里放出震耳的乐声。

我不会钓鱼，就和同去的女同学坐在那里看桥。这桥应该是修复过，但大体还是那幅画里的样子：河边的草地没了，变成了现在我们脚下的水泥堤岸；河水是清淡透亮的蓝，还和画里一模一样。我们爬上坡道，沿桥走了一圈，在离桥头不远的地方发现了一个铭牌，上面有张简易地图，用几个小红点分别标识了凡·高、西涅克和修拉他们当年写生的确切位置。径直穿过对面街区，尽头有座老旧的火车站，按惯例，旁边必定有两个咖啡馆。看门脸和装饰也都有些年头了，露天座里，男男女女拥挤在一起，有点雷诺阿画笔下磨坊舞会的氛围。我们找位置坐下来，

《大碗岛的星期天下午》，乔治·修拉

买了杯咖啡，看了一阵车站里进进出出的人流。等回到河边，喧闹的阿拉伯少年不见了，亚裔男孩姿势照旧，安静地守着鱼竿。天色一层层暗沉下来，桥身的彩灯被一层层打开，灯的影子随波光旋进塞纳河里，仿佛就是凡·高画在此地的画面的重现。那一刻，我灵魂出窍，穿越时空，掉进了爱丽丝的"兔子洞"。

之前不止一次有朋友向我抱怨，对巴黎之行好失望，他们都是深度中毒的法式浪漫爱好者，初见巴黎却没有能够如想象中那般倾倒：请问，美好时代那一席流动的盛宴到底摆在哪里？天际线下只有一成不变的铅灰色屋顶，总是飘着毛毛冷雨，街道看起来懒洋洋又乱糟糟，出门一脚踩到狗屎的几率大概高于50%……此刻身在大碗岛对面的我很想说，在巴黎灰蒙蒙的屋顶下，毕竟埋葬过几个世纪的艺术史、文学史以及来自世界各地的风流名士的历史，所以，巴黎总还有那么点魔力可以期待。比如，误打误撞进了一个老咖啡馆，在美术馆里偶然见到一幅画，平常见惯的景物就可能变得从此不同以往一些。既然连阿涅尔这种地方都曾有过《大碗岛的星期天下午》，那些大街小巷里，难保哪里就有一个"兔子洞"，随时等着你掉进去，开始一段奇妙旅行。

布鲁塞尔的街头漫画墙

从大广场出发，步行往小于连雕像走去，要经过一条狭长的老街，一共三个路口。在第二和第三个路口之间，蓝毛衣、灯笼裤的丁丁就出现在了右侧一幢楼房的夹角处。

布鲁塞尔每年都有漫画节，那几天，整座城市都浸泡在展览、游行和各种经典漫画书的角色扮演当中。2009 年，市政府还组织在大广场（Grand Place）为丁丁迷们呈现了最庞大的一幅《丁丁历险记》图画，32 米长，21 米宽，总共 672 平方米，覆盖了这个在欧洲也数得上的古老广场的一多半面积。

巨画是临时性的，但在布鲁塞尔的街巷里，还有四十四幅被永久绘制在老建筑外墙面上的漫画，为这座城市赢得了"欧洲漫画之都"的名头。

其实，西方很多城市都有墙画秀，或者叫作街头涂鸦，它们始于反叛、前卫的形象，最后几乎无一例外地要么成了旅游业的宣传，要么被艺术市场收降纳叛。像纽约下城的涂鸦，20世纪七八十年代为美国当代艺术催生过像巴斯奎特（Jean-Michel Basquiat）这样的人物。他成名以后，逐渐将涂鸦从街头挪到画布上，连他之前涂画过的门板也被拆下来送到画廊收藏。一件作

布鲁塞尔的街头漫画 ©VISITFLANDERS

品在画廊和拍卖行里可以卖到几百万、上千万甚至过亿美元。里约热内卢有个罗西尼亚（Rocinha），是南美最大的贫民窟之一，那里也生长出了一个涂鸦艺术家内维斯（Marcos Rodrigo Neves）。因为他在那里留下的大量涂鸦，加上后来其他一些画家跟风的涂鸦作品，贫民窟现在成了观光胜地，尤其是在 2016 年里约奥运会期间，两个世界的反差对游客有巨大的吸引力。

　　布鲁塞尔的这些墙画和以上的涂鸦不太一样，严格地说，它们算不上真正意义上的街头原生艺术，因为从 1991 年开始，画在什么地方、谁来画、画什么，全部由布鲁塞尔市政府来规划。墙画计划的提议者名叫米歇尔·凡·罗伊（Michel Van Roye），是布鲁塞尔城市发展与环境委员会的成员之一。与反叛社会、象征自由的街头涂鸦不同，布鲁塞尔市政府将墙画主题限定为"连环漫画"，画面内容必须全部选自比利时本土漫画家创造的经典人物和场景，画幅的宽窄要根据四周环境来取舍，高度上通常都安排为二到三层楼高，等于给定了相对统一的规制。

　　漫画墙的数字每年也在发生变化，因为市政府会有计划地挑选适合绘画的建筑和外墙，每年增加一到两处，然后邀请著名漫画家，将从前的某部经典或者他们自己作品里的场景永久地画下来。市政府和比利时漫画艺术中心为此专门设计了一条全长 6 公里的游览路线，叫作"漫画之路"，并绘制了地图供漫画爱好者按图索骥。就好比一个寻宝游戏，一路上看图说话的乐趣有很大一部分就在猜谜当中。比利时漫画里出现过的人物成百上千，在世界范围内被读者熟悉和喜爱的就有丁丁、斯皮鲁、蓝精灵、幸运的路克、布莱克与莫蒂默、长尾豹马苏比拉米等。要从单幅画面看出人物身份、出自哪部漫画、作者是谁，不是真的漫画迷还比较有难度。

《丁丁历险记》自然是我们漫画墙之旅的第一站。对于比利时人而言，"丁丁"以及创造了这个人物的埃尔热，自1929年此书诞生以来就永久享有国民的热爱。从大广场出发，步行往小于连雕像走去，要经过一条狭长的老街，一共三个路口。在第二和第三个路口之间，蓝毛衣、灯笼裤的丁丁就出现在了右侧一幢楼房的夹角处。绘画者为了能巧妙利用前后两面外墙的错视感，从《丁丁历险记之卡尔库鲁斯案件》中选取了一个街头追逐的情节：丁丁和小狗白雪紧张地跟在哈德克船长身后，正从宾馆外墙的防火楼梯飞奔下来，试图逃脱警察的追捕。

继续步行。不到一分钟，刚转过小于连撒尿的那个街角，我们就找到了第二幅漫画——《奥利维尔·拉莫》。画风类似卡通，选取的是男主奥利维尔误入"玫瑰园世界"的那一刻，女主于漫天烟花中现身，正待和他携手开始浪漫冒险。这些都是漫画艺术中心的工作人员为我们做的讲解，说实话，如果不是资深欧洲漫画粉，对这本漫画书和作者达尼（Dany）恐怕都所知不多。

但《通道》就不一样了，这幅墙画被安排在警局对面，地段和漫画本身的黑色侦探风十分相宜。它的作者弗朗索瓦·史奇顿（François Schuiten）是比利时当代漫画家里面的大名家，出生于布鲁塞尔一个建筑世家，自己也是一位优秀的景观设计师，经常被政府请去主持世博会国家馆这类面子工程。另外，经常旅行、熟悉巴黎地铁的人可能会记得，巴黎有个颇具未来感的地铁站——Arts et Métiers，它的内景设计师就是史奇顿。史奇顿的

布鲁塞尔的街头漫画 ©VISITFLANDERS

设计专业背景，让他在漫画创作中很多时候都显现出与同行迥异的理性和冷静。他在成名作《黑暗城市》（也译为《消失的边界》）系列中，以一个国家地理绘图中心的年轻绘图员为主角讲述了时空演变的故事。这部作品最初于 1982 年开始连载，文字搭档是他的法国同学伯努瓦·佩特斯（Benoît Peeters）。上下两册的《黑暗城市》从 1983 年一直画到 2004 年，二十年后才让读者等到大结局，并获得了安古兰漫画大奖。有人评价史奇顿的漫画书是 20 世纪早期侦探小说和儒勒·凡尔纳式科幻的合体，他偏爱以地标建筑、摩天高楼、城市历险等元素来组织情节，画面颇有点像 20 世纪早期新艺术风格建筑的设计效果图，线条和色彩都严整有序，整体上却能为读者制造一种异境感，将他们从熟悉的城市场景中一步步导向感知边界，踏入另一个时空。其实他继承的也是"法漫"传统，即长于使用明晰的线条和复杂逼真的景物描绘，在情节、人物之外，漫画家对周遭事物的观察和描摹往往具备了类似建筑师、植物学家或古物学家那样的关注度和专业度。但就街头的《通道》墙画而言，它的魅力还在于是画家亲手所绘，并非请人代笔。

现在我们站在了一个十字路口，可以同时观看两面漫画墙，它们的历史相对长一些，绘制于布鲁塞尔街头漫画运动刚刚启动的 1991—1992 年。在离这个十字路口稍远的步行街上，我们找到了弗朗西斯·卡兰（Francis Carin）的《维克托·萨克维耶》，这是名著《歌剧院的死亡》中的一幕场景："一战"期间，私家侦探维克托到布鲁塞尔来为国王执行秘密任务，所以他身边女伴的样子是 20 世纪初期欧洲最时髦的装扮。卡兰经常在画中放进地标建筑，让虚构人物和现实世界发生时空连接，比如，这幅墙画里面出现的就是布鲁塞尔人熟悉的拯救圣母教堂。

另一侧，紧靠普拉特斯丁（Plattesteen）街，弗兰克·佩（Frank Pé）的《拉热波尔》格外醒目。这个地段在布鲁塞尔是酒吧扎堆的时髦街区，还有几个店铺大方挂出代表同性恋文化的彩虹旗，这面漫画墙因此被布鲁塞尔人当作这个街区的标志：拉热波尔一手插兜，正和他看不出性别的"女朋友"开心地搭着肩膀穿过马路。从画面里的建筑的细节来辨别，他们身后的街景，正是我们站立的地方。

采访中，我们也问到欧洲最早的连环漫画可以追溯到什么时期，介绍说有考据者认为是15世纪在尼德兰地区流行的家族祈祷书或家谱书的插图。这类书籍往往由职业画师手工绘画，以多幅生动的人物、情节来讲述《圣经》故事或家族历史，而由于材料昂贵，手工精美，一般只有少数贵族家庭才有能力制作和收藏，并留传给后代。

真正现代意义上的漫画迟至19世纪末、20世纪初才出现并流行起来，但在18世纪末，启蒙运动带来的文化普及实际上已经引导了以共享和传播为特征的大众文化的出现，并区别于过去的学者精英、王室贵族和教会文化。人们对图像滋生出极大的热情，创造了不同于绘画的"图画"概念，并广泛传播。我找到一个数据：在1780年，60%的巴黎人拥有图画——包括装饰图画、正规画作和商业图片，但只有30%的巴黎人拥有书籍。到法国大革命初期，以彩色雕版印刷在普通活页纸上的漫画开始和报刊、招贴画一样蓬勃发展起来，公众喜欢这种讽刺性的活动图画，并从中获得信息。有这样一幅收藏于巴黎装饰艺术图书馆的18世纪末的彩色漫画：卖画小贩全身披挂了满满的图画印刷品，既有政治讽刺漫画，也有教育画，正在叫卖。这种"装订成册的图画"（La Bande Dessinée，缩写为 BD）后来就被用来专门指称"法漫"——并非只是法国漫画，而是所有法语世界的漫画，并且，真正的"法漫"王国是在比利时。

比利时现在有七百个职业漫画作者，这是布鲁塞尔漫画艺术博物馆（Comic Art Museum）公布的官方数字，以每平方公里计算，其生存密度在全世界最高。还有一个流传很广的说法，全世界每三个漫画家里就有一个是比利时人，虽然夸张，但也可见这一行在比利时是如何普及的。比如，前面提到的弗兰克·佩和史奇顿，他们属于同时代人，70年代考上的也是布鲁塞尔同一所造型艺术学校——圣吕克（le Saint Luc），只不过弗兰克·佩因为急于加入一家卡通动画工作室而选了中途退学，没有能够毕业。从他们入行的七八十年代直至90年代，都是欧洲长篇连环漫画的黄金时期。布鲁塞尔的漫画艺术博物馆1989年向公众开放，当时他们从市政府拿到的场地是布鲁塞尔乃至欧洲最重要的20世纪新艺术风格建筑遗产之一——由新艺术大师维克多·霍尔塔（Victor Horta）设计建造的布鲁塞尔最大的布料交易中心。现在的漫画艺术博物馆，兼而收藏展示欧洲漫画名著和新艺术风格的设计图稿，在这里可以看到各个年代的经典漫画封面展示，平均每年有二十万参观者。而布鲁塞尔街头的漫画之路，用二十五年的时间把博物馆里的这些纸上收藏，慢慢变成街头的视觉收藏和城市的文化遗产。

佛罗伦萨：
那些我们不知道的美好与黑暗

> 66 在进入圣马可修道院的时候，会被安杰利科的杰作再
> 次召唤，但可能也会隐隐感到一道来自艺术审查官的
> 阴沉的目光。99

　　我对佛罗伦萨并不熟悉，就去过两次。一次是像所有第一次到达这座城市的游客一样，把想去打卡的景点和博物馆全部都走了一遍。第二次去的时候，我已经在《三联生活周刊》做艺术报道有一段时间了，对博物馆有了更多了解。我放弃了打卡参观，直接去到郊外，离佛罗伦萨城区大概有一个小时的车程。

　　托斯卡纳大区的地形基本是丘地，我去的就是一处山丘，上面有个老的葡萄酒庄园，不光开放了据称四五百年历史的酒窖，还修缮了几所中世纪形态的老屋用来接待少量访客。庄主还收藏了不少当代艺术作品，尤其是展示在露天里的雕塑、装置，和庄园本身的自然古朴也不违和。我跟着一个小团队在那住了三天，除进城二刷了一次乌菲兹美术馆，其他时间我们都在山上，每天早睡早起，散步、喝酒、吃饭、聊天，非常散漫地生活了几

天。这就是我的两次佛罗伦萨之旅。

所以在讲到佛罗伦萨的时候，我就想该怎么来介绍它。我去问了两个朋友，一位是艺术史学者张宇凌，她也是我们的专栏作者，在巴黎索邦大学学习了中世纪艺术史。另一位是艺术家彭薇，她多次去过意大利，倾心于寻访湿壁画。我就分别问她们：当提到佛罗伦萨的时候，最先出现在你脑子里的图像是什么？张宇凌答，那首先还得是米开朗琪罗的大卫像，因为这个是佛罗伦萨城邦向艺术家定制的作品，大卫像是这座城市的守护者，也是城市的象征。旧宫前面的大卫像只是一个复制品，很多游客看到后误以为它是原作，其实原作被收藏在佛罗伦萨艺术学院的画廊里面。

张宇凌想到的第二个景物是什么呢？阿诺河上的韦奇奥桥，人们也把它叫作"但丁的廊桥"，因为在《神曲》里面，这座桥被但丁描述为他和爱人比阿特丽斯相遇之处。在佛罗伦萨城里，韦奇奥桥最初是连接皮蒂宫和乌菲兹宫（现在的乌菲兹美术馆）的通道，随后也成为最古老的一座市场桥。桥上筑有屋顶，两侧密密排着一个个小的店铺。15 世纪中期，在石桥刚建成的时候，大部分店铺是很平常的铁匠铺、肉铺等，但是到后来，它两旁的店铺都变成了时尚小屋，以售卖珠宝为主。

我又问彭薇。彭薇答，脑子里会有好几个画面。首先还是老桥，这座桥实在太有名了。关于它给自己留下的更细节的印象，她形容说是"像蜂窝一样挂在桥两边的老房子"，指的就是那些小店铺。

她的第二个画面是圣母百花大教堂的大理石外立面，是

"绿色和白色交织的纹饰"，而非宏大的教堂本身，是更具体的墙面给她留下了视觉记忆。她是以水墨为材质创作的人，色彩与细节在她这里往往会自动存储。

第三个画面，她想起的是圣马可修道院。修道院早在 12 世纪就开始建造了，但现在我们看到的样子基本是 15 世纪的一次大改造后形成的。它隔壁还有一个圣马可教堂，但彭薇强调她所说的并非教堂，而是古老的修道院与它里面收藏的文艺复兴早期画家弗拉·安杰利科（Fra Angelico）的湿壁画。这个修道院我也记得，距离佛罗伦萨艺术学院不远。那个入口很不起眼，走进去，一层是庭院，有两个留存了经典壁画作品的大回廊；二层是四十多个修士房间（cells，也称小禅房），每个房间也都有安杰利科亲手绘画或带领其他助手完成的系列壁画，共四十几幅，分别以不同的场景来叙述《圣经》中的耶稣故事。它们并非单纯的装饰，而是用来帮助修行的。所有壁画中，最有名、尺寸也最大的是《基督受难与圣徒们》，被保存在一层回廊的牧师会礼堂内。另有杰作《天使报喜》，被安杰利科画在通往二楼的楼梯口上方，人们总用"美好"一词来描述它。出钱重新改造教堂与修道院的老科西莫·美第奇在二楼尽头给自己留了一套两间私人禅房，但这位美第奇家族的家长只在需要安静想事儿的时候才来此修行。这里相当于他的冥想屋，屋里也有一幅《基督受难》，十字架下，安杰利科将跪在圣母身边的三位圣徒之一画成了老科西莫。

安杰利科既是画家，也是住在圣马可修道院里的虔诚修士，属于多明我会成员。虔诚到什么程度？据说每次画壁画的时候，他都一边绘画一边祈祷，绘画即修行。所以，他的作品，和那些接教会绘画订单的世俗画家不太一样，直接、朴实中有一种隐而不宣的高贵，犹如神示。

在修道院内的小食堂的墙上，还有米开朗琪罗之师基尔兰达约的《最后的晚餐》——我们可以说"也在食堂里面"，因为大家知道达·芬奇的《最后的晚餐》就是画在米兰圣玛利亚感恩教堂的食堂里。两幅画相比较的话，基尔兰达约对画面构图和人物姿态的处理都比较平静，没有达·芬奇的强烈的戏剧冲突。基督和使徒们围绕着长桌端坐，氛围像是暴风雨前的安宁。

至于我，提到佛罗伦萨，自然是乌菲兹美术馆，它是如此有名，如果没去过，等于没有真正感受过文艺复兴。关于它的资料和解说太多了，我个人记忆深刻的是保罗·乌切洛那件三联的木板蛋彩画《圣罗马诺之战》，描绘佛罗伦萨和锡耶纳之间发生的一场战争。故事的特殊源于三幅画后来的离散。几百年前它们原本一起展示在美第奇家族的私人宫殿内，历经辗转后，现在分别被收藏在英国国家美术馆、巴黎卢浮宫和佛罗伦萨乌菲兹。印象中乌菲兹的是第二联，第一联在伦敦，第三联在卢浮宫。如果确实是这样一种序列，那么我已经在不同时间段把这三幅画都看完了，但比照这样一场由晨而昏的战争经过，顺序却刚好是反过来的。事后知晓了，想想，就觉得饶有味道。

总之，我们三人在谈论佛罗伦萨时，记住的都是美好，是自这座城市而兴的文艺复兴运动，给人类文化艺术留下了怎样珍贵的馈赠。不过我们多数人可能不了解的是，在这座城市的历史上，其实也有过对于艺术和思想而言十分黑暗的一段。艺术审查这种制度就是从佛罗伦萨开始的。

张宇凌曾经写过一篇文章，题目叫作《贞洁纱》，收入了她的著作《竹不如肉》。文章对这段艺术审查的历史有非常精彩的讲述。在开头，她叙述了一次著名的烧画事件，发生地就在乌菲兹旁边的领主广场，也就是现在的市政广场。征得张宇凌的同意，我在这里节选其中一部分文字，通过几个片断对佛罗伦萨比较特殊的这段历史有一个初步的了解：

> 1497 年春天，在佛罗伦萨的领主广场的中心点起了一堆火，人们扛着自己家中最美的收藏品，排队走过特意搭起的、通向火堆的长木桥，亲手把它们投进火中。这场景的画外音是吉罗拉莫·萨伏那洛拉的尖锐嗓音："哦，你们这些人，这些房屋里充满了浮华、画作和不诚之物的人，快把它们给我搬来烧掉，作为给神的祭物。"

> 这位多明我派修士，文艺复兴时期的第一个艺术"审查官"，在佛罗伦萨遭受法国国王查理八世入侵的时期，用他的布道深深俘获了人心。他反对人文主义和美第奇家族，在整个城市发起新生活运动，立誓要把佛罗伦萨打造为纯洁的上帝之城，要"净化"意大利，并派出白衣童子日日绕街敲门，要大家捐出他们的"非生活必需品"。1497 年，欧洲艺术审查史上的第一把公开的火在文艺复兴的发源地中心点燃，烧掉的画作、珍宝以及人文主义书籍至今不可

统计。据说波提切利兄弟如同其他相信萨氏的艺术家一样，曾经亲自扛去了自己的作品。

像我们现在用作遮羞的那种马赛克，在文艺复兴时期也是有的。张宇凌写到教会使用的"神圣马赛克"，最初是无花果树的叶子，"这源于《旧约》的《创世记》第 3 章第 7 节"。后来遮挡物演变为葡萄叶，"但碍于葡萄叶要小得多，所以常常要用很多张。比如，米开朗基罗的《大卫》在完成并准备公开展示之前，由 28 片黄铜葡萄叶组成的花环就已经遮好了他的性器官，而且它一直保持被遮蔽的状态直到 16 世纪中叶"。除了叶子，还有一种更适合用于平面作品的东西，那就是"贞洁纱"。"这个给作品'遮羞'的动作，在教会的词典上有一个正式的称呼：贞洁重画（repeint de pudeur）或贞洁加画（surpeint de pudeur）。今天我们能集中看到最多贞洁纱的地方，就在梵蒂冈的心脏：西斯廷礼拜堂。"

文中所说的极端狂热的宗教改革家、煽动者吉罗拉莫·萨伏那洛拉（Girolamo Savonarola），在我们前文提到的圣马可修道院里与安杰利科一同修行过，院里至今还保留有他当年的房间。在萨氏点起市政广场那把大火的第二年，曾经被他煽动的公众又再一次被教皇和美第奇家族煽动起来。他们攻打了圣马可修道院，将萨氏从修道院里拉出来示众。萨氏最终被判决在佛罗伦萨闹市中以火刑处死，但由他而起的艺术审查却在相当长一段时间里在欧洲沿袭下来。

如果再去佛罗伦萨，走在领主广场，会不会想起 15 世纪的那一堆大火？在看到《大卫》的时候，会不会想到当初遮盖他的葡萄叶？在进入圣马可修道院的时候，会不会被安杰利科的杰作再次召唤，会不会隐隐感到一道来自艺术审查官的阴沉的目光？所以，了解艺术，恐怕不单是看到作品在博物馆里留给我们的光芒，也不妨多方面地去了解作品背后那个时代更复杂的故事。

行在越后妻有

66 复杂的路途，并没有影响越后妻有作为艺术旅行目的
地在世界范围内的热度。99

终于站在越后妻有的清津隧道洞口，已经是一段历经数小时的辗转旅途之后了：北京飞往东京，出机场直接奔向东京站搭乘 JR 电车，两小时后抵达越后汤泽站。余下最后一段进山的路，有人转乘小火车，我们一行选择了租车入山，又花了大约五十分钟。

这也是绝大多数人来日本打卡"越后妻有大地艺术节"的路线，只不过出发地可能是上海、台北、香港、纽约、巴黎或伦敦……复杂的路途，并没有影响越后妻有作为艺术旅行目的地在世界范围内的热度。自 2000 年 7 月第一届"越后妻有大地艺术节"举办以来，每三年一次，到 2018 年已经是第七届，累计到访人数近两百万。

越后妻有，有着古老气息的名字。如何描述这片地区？从走出越后汤泽站开始，周围就不断有人在引述川端康成的著名文本："穿过县界长长的隧道，就是雪国。"这是小说《雪国》的开篇，描绘的就是越后妻有地区。这里冬季漫长，从头年 11 月到

来年 4 月都大雪封山，积雪最深可至十米。不过，我们到达的时间是盛夏，在暴烈的阳光下，很难感受到作家所描述的严冬情境。一直到两天后，我站在一栋叫作"森的学校"的建筑作品前面，我对当地人所说的"豪雪"才有了真切的感受。那是一个用铸铁建造的市立科学馆，屋体低矮，连绵起伏，却有着高耸的烟囱。科学馆的建造是为了纪念越后地区一所被积雪压垮的小学，2003 年第二届艺术节的时候，日本建筑师手冢贵晴改造出这样一座永远不再垮掉的铸铁建筑，送给当地的孩子们。在馆里面我们看到一张图片，是建筑的冬景，大地白茫茫吞没了所有，只剩下那根烟囱，还立在雪线之上。

在现在的日本地图上，你并不能找到"越后妻有"这几个字，它只是古地名，意思是越后国妻有庄。这里曾是历史上富庶的稻米粮仓，遍布山间的梯田出产的"越光米"据称日本第一；20 世纪八九十年代后，这里却逐渐成为在日本的现代化进程中被时代抛弃的典型。农业衰退，城乡差距拉大，人口老龄化，劳动力出走带来耕田荒废、校舍遗弃……种种现代进程中的后遗症在这里都一一出现。以勇气和心愿来改变它的，是一位名叫北川富朗的艺术人士。北川是新潟人，20 世纪 90 年代在国际策展领域已经享有一定的影响力。面对家乡凋敝，他在想，是否可以用多元化的现代艺术来帮助当地人保留对自身价值的认同？

从 1996 年开始，北川加入了家乡政府主导的"新新潟里计划"，他一个一个村子去走访，用四年的时间展开历史、人文等多方面的调研，为争取各种支持而做的说明会达到了两千多场，平均每天一场还多。终于在 2000 年 7 月，北川以"越后妻有大地艺术节"开启了乡村重生计划。在日文里，这个艺术节的名字叫作"大地艺术祭"。"祭"这个字在日文里使用比较多，有一种庄重的仪式感。从字面上，似乎能感受到更多和土地、和历史深层的对应。

第一届艺术节，一百四十八组艺术家的一百五十三件作品在二十八个村落同期展出，参观的人需要走过一段段的山路才能看到那些散落在梯田、废屋里面的作品。这是北川富朗坚定选择的展览方式。当时也曾有人建议过，是不是可以像其他当代艺术双年展、三年展一样，将作品集中于某一个区域来展示，这样方便观众来参观，但北川没有采纳。他说他不想用艺术来为乡村制造热闹的假象，而是希望把艺术放到每一个村落，让外来的人们能跟随这些好的艺术作品去探访每一个村落，为这片土地注入真正新鲜的生命力。

据主办方的数据，在三年前的第六届，加入艺术节的村子已经从二十八个扩充到一百一十个，外来参观人数为每月四十九万人次，是当地常住人口的数倍。我对北川富朗有过一次邮件采访，他当时这样对我说："很多真正的新生事物，都是在同根植于地域文化中的传统抗衡的过程中产生的。"他所做的事情，就在完美地诠释他所说的这句话。

每一届艺术节，都会有不少来自世界各国的大艺术家、大建筑师，他们收到北川的诚恳邀约，在越后妻有留下吸引艺术爱好者千里万里也要来寻找的代表作品。

2000 年，俄罗斯著名艺术家卡巴科夫夫妇（Ilya & Emilia Kabakov）为第一届大地艺术节创作了《梯田》。现在，就像每一个去寻找它的来客一样，我们站在河对岸，站在一个大玻璃窗前，远眺这件享誉世界的作品。卡巴科夫说服村民福岛先生，在他放弃耕种的七层梯田的田埂上安放了一组色彩鲜艳的农夫的剪影雕像，表现的是从耕田播种到收割贩卖的农事过程。这可以说是艺术节被传播最广的一组图像，简单，但足够美好。

那一年还有"行为艺术之母"阿布拉莫维奇（Marina Abramović）的《梦之屋》。在越后妻有地区，废弃的空屋超过四十所，《梦之屋》是第一个改造了空屋的作品。艺术家把一栋空屋变成了一个只有四间房的旅馆，游客真的可以通过网页来预订、入住。每个房间里都准备了供住客记录梦境的手帐。房子的主人是位老奶奶，她随时可以回家，拥有一间永不取消的房间。

2006年，波兰裔法国艺术家波尔坦斯基（Christian Boltanski）携手卡尔曼（Jean Kalman），为越后妻有留下一间沉重的《最后的教室》。这件在上下两层的小学教室里实现的在地装置集合了波尔坦斯基个人最经典的创作元素，关于记忆、死亡和时间的消逝，已经被视为他此生最重要的代表作品之一，受到一拨拨崇拜者的瞻仰。（如果没有疫情，第八届艺术节在2021年如期主办的话，波尔坦斯基本计划再次来到越后妻有完成新的装置作品《森的精》。2022年，为了纪念他，艺术节专门设置了"2000—2022艺术祭追忆系列"，他的新作被放在这个系列里面展出。）我是其中之一，却无法在令人窒息的氛围中停留超过五分钟。这片地区有十所因为原住居民流失而荒废的小学，北川正在通过艺术家将它们一间间地变成永不消失的作品。

大地艺术的理念是人和自然的结合。每次艺术节开幕都在7月底，正值盛夏。作品之间往往相隔数公里，就算驱车，在接近 40 摄氏度的烈日之下奔波也很辛苦。但观众仍很踊跃,拿张地图就开始寻宝游戏。北川先生给我们手写了一张十件作品的参观路线,并推荐一定要去一个叫中手黑滝的地点,是一位喀麦隆裔法国艺术家托戈(Barthélémy Toguo)的作品。我们先搭一段便车,下车后,又对照地图在山道上步行了 1.5 公里。不时能看见一对被绘画过的小凳出现在路边,既是作品也是路标,帮助坚定参观的方向。渐渐地,就看到下面的小树林中有作品若隐若现,坚持走到小瀑布下,得见由一堆高椅组成的装置——是艺术家留给村民的《礼物》,也是当地人馈赠给外来者的礼物。椅子元素在当代艺术中比较常见,隐喻大多指向身份认同、权力象征,对我而言,比最后所见的完整作品更打动人的其实是沿途那些孤独的画凳。与我们同行的 MAD 建筑师早野洋介说,他们日本山区的农村过去有旧俗,村民会在山路边搁放简单坐具供行人歇脚。艺术家把这个听来的历史元素机巧地用到了极致。在小瀑布下,我们碰巧遇到了三位老奶奶,都是当地的村民,其中一位老人曾为艺术家带路,帮他找到这个幽僻的地点来进行创作。作品完成了,老人也每天都来看看这些"椅子的秘密花园"。这件作品由不断变化的自然环境来参与,也因乡土和人情而得以完整。

我们最后一个目的地是清津隧道。在隧道入口处,立了一块黄色的路牌:"光之隧道"(Light Cave)。这也是 2018 年大地艺术节最大型的一件作品,以隧道改造为主题,由中国建筑师马岩松领衔其 MAD 事务所完成。中国艺术家正在成为几届艺术节中被人注目的群体,蔡国强、张永和、徐冰、马岩松、邬建安等,都在越后地区留下了自己的作品。今年艺术节,马岩松的"光之

马岩松 "光之隧道" 系列作品之一《镜池》（马岩松工作室提供）

隧道"系列中的《镜池》，被评价为"在国际社交媒体上曝光度极高的代表性图景"。

　　和我之前想象的不一样，清津隧道并未被废弃，而是仍在使用的一条观光隧道。在建造它的 20 世纪 90 年代，越后地区正在进入剧烈的衰退时期，这条工业时代的隧道专为游览日本三大峡谷之一的清津峡而建，应该是当地为了挽留最后一点人气而努力开拓观光业的后农耕印记。马岩松团队对它所做的景观改造，也部分地在延续它对人的挽留。

　　这些年来，新潟和越后地区的流失人口并未因为艺术节爆红而减少，但留在原乡的那些老人，如北川富朗所期待的，脸上开始有了笑容，就像我们遇见的那个在小瀑布下开心地看护和介绍"椅子的秘密花园"的老奶奶。

　　在这个想法上，马岩松他们所做的隧道改造也不仅仅是一件作品了。在乡村的衰败现实和艺术理想化的超现实之间，还有另一种可能吗？

后记

　　新冠疫情期间我在三联中读平台开了一个免费的播客："跟着艺术去旅行"。在不能出门的日子里谈论远行，有望梅止渴的想法。说是播客，实则是我一个人自语，每期聊些以前去国外旅行时在博物馆、美术馆看展的经历、采访的经历，回想从前的"阔气"。也没有很好地坚持更新，通常间隔两三周，有时一个月，最过分的两三次，停更了差不多两个月。好在读者宽容，人数不多，但总是耐心等待，留言也很温暖，愿意和我一起在忽东忽西的艺术话题中"兴之所至，自由行走"。

　　有一回，中读的同事联系资深的播客节目《日谈公园》和我做了一期访谈，聊到末尾，主播李志明问我：跟着艺术去旅行，和其他旅行有什么不一样？从前我没有想过这个问题，他这么一问，就认真想了一想。我说，也没有什么不一样，只不过现在我有一个习惯，去到陌生的城市，头两天一定会先到这座城市里最好的博物馆或者美术馆逛一逛。各个地方，不论语言和人群有多不一样，博物馆的建筑形式、展示方法、空间氛围都比较相似，在熟悉的空间里，看到一些名字熟悉的艺术家的作品，心情很快就会安定下来，和陌生地方有了最个人的连接。这还真不是什么文艺的矫情，相反，这是日常的慰藉。就像有人喜欢购物，有人喜欢美食，那么对于他们，一间装满熟悉品牌的百货公司或是一家听闻已久的好餐厅，大概率也可以带来同样的感受。

所以，艺术也好，艺术写作也好，在我看来主要是和生活秩序有关，是在琐碎与不确定中找到的一份精神的锚定。读者在这本书里看到的文章，也并非出自艺术专业人士的标准写作，而是一个普通的艺术爱好者，刚好在《三联生活周刊》这本杂志从事了记者这份职业，于是有了比多数人更多的机会去访问好的博物馆和美术馆，接近好的艺术和艺术家，看见好的展览和作品，并对所见、所读、所思与所想做了这样一点持续的记录。

本书共分四辑，多数文章是近十年在《三联生活周刊》艺术栏目发表的，那时差不多每周一篇，其中的艺术家访谈已经收入我在 2020 年出版的作品集《现场：当代艺术访谈录》（生活·读书·新知三联书店）；留在这本新书里的，主要是偏重话题性的艺术随笔，当然，它们的核心内容和观点仍然来自我身为记者的采访所得，这也是有别于通常所说的作者随笔的地方。收入此书时，所有文章都在编辑的帮助下重新做了订正、修改和删节。还有六篇文章为旧稿辑录，它们曾经被收入我于 2010 年出版的作品集《妖娆世纪》（生活·读书·新知三联书店）中，版权到期后，从中挑选了与新书主题关联紧密的文章，并重新做了编辑与修改。

如果说这本书有些微价值可以打开一读，我想是它还没有能力将艺术供奉于学术研究的殿堂，但也正因如此，它或许可以和读者共享一些时刻，比如对于艺术的好奇、困惑，以及艺术带给我们的对日常生活的倏忽超越。就像书名所见，能够流传于世的、质地坚实的艺术作品，往往都不满足于描述艺术本身，它必定开阔、交汇、渗透，超前或反叛出它所在的时代：艺术是一场冒险。

图书在版编目（CIP）数据

艺术是一场冒险 / 曾焱著. —北京：商务印书馆，2024
ISBN 978-7-100-23483-2

Ⅰ.①艺… Ⅱ.①曾… Ⅲ.①随笔—作品集—中国—
当代 Ⅳ.① I267.1

中国国家版本馆 CIP 数据核字（2024）第 049104 号

艺术是一场冒险

曾 焱 著

商 务 印 书 馆 出 版
（北京王府井大街36号　邮政编码100710）
商 务 印 书 馆 发 行
北京雅昌艺术印刷有限公司印刷
ISBN 978-7-100-23483-2

2024 年 6 月第 1 版　　　　开本 880×1230　1/32
2024 年 6 月北京第 1 次印刷　印张 11⅜

定价：78.00 元

责任编辑：王振峰

装帧设计：康　健